Chère Lectrice,

Vous arrive-t-il parfois de penser qu'à notre époque, l'amour est très compliqué ? Eh bien, rassurez-vous, il en a toujours été ainsi, comme vont vous le prouver vos deux romans de ce mois ! Ainsi, lady Polly — l'héroïne d'*Un souffle de scandale* situé en 1814 — se lamente-t-elle d'avoir éconduit le seul homme qu'elle ait jamais aimée, alors qu'Anne — l'héroïne de *La rose et le dragon* situé en 1499 — se refuse à épouser le prétendant désigné par ses parents... dont, pourtant, elle est passionnément éprise ! Tout cela parce que, depuis la nuit des temps, « le cœur a ses raisons que la raison ne connaît point »...

Bonne lecture et rendez-vous en mars !

La Responsable de collection

Un souffle de scandale

*

La rose et le dragon

NICOLA CORNICK

Un souffle de scandale

HARLEQUIN

COLLECTION ROYALE

Cet ouvrage a été publié en langue anglaise
sous le titre :
LADY POLLY

Traduction française de
MAGALI LAMORLETTE

83-85, boulevard Vincent-Auriol, 75013 Paris — Tél. 01 42 16 63 63
ISBN 2-280-02192-7

Prologue

Londres, 1814

— Tu es stupide, Henry !

Simon Verey était hors de lui. Pourquoi son meilleur ami ne l'écoutait-il pas ? D'ordinaire, il arrivait toujours à lui faire entendre raison.

— Quitte Londres quelque temps, reprit-il. Cela permettra aux esprits de se calmer à propos des rumeurs dont tu es l'objet. Cependant, si tu persistes dans ton idée de te rendre au bal de lady Paulersbury, ce soir, les invités ne feront de toi qu'une bouchée !

Pour toute réponse, Henry Marchnight se contenta de sourire en observant son reflet dans la psyché qui lui faisait face.

— Le style napoléonien est plutôt flatteur, déclara-t-il. Ma cravate, ainsi nouée, me donne un air on ne peut plus romantique. Qu'en penses-tu, Simon ? Crois-tu que j'hériterai par là même du succès de l'empereur ?

— En amour ou à la guerre ? rétorqua Verey avec sécheresse.

Henry répondit par un nouveau sourire.

— Je regrette de ne pouvoir suivre tes conseils, Simon. Il faut absolument que je voie lady Polly. J'espère la convaincre de m'épouser.

Verey pinça les lèvres. La détermination qu'il lisait

dans le regard gris de son ami ne signifiait rien qui vaille...

— Ils ne te laisseront jamais l'approcher, prophétisa-t-il en grimaçant. Sacrebleu, Henry ! D'après les propos fallacieux de miss Jacques, tu aurais fortement compromis la réputation de cette dernière. Que va penser le Tout-Londres ? Qu'après avoir séduit une débutante, tu en courtises une autre ? Le fait que Polly Seagrave soit une riche héritière ne joue pas en ta faveur... Ils ne t'épargneront pas.

Henry haussa les épaules.

— Lady Polly, elle, n'ajoutera pas foi à ces ragots, Simon.

Verey secoua la tête. Quelle folie... Le comte Seagrave n'accepterait jamais de marier sa seule fille à un présumé coureur de dot !

Avec sa propension au scandale, le beau monde avait eu tôt fait de s'emparer de l'affaire croustillante opposant miss Sarah Jacques à lord Marchnight. Une semaine plus tôt, ce dernier était venu en aide à l'infortunée jeune fille, dont le coche venait de perdre un essieu juste devant sa résidence. Comme l'heure était fort avancée, Henry avait proposé, en tout bien tout honneur, d'héberger Sarah et ses domestiques pour la nuit.

Malheureusement, miss Jacques avait mis l'incident à profit pour faire courir le bruit que son hôte avait abusé d'elle. Malgré les farouches démentis d'Henry, l'opinion publique avait rapidement pris parti pour la jeune fille : lord Marchnight devait l'épouser en réparation de cet outrage...

Compte tenu, toutefois, des origines de la prétendue victime qui n'était qu'une fille de parvenus, Simon Verey avait deviné, tout comme la plupart de ses pairs, que cette histoire avait été inventée de toutes pièces et qu'elle perdrait très vite de son intérêt. A condition cependant que son ami acceptât de se retirer quelque temps de la scène londonienne ! Mais celui-ci était par trop épris de lady Polly pour se comporter avec sagesse et attendre que les ragots cessent.

Simon laissa échapper un soupir. La réception promettait d'être un véritable fiasco...

Il avait vu juste. Dès qu'Henry Marchnight fut annoncé, un silence de plomb s'abattit sur l'assemblée. Les gentilshommes, qui jusqu'alors se prévalaient d'être ses amis, lui tournèrent ostensiblement le dos, tandis que leurs épouses chuchotaient à qui mieux mieux derrière leurs éventails. Certains invités s'écartèrent même de son chemin avec des mines offusquées.

Henry se sentit bouillir de colère. Ses hôtes, lord et lady Paulersbury, allaient-ils eux aussi lui réserver pareil accueil ? Iraient-ils jusqu'à le reconduire ? Comment ces gens pouvaient-ils tous le traiter en paria, alors qu'il ne s'agissait là que de rumeurs sans fondement ?

Ce fut alors qu'il aperçut l'objet de ses transports : fraîche comme une rose, lady Polly évoluait avec grâce au milieu de l'assemblée. Avec son teint diaphane, sa magnifique chevelure brune et ses immenses yeux noisette, elle était la beauté même.

Polly leva la tête au moment où le jeune homme se dirigeait vers elle. Aussitôt, la certitude qu'il était venu pour la voir s'imposa à son esprit et son cœur s'emballa. Dire qu'il avait osé s'exposer à tant de médisances uniquement pour lui parler !

La jeune fille frémit d'indignation à la pensée des ragots qui couraient sur Henry Marchnight. Assurément, ils n'étaient que mensonges. Elle connaissait trop bien Sarah Jacques, qui avait été son amie d'enfance, pour savoir que celle-ci, dévorée de jalousie, avait dû tout manigancer pour punir Henry de ne pas lui accorder sa préférence.

Polly observa le jeune homme, tandis qu'il traversait la salle de bal. Avec sa haute stature, ses traits réguliers et ses épais cheveux couleur de miel, il avait tout d'un dieu grec. Il était si séduisant dans son habit de velours gris ! Quand bien même elle n'aurait pas vu clair dans le jeu de Sarah, comment croire les calomnies dont Henry était l'objet ? Il l'avait courtisée avec tant de gentillesse et de prévenance depuis le début de la saison ! Son sourire était si chaleureux et si tendre, ses manières si parfaites, qu'elle se sentait délicieusement en sécurité à son côté.

A son grand dam, jamais elle ne parviendrait à convaincre ses parents de l'innocence de son prétendant. Son père n'avait pas caché le dégoût que lui inspirait la conduite du jeune homme et l'avait dûment sermonnée à son sujet, lui défendant de le revoir. A dix-sept ans à peine, elle avait toujours obéi à ses parents. Ce n'était pas ce jour-là qu'elle allait commencer à s'élever contre leurs ordres...

Lorsque la comtesse Seagrave aperçut Henry Marchnight, elle s'empressa de soustraire sa fille au regard de l'arrivant, sans rien laisser paraître de son agitation. Tandis qu'elle prenait Polly par le bras et la conduisait à l'écart, elle fit même en sorte d'afficher un sourire de convenance destiné à décourager les curieux.

— Promets-moi de l'ignorer, murmura-t-elle.

Polly savait que sa mère agissait pour son bien. La réputation d'une débutante était fragile et il suffisait d'un rien pour qu'elle fût ternie à jamais. Toutefois, la jeune fille se sentait déchirée par les sentiments naissants qu'elle éprouvait pour Henry. C'était la première fois qu'elle ressentait un trouble aussi délicieux.

Aussi obéit-elle à contrecœur, sans pouvoir s'empêcher cependant de jeter un regard en arrière. Lord Marchnight la contemplait toujours avec une expression d'infinie tendresse. Polly sentit un frisson d'excitation la parcourir, mêlé à une certaine crainte. Henry allait-il l'aborder devant l'ensemble des invités ? Vu les circonstances, ce geste équivaudrait à une véritable provocation ! Elle n'était pas sûre de se sentir assez forte pour affronter pareil scandale.

Durant le bal, Polly sentit à maintes reprises le regard d'Henry posé sur elle. Manifestement, il n'appréciait pas la soudaine froideur qu'elle lui témoignait. Mais comment agir autrement puisque sa mère contrôlait tous ses faits et gestes ?

Bien plus tard dans la soirée, Henry réussit pourtant à s'entretenir seul à seule avec Polly, alors qu'elle revenait du salon réservé aux dames.

Avant même qu'elle ait eu le temps de réagir, le jeune homme se trouvait devant elle, dans le corridor désert. Sans écouter ses récriminations, il la conduisit dans la bibliothèque. Polly frémit. Cette situation ne manquait pas de piquant, certes, mais elle était aussi quelque peu alarmante.

Cet homme au regard si déterminé n'avait plus rien de commun avec le tendre prétendant qu'elle connaissait. En outre, elle n'était pas habituée à vivre des émotions aussi fortes, car, chez les Seagrave, l'harmonie avait toujours primé sur les sentiments de chacun.

— Milord ! s'écria-t-elle d'une voix tremblante. Vous devez savoir que mon père m'a défendu de vous parler...

— Il me fallait vous voir, lady Polly, l'interrompit le jeune homme d'un ton pressant, tout en s'emparant des mains de sa compagne. Votre père désapprouve le fait que je vous courtise, soit, mais nous ne pouvons le laisser décider de notre destin à notre place ! Partez avec moi, mon cœur, je vous en prie !

Polly se dégagea brusquement, le visage aussi pâle que le châle ivoire qu'elle portait drapé autour de ses épaules.

— M'enfuir avec vous ? Mais...

— Je vous aime, lady Polly ! Acceptez de m'épouser, sinon j'en mourrai, déclara-t-il avec ferveur.

L'espace d'un instant, la jeune fille hésita. Son prétendant lui vouait tout à coup un amour si passionné ! Ses propres sentiments à son égard s'éveillaient à peine et une telle ardeur lui faisait peur.

— Non, je ne le puis. Songez au scandale, milord ! Mon père... les ragots..., balbutia-t-elle, les yeux élargis par l'épouvante.

Lorsqu'elle dévisagea Henry, elle comprit qu'elle l'avait profondément blessé. Le regard du jeune homme, si chaud et si tendre quelques instants plus tôt, était devenu glacial. Les yeux de Polly se remplirent de larmes. Pourquoi avait-elle réagi si vivement ? Henry ne lui pardonnerait jamais un tel affront. Soudain, la sensation d'avoir perdu quelque chose d'infiniment précieux la terrassa : retrouverait-elle jamais un amour aussi pur ? Elle tenta de se rattraper en tendant la main vers Henry, mais ce dernier se dirigeait déjà vers la porte.

— Polly !

Ce timbre haut perché était aisément identifiable. Sa mère ! La comtesse pénétra dans la pièce comme une furie.

— Viens ici immédiatement ! l'apostropha-t-elle. J'aurais dû me douter que je ne pouvais te faire confiance ! Quant à vous, milord...

Le jeune homme fit volte-face, avant de s'incliner poliment en direction de la comtesse, puis de Polly.

— Vous n'avez plus rien à craindre de moi, milady, déclara-t-il avec froideur. Je vous donne ma parole que je n'approcherai plus jamais votre fille.

Sur ce, il quitta la pièce. La jeune fille sentit alors un étrange désarroi poindre en son cœur. Elle avait respecté les convenances, certes, mais à quel prix ? Lord Marchnight venait de disparaître de sa vie pour toujours...

1.

1817

Lord Godfrey Orbison exhala un profond soupir. Il ne comprenait décidément rien aux femmes ! La raison en revenait-elle au fait qu'il n'avait pas eu de sœurs et ne s'était point marié ? En tout cas, sa filleule, Polly, demeurait pour lui un véritable mystère. Comment pouvait-elle se comporter de manière aussi sotte et ingrate ?

— Que venez-vous de dire ? Vous avez éconduit sir John Bellars uniquement parce que vous ne l'aimez pas ? ne put-il s'empêcher de s'exclamer.

Les sourcils froncés de manière menaçante, il regarda la jeune fille droit dans les yeux.

— En quoi l'amour est-il une donnée essentielle, je vous le demande ? Les mariages seraient bien rares si tous les futurs époux devaient s'aimer pour convoler. Comment avez-vous pu refuser l'héritier d'un duc ? Vraiment, mon enfant, votre comportement dépasse mon entendement ! conclut-il, furieux.

La comtesse Seagrave noua ses mains fines, en signe de désespoir. Polly, elle, sourit et de délicieuses fossettes creusèrent ses joues. La mauvaise humeur de son parrain ne durerait point : il était incapable de garder rancune à quiconque. En outre, il tenait bien trop à elle. Sa réaction était cependant tout à fait légitime, car elle avait éconduit pas moins de cinq prétendants, cette année. Cela portait à dix-neuf le nombre de demandes en mariage qu'elle avait refusées en trois ans !

Depuis la mort de son père, lord Orbison était son tuteur. Elle se devait de ne pas le froisser davantage, car il détenait le pouvoir de la déshériter. Or, il restait encore douze mois avant qu'elle puisse gérer sa fortune elle-même. Mieux valait par conséquent agir avec tact jusqu'à ses vingt et un ans...

Polly esquissa une brève révérence à l'intention de son parrain, tout en lui décochant son sourire le plus charmeur.

— Très cher Godfrey, vous avez été comme un père pour moi, depuis la mort de papa, et je vous remercie pour les conseils que vous m'avez prodigués, déclara-t-elle. Néanmoins, vous ne pouvez sérieusement souhaiter que j'épouse sir John. Il se trouve totalement sous la coupe de sa mère, la vieille lady Bellars ! Devrais-je subir quotidiennement les sautes d'humeur de cette harpie ? Vous n'y songez pas !

Lord Orbison se trémoussa sur sa chaise, mal à l'aise.

— Sans compter que lady Bellars est connue pour son avarice ! se hâta d'ajouter lady Seagrave, dans un effort louable pour soutenir sa fille. J'ai entendu dire qu'elle contrôlait chaque dépense de son fils, bien qu'elle n'ait pas droit de regard sur sa fortune. En outre, ajouta-t-elle, une lueur malicieuse dans ses yeux sombres, ne s'agit-il pas de la même Augusta Bellars qui vous poursuivait de ses avances du temps de vos jeunes années, Godfrey ?

Le regard de lord Orbison se troubla.

— Grands dieux ! Cette histoire m'était totalement sortie de l'esprit. Quelle femme assommante, en effet ! Elle me suivait partout, racontant à qui voulait l'entendre que nous étions follement épris l'un de l'autre. Dans ce cas, déclara-t-il avec un profond soupir, je dois me ranger à votre cause. Cette Augusta serait bien capable de saisir sa chance, cette fois, si son fils entrait dans notre famille !

— Vous n'êtes pas sérieux, Godfrey ! s'exclama la comtesse.

Elle sourit, amusée autant que soulagée. L'image de la vieille duchesse séduisant le sémillant lord Orbison était on ne peut plus comique. Décidément, les hommes étaient tous les mêmes, enclins à surestimer leur pouvoir de séduction !

Le regard de lord Orbison se posa une nouvelle fois sur Polly. Soucieux de l'avenir de sa filleule comme il l'était, il devait admettre que la jeune fille avait raison. Cependant, il ne pouvait se résigner si facilement.

— C'est chaque fois pareil, Appollonia ! tonna-t-il. Cela ne peut plus durer. Dix-neuf prétendants, tous de riches partis, et aucun qui ne vous ait convenu !

Il s'éclaircit la gorge, avant de poursuivre son sermon.

— Je pensais du moins que vous accepteriez la demande en mariage de Julian Morrish, le meilleur ami de votre frère aîné. Mais non ! Ce dernier n'était pas non plus à la convenance de mademoiselle ! Pourtant, il n'y a pas meilleur homme que lui dans tout Londres. Vous n'ignorez pas, je suppose, que votre décision a gravement affecté Nicholas.

La comtesse toussota discrètement. L'inconfort de sa fille ne lui avait pas échappé. En même temps, elle devait reconnaître que cet embarras lui seyait, car, avec ses pommettes enflammées et ses yeux brillants, la jeune fille paraissait plus animée. Cela lui rappela la Polly d'autrefois, trois ans en arrière. Elle était alors si pleine de vie qu'elle attirait tous les regards. Mais aujourd'hui, sa chevelure auburn et ses immenses yeux noisette paraissaient éteints, tout comme son éclat.

Lady Seagrave soupira. Si Polly continuait à se conduire de la sorte, jamais elle ne trouverait un époux. Aucun galant en trois ans n'avait réussi à gagner son cœur... Qu'attendait-elle, au juste ? Il s'en était fallu de peu que l'affaire Julian Morrish ne causât un tort irrémédiable à la famille. Nicholas avait été furieux de la conduite de sa sœur. Peter, leur frère cadet, avait tenté de les réconcilier, mais seule l'intervention de Lucille, la femme de Nicholas, avait réussi à le calmer.

— Il serait préférable que Polly se retirât maintenant, Godfrey, intervint-elle. Nous devons nous rendre au bal de lady Phillip, ce soir, et vous savez combien votre filleule se fatigue aisément ces temps-ci. Polly, ma douce...

La jeune fille se leva sans se faire prier. Après avoir posé un léger baiser sur la joue de son parrain, elle se hâta de quitter la pièce. Le rappel de l'épisode Julian Morrish l'avait durement éprouvée et son moral était au plus bas.

Une fois dans le vestibule désert, elle appuya une joue contre un pilier de marbre, heureuse d'un peu de fraîcheur. Elle savait que Godfrey lui en voulait particulièrement d'avoir éconduit John Bellars, car ce refus suivait de très près celui de Julian. Elle-même avait été fort gênée de se comporter de la sorte — l'ami de son frère était si adorable ! — mais cela avait été plus fort qu'elle. Tant que le souvenir d'Henry Marchnight s'interposerait entre elle et chacun de ses prétendants, aucun ne parviendrait à ses fins.

Une larme perla au bord de ses paupières et son cœur se serra. Elle s'en était tant voulu, après coup, d'avoir refusé la demande en mariage d'Henry ! Avec les années, le tendre attachement qu'elle lui vouait alors s'était transformé en véritable amour. A présent, elle savait qu'elle l'aimait de toute son âme. Malheureusement, il n'était nullement revenu sur sa décision, et y paraissait moins décidé que jamais...

Des éclats de voix, sur le seuil la porte principale, la tirèrent de ses sombres pensées. Lucille, sa belle-sœur, était en train de prendre congé d'un couple d'amis. Puis elle pénétra en trombe dans le vestibule, tout en ôtant sa cape. Polly se porta à sa rencontre.

— Lucille ! Comme je suis heureuse que tu rentres enfin ! s'exclama-t-elle.

Tandis que sa belle-sœur la contemplait d'un œil scrutateur, elle se hâta d'ajouter :

— Qui étaient ces gens ? Ils étaient vêtus avec une bizarrerie !

Lucille se mit à rire.

— Il s'agissait de Mme Golightly et de M. Cleymore, avec lesquels je m'occupe d'œuvres de charité, notamment pour la Fondation Bettering. Tous deux passent effectivement pour des originaux et ne sont pas du tout le genre de personnes que l'on s'arrache dans les salons !

— En quoi cela importe-t-il ? déclara Polly avec force.

Elle appréciait justement Lucille pour son mépris des mondanités. La jeune femme était capable de lier des amitiés ou de défendre les causes qui lui semblaient importantes sur de simples coups de cœur. De plus, elle n'hésitait pas à remettre gentiment la douairière à sa place lorsque cette dernière critiquait ses convictions, à la différence des autres membres de la famille qui n'osaient pas lui répondre.

La jeune fille sourit. Lucille avait gagné en assurance depuis son mariage avec Nicholas, mais elle avait su conserver cette innocence qui la caractérisait. D'ailleurs, cette qualité n'avait fait qu'ajouter à sa notoriété naissante au sein de la haute société, toujours friande de nouveauté. Sans parler des frasques retentissantes de sa sœur jumelle qui défrayait régulièrement la chronique. Heureusement qu'Hetty, la plus jeune, lui posait moins de problèmes !

Polly s'empara du bras de sa belle-sœur et se dirigea vers le salon vert, loin de sa mère et de son parrain.

— As-tu le temps de prendre le thé en ma compagnie ? s'enquit-elle avec espoir.

Les yeux bleus de Lucille la scrutèrent une nouvelle fois avec attention.

— Bien sûr ! Medlyn, apportez-nous une légère collation dans le salon vert, s'il vous plaît, ajouta-t-elle à l'intention du majordome.

Elle se tourna ensuite vers Polly.

— Que se passe-t-il, Polly ? Tu sembles bouleversée. Oh, je sais : John Bellars t'a demandée en mariage, tu as refusé, et ta mère et lord Orbison sont furieux de ta conduite !

— Godfrey m'a fait la leçon, en effet, admit Polly, tandis qu'elles pénétraient dans le boudoir. Mais comment savais-tu que lord Bellars allait se déclarer ?

— Je l'ai deviné ! J'étais sûre que tu refuserais. En revanche, pour Julian Morrish...

Polly soupira.

— J'ai failli accepter, avoua-t-elle à contrecœur. J'aime beaucoup Julian et mon souhait le plus cher est d'accéder à une union fondée sur la confiance et le respect mutuels, mais...

Elle secoua la tête.

— Tu es toujours amoureuse d'Henry Marchnight, termina Lucille à sa place, tout en s'asseyant dans un fauteuil d'osier et en contemplant sa belle-sœur avec amusement.

Une pointe d'envie traversa Polly. Comment Lucille pouvait-elle parler d'Henry avec autant de désinvolture ? Elle tenta de se défendre :

— Ce n'est pas ce que tu crois. Je...

A cet instant, la porte s'ouvrit et Medlyn entra, chargé d'un plateau. Lucille s'occupa du service.

— Voyons, Polly ! Je lis en toi comme dans un livre ouvert ! Tu n'éprouvais peut-être qu'une toquade d'adolescente pour lord Marchnight, au départ, mais je suis certaine que désormais tes sentiments sont beaucoup plus profonds. Ai-je tort ?

— Tu n'as pas oublié ce que je t'ai confié cet automne, répondit Polly avec tristesse. Je m'apitoyais un peu trop sur moi-même. Comme Nicholas et toi alliez vous marier, je regrettais d'avoir manqué une telle opportunité. Toutefois mes états d'âme ont disparu, à présent...

Lucille étudia sa belle-sœur avec attention, par-delà sa tasse de thé.

— Je m'inquiète de ton avenir, Polly. A force de rejeter tes prétendants, tu vas tous les faire fuir ! Que vas-tu devenir si tu ne te maries pas ?

Polly haussa les épaules, geste que sa mère abhorrait.

— Oh, je me consacrerai à l'étude et aux bonnes œuvres. Et si l'excitation propre aux saisons mondaines me manque, je pourrai toujours tenir le rôle de chaperon pour les débutantes qui cherchent un parti.

Lucille fit la sourde oreille.

— Henry m'a avoué qu'il te tenait toujours en grande estime. Penses-tu qu'un espoir de mariage puisse subsister entre vous ?

Polly secoua la tête.

— Voyons, Lucille, tu n'y songes pas ! Je suis sûre qu'il m'en veut encore de l'avoir éconduit il y a trois ans.

La jeune fille baissa les yeux, afin d'échapper au regard pénétrant de sa belle-sœur.

— As-tu l'intention de devenir membre de la Fondation Bettering, Lucille ? s'enquit-elle à brûle-pourpoint.

— Je ne crois pas, non. Nicholas a suggéré que nous partions quelque temps, à la fin de la saison. Comme j'attends toujours notre voyage de noces, je ne peux que l'encourager. Mais...

Elle revint à leur précédent sujet de conversation, avec l'obstination qui lui était propre.

— Nous étions en train de parler de toi, Polly, et non de moi ! Si tu penses que tout sentiment est mort entre Henry et toi, peux-tu me dire pourquoi vous passez votre temps à vous éviter, tous les deux ? Cela nous rend à tous la vie impossible ! Nicholas n'ose plus le fréquenter, de peur que tu lui en veuilles. Ne peux-tu t'expliquer avec

Henry, Polly ? Tu lui ferais part de ce que tu as sur le cœur...

Polly dévisagea sa belle-sœur avec stupeur.

— Lui parler ! s'exclama-t-elle. Comment veux-tu, Lucille ? Cela ne se peut...

Elle poussa un profond soupir, tout en s'emparant de la théière. Lucille, une roturière qui avait gagné sa vie comme préceptrice avant son mariage, ignorait tout des nuances propres à la haute société. Il était impensable qu'une jeune fille de bonne famille engageât la conversation avec un gentilhomme, et à plus forte raison pour traiter de sujets personnels !

Lucille haussa les sourcils. Sa belle-sœur manquait-elle à ce point de bon sens ?

— Je voulais simplement dire qu'il serait bienvenu que tu t'entretiennes avec lui, afin de donner une seconde chance à votre relation, reprit-elle. Si tu juges qu'aucun espoir de mariage ne subsiste entre vous, au moins pourriez-vous devenir amis ?

Après un moment d'intense réflexion, Polly déclara non sans hésitation :

— Je vais essayer de lui parler, si l'occasion se présente.

Lucille prit un biscuit et se servit une seconde tasse de thé.

— Je dois dire que ce serait un soulagement de vous savoir en meilleurs termes, admit-elle avec un gracieux sourire. Je pourrais ainsi cesser de m'inquiéter à ton sujet pour mieux me préoccuper de Peter et Hetty. Ces deux-là me causent beaucoup de souci !

Secrètement heureuse que sa belle-sœur ait changé de sujet de conversation, Polly n'en sursauta pas moins. Comment les deux jeunes gens pouvaient-ils être source de problème ? Ils étaient si adorables...

Lucille fronça les sourcils. Si au moins Hetty avait épousé Peter au printemps, comme prévu ! Mais, à cause de la maladie de leur mère, la cérémonie avait dû être reportée et aucune autre date n'avait été arrêtée pour l'instant...

— Que veux-tu dire, Lucille ? s'enquit Polly.

— Le comportement d'Hetty a complètement changé depuis le début de la saison, reprit la jeune femme. Naturellement, elle est très jeune et les prévenances dont elle est l'objet lui ont fait tourner la tête. Mais j'ai le sentiment qu'elle s'éloigne de Peter. Quant à ton frère, Polly, il ne semble pas très épris de sa fiancée, lui non plus. Au lieu de la rejoindre et de s'occuper d'elle, il persiste à vouloir demeurer en ville. La nuit dernière, au bal de lady Coombe, on l'aurait paraît-il aperçu en compagnie de Maria Leverstoke...

— Es-tu sûre de ce que tu avances, Lucille ? Je croyais que cette personne était la maîtresse de lord Marchnight ! s'exclama Polly.

Sa belle-sœur eut un geste impatient de la main.

— Tu te rends au bal de lady Phillip, ce soir, n'est-ce pas ? Tu n'auras qu'à te faire une idée par toi-même !

2.

Le bal de lady Phillip constituait l'un des événements majeurs de la saison. Toutefois, comme le mois de juin était exceptionnellement chaud cette année, la plupart des gens du monde avaient déjà quitté la capitale pour se rendre dans leur propriété de campagne ou dans leur résidence du bord de mer.

L'hôtel particulier des Phillip était cependant loin d'être désert. Lorsque Polly fit son entrée dans la salle de bal, accompagnée de sa mère, elle faillit presque suffoquer tant la chaleur ambiante était élevée. Malgré les portes-fenêtres largement ouvertes, aucun souffle d'air ne traversait les lieux.

La première personne qu'elle aperçut fut Henry Marchnight, occupé à badiner avec une femme en robe de satin brillant aux tons criards. Tentant d'écarter le désarroi qui l'envahissait, Polly se félicita que sa « rivale » portât une tenue d'aussi mauvais goût.

— Lady Melton ! susurra la comtesse Seagrave. Son mariage avec le comte ne date que de un an, mais elle n'a pas cessé pour autant ses innombrables liaisons. On raconte qu'à cause de ses extravagances, son époux est au bord de l'apoplexie !

Polly haussa les sourcils. Ainsi, lady Phillip conviait à son bal des gens d'une moralité douteuse ? Sa mère, très attachée aux traditions, n'aurait jamais accepté un tel manquement au protocole.

Un léger cri la tira de ses réflexions. Lady Seagrave s'était arrêtée net dans son élan et se tenait appuyée à l'un des piliers de marbre.

— Seriez-vous prise d'un malaise, maman ? s'enquit Polly, inquiète.

— Regarde, là, derrière cette colonne !

Alarmée, Polly se détourna pour observer ce qui avait pu ébranler sa mère à ce point. A part plusieurs personnes de sa connaissance, elle ne vit rien d'extraordinaire. Pourtant, lady Seagrave semblait en proie à une réelle agitation. Sa soudaine pâleur était-elle due à une forte émotion ou à un mal quelconque ? La jeune fille continua son inspection. C'est alors qu'elle les aperçut...

— Sacredieu !

Le juron lui avait échappé avant même qu'elle ait eu le temps de le retenir.

— Polly, je t'en prie ! Surveille ton langage ! s'écria la comtesse, qui avait retrouvé un semblant de vigueur.

— Je suis désolée, maman, mais je viens de découvrir Peter avec...

— Je suis tout de même capable de reconnaître ton frère ! lança la douairière. Une chance que Nicholas et Lucille ne soient pas avec nous. S'ils l'avaient vu en compagnie de cette intrigante... Allez, viens ! Tentons d'oublier un spectacle aussi choquant.

— J'avais cru comprendre que Peter courtisait Maria Leverstoke, déclara Polly, tout en jetant un ultime regard en arrière.

— Maria Leverstoke eût encore été un moindre mal, comparée à cette... ! s'exclama lady Seagrave. Que je ne te voie surtout pas avec Peter au cours de la soirée, poursuivit-elle, après avoir adressé un sourire de convenance à l'une de ses connaissances. Ce scandale ne doit pas éclabousser ta réputation...

— Peut-être ferions-nous mieux de regagner la maison ? suggéra Polly, brusquement abattue.

Elle devait déjà supporter les jeux de séduction de lord Marchnight. S'il lui fallait en plus éviter son propre frère, cette réception tournait au vaudeville...

— Comment ? Rentrer chez nous ? Tu n'y songes pas ! s'écria la comtesse. Il ne manquerait plus que les gens fassent courir le bruit que cette Messaline nous a mises dehors !

La douairière jeta un regard furtif alentour.

— J'espérais rencontrer Agatha Calvert, ce soir, déclara-t-elle. Cela fait une éternité qu'elle n'est pas venue à Londres et nous avons une foule d'événements à nous raconter.

— Pourquoi lady Calvert ne vous rendrait-elle pas visite demain ? insista Polly.

Les yeux de sa mère jetèrent des éclairs.

— N'as-tu donc point de fierté, Polly ? Jamais je ne quitterai la réception !

Un léger sourire effleura les lèvres de la jeune fille, tandis que lady Seagrave partait à la recherche de son amie. Toutefois, son air amusé disparut aussitôt lorsqu'elle vit Peter se diriger droit vers elle. L'éviter paraissait difficile.

— Peter ! l'apostropha-t-elle. Comment peux-tu te comporter de la sorte ?

— N'ai-je plus le droit de saluer ma sœur ? répondit le jeune homme, faussement indigné. En quoi est-ce répréhensible ?

— Tu sais bien de quoi je veux parler ! rétorqua Polly avec colère.

Mais Peter la contemplait d'un air si innocent, avec ses grands yeux bruns, qu'elle sentit fondre ses réserves à son égard. Il était quasiment impossible de lui en vouloir. Alors que Nicholas et elle avaient hérité de la gravité de leur père, Peter, lui, n'était que gaieté et insouciance.

— Oh, Peter ! T'afficher au bras de Susanna Bolt, tout de même ! Maman a manqué défaillir lorsqu'elle t'a vu en sa compagnie.

— Comment maman aurait-elle pu faire attention à moi ? riposta aussitôt le jeune homme. Elle est totalement accaparée par sa conversation avec lady Calvert !

Polly regarda alentour : les deux amies discutaient en effet à bâtons rompus.

— Je t'assure pourtant qu'elle n'a pas apprécié ta conduite, tout à l'heure. Elle m'a même défendu de te parler. Pour peu que lady Bolt nous rejoigne...

— Susanna est pratiquement un membre de la famille ! Je suis certain que jamais maman n'oserait manquer d'égards à une parente par alliance, ajouta-t-il, une lueur malicieuse dans les yeux.

— Peter ! Ne me dis pas que tu la fréquentes uniquement parce qu'elle est aussi une sœur de Lucille ? riposta Polly, mi-outrée, mi-amusée par les incroyables complications que créaient les liens familiaux de sa belle-sœur.

Et Peter, à son gré, passait bien aisément d'une sœur à l'autre...

Son frère se rembrunit.

— Prends garde, Polly. Ne va pas trop loin !

Sans tenir compte de son avertissement, la jeune fille poursuivit de plus belle :

— Je ne crois pas une seconde que lady Bolt soit devenue une personne respectable depuis son mariage. Par ailleurs, qu'en est-il d'Hetty, Peter ?

Le visage du jeune homme se ferma tout à fait et il se mit à contempler les danseurs avec un intérêt subit. Un bref silence s'ensuivit.

— Miss Markham et moi-même avons décidé de... ne plus nous marier, finit-il par déclarer.

— Oh, Peter ! s'exclama Polly, fortement choquée. Tu en étais follement épris il n'y a pas si longtemps, ajouta-t-elle sur un ton de reproche.

— Hetty a changé depuis l'été dernier, tenta de se justifier Peter. D'une beauté fraîche et naturelle, d'un caractère doux et réservé, elle semblait posséder toutes les qualités. Six semaines seulement dans la capitale ont suffi pour qu'elle se transforme en l'une de ces débutantes écervelées et frivoles que je déteste.

Polly demeura silencieuse. Voilà pourquoi Peter allait de conquête en conquête ! Il tentait d'oublier l'échec de ses fiançailles.

Elle ne pouvait nier qu'il avait raison. La conduite d'Hetty était tout simplement scandaleuse : à se laisser séduire de la sorte par des gentilhommes fortunés et d'un âge avancé, elle ridiculisait son fiancé et semblait marcher sur les traces de Susanna, sa sœur aînée.

Elle posa une main apaisante sur le bras de son frère.

— La saison lui a tourné la tête, voilà tout. Elle est si jeune... Je t'en prie, Peter, accorde-lui une seconde chance !

— Peter, mon cœur !

A l'appel de Susanna Bolt, le jeune homme se leva précipitamment. Tandis qu'elle s'approchait de lui à le frôler, il ne put s'empêcher de rougir, mal à l'aise.

Les deux jeunes femmes se saluèrent avec froideur. Polly détailla l'arrivante, étonnée que des jumelles pussent être si différentes. Autant Lucille respirait l'innocence avec ses grands yeux limpides et son air sage, autant sa sœur, forte de l'attrait qu'elle excerçait sur les hommes, jouait pleinement de sa séduction.

— Peter chéri, roucoula lady Bolt en effleurant de manière fort suggestive la chemise de son cavalier. Vous m'aviez promis de répondre à tous mes désirs, ce soir.

Polly ne put s'empêcher de rire tant les paroles de Susanna étaient lourdes de sous-entendus. Comment la prendre au sérieux ? Elle se comportait de manière si mélodramatique !

— Dans ce cas, je ne vais pas vous retenir plus longtemps, déclara-t-elle sur le même ton. Je...

Elle n'eut pas le temps de poursuivre que déjà lady Bolt entraînait Peter vers le salon de jeux.

Lady Seagrave, tout à sa conversation avec lady Calvert, n'avait rien vu de la scène... Grâce au ciel ! Sinon, elle n'aurait pas manqué de clamer son mécontentement.

Livrée à elle-même, Polly choisit de s'asseoir dans l'un des fauteuils qui entouraient la piste de danse. La chaleur était si étouffante qu'elle préférait regarder évoluer les invités plutôt que de se mouvoir elle-même. Force lui fut de reconnaître que lord Marchnight valsait toujours à la perfection. Il semblait ne pas souffrir de la température, lui ! Comment parvenait-il à conserver une apparence aussi irréprochable ?

Elle en était là de cette réflexion, lorsqu'une voix forte la fit sursauter.

— Lady Polly ! Quel charmant spectacle vous offrez ! Me ferez-vous l'honneur d'accepter ce rafraîchissement ?

La jeune fille se raidit imperceptiblement. Lord Shipley était connu pour ses nombreuses frasques. Séducteur vieillissant, il se plaisait à croire qu'il avait encore du succès auprès de la gent féminine. Bien décidée à demeurer sur ses gardes, Polly s'empara néanmoins avec gratitude du verre qu'il lui tendait.

— Vous êtes très en beauté ce soir, milady, reprit le vicomte d'une voix mielleuse, tout en prenant place à côté de la jeune fille. M'accorderez-vous l'un de vos merveilleux sourires ?

— Je ne sais trop, milord, répondit Polly avec élégance, tout en se désaltérant.

Le nectar la surprit agréablement. Délicieusement frais et fruité, il convenait bien à une chaude soirée d'été. Cela changeait de la citronnade qu'elle buvait d'ordinaire !

— Toujours aussi distante, divine demoiselle ? reprit lord Shipley.

Il parcourut la jeune fille d'un regard lascif. Vêtue d'une robe de soie aux chatoyants reflets bleus et verts, lady Polly était un modèle de fraîcheur et de naturel. Elle portait pour seuls bijoux une barrette de diamants, fixée dans sa lourde chevelure brune, et un rang de perles fines qui rappelait la transparence de sa peau diaphane.

Une lueur lubrique s'alluma dans le regard du vicomte. Pour une fois que la comtesse Seagrave avait baissé sa garde, il avait la jeune fille tout à lui... Quel tête-à-tête inespéré !

Polly poussa un léger soupir. Elle n'avait rien à craindre des avances de lord Shipley, certes, mais que ses compliments étaient ennuyeux !

— Ainsi votre plus jeune frère a succombé au piège de la tentation, poursuivit le vicomte, délaissant la flatterie pour les ragots. Saviez-vous que lady Bolt aurait délibérément écarté sa propre sœur ?

Cette nouvelle toucha profondément Polly. Cependant, elle n'en montra rien. La rencontre de Peter et Susanna n'était donc pas due à une simple coïncidence. Comment la jeune femme avait-elle pu vouloir détruire le bonheur d'Hetty ? Il fallait vraiment qu'elle fût sans cœur et d'une jalousie maladive...

— Vraiment ? se contenta de murmurer Polly. Ce genre de sujet ne m'intéresse guère, milord.

— Veuillez accepter mes excuses, milady. Je tenais simplement à vous mettre en garde contre la nature particulièrement malveillante de lady Bolt.

— J'espère que je n'aurai pas à en souffrir moi-même, répondit la jeune fille en buvant une autre gorgée de punch.

— Je vous le souhaite. Quand on sait que Susanna Bolt, avant votre frère, a tenté de séduire lord Marchnight...

— Veuillez cesser, milord ! Je n'ai que faire de vos sous-entendus, s'emporta Polly, furieuse.

Le vicomte se rapprocha et son haleine chargée d'alcool balaya le visage de sa compagne.

— Ne me trouvez-vous point à votre convenance ? murmura-t-il. Mon seul désir est pourtant de vous plaire, jolie demoiselle...

— Votre serviteur, lady Polly. Milord...

Polly se sentit tout à coup prise de vertige. Etait-ce l'effet de la boisson ou de la présence soudaine de lord Marchnight ?

— Me ferez-vous l'honneur d'accepter cette valse, milady ? reprit Henry.

L'espace d'un instant, la jeune fille eut la très nette impression que son cavalier lisait dans ses pensées. Son esprit se brouilla. Comment lord Marchnight se permettait-il de l'inviter, alors qu'ils s'étaient quittés en si mauvais termes, trois ans plus tôt ? Et pour une valse, de surcroît ! Elle n'eut pas le temps de réfléchir plus avant, que déjà son partenaire lui prenait la main et l'entraînait sur la piste de danse.

La musique était délicieusement romantique et Henry Marchnight un excellent danseur. Polly atteignit bientôt le septième ciel... Quel plaisir de se trouver enfin dans les bras de l'homme qu'elle aimait !

— Vous me paraissez bien imprudente ce soir, lady Polly, murmura Henry tout contre l'oreille de sa compagne.

Polly sentit un délicieux frisson la parcourir. Les lèvres d'Henry étaient si proches... Elle tenta de se ressaisir. Que lui arrivait-il ?

— Moi qui pensais que vous manquiez d'audace ! Cependant, vous voilà en train de valser en ma compagnie ! poursuivit son ancien prétendant. Vous n'ignorez pas, pourtant, que je suis connu pour mes innombrables liaisons...

La jeune fille se raidit en entendant ces paroles. Lord Shipley était inoffensif comparé à Henry Marchnight : ce dernier se comportait avec les innocentes débutantes comme un tigre avec ses proies. Quelle folie l'avait prise de s'abandonner à ce point dans ses bras ?

De l'autre côté de la piste de danse, sa mère la contemplait d'un air furieux. Polly fulmina. Pourquoi lady Seagrave s'avisait-elle brusquement de la présence d'Henry Marchnight, alors qu'elle n'avait pas même vu lord Shipley ? C'était plus qu'injuste !

— Aurais-je dû refuser, milord ? s'entendit dire Polly.

Cette voix sensuelle ne pouvait pas être la sienne ! Elle ne faisait jamais d'avances à un homme habituellement...

— N'oubliez pas que je suis dangereux, répondit Henry, l'air aussi surpris que sa compagne de ce changement de comportement.

— Aussi redoutable qu'un tigre ? lança la jeune fille avec un petit rire.

Lord Marchnight la contempla d'un regard pénétrant.

— Avez-vous bu du punch, lady Polly ?

— Certainement pas ! répondit Polly avec aplomb. En revanche, j'ai beaucoup apprécié le jus de fruits qui était d'un goût exquis. Pourquoi me posez-vous une telle question, milord ?

— Le jus de fruits ! répéta Henry avec un léger sourire. Je vois. Très rafraîchissant, n'est-ce pas ? Votre mère n'a pas l'air d'apprécier de vous voir en ma compagnie, ajouta-t-il. Je vais vous raccompagner auprès d'elle.

— Oh, non, je vous en prie !

Polly se souvint subitement qu'elle avait promis à Lucille de parler à Henry d'un sujet important. Mais lequel ? Elle fronça les sourcils en signe de concentration, tentant désespérément de retrouver le sujet en question. Il s'agissait de quelque chose d'assez difficile... d'embarrassant même... Le contraire de ce qu'elle éprouvait à cet instant précis. Elle se sentait si merveilleusement libérée ! Son esprit était peut-être un peu confus, soit, mais jamais elle n'avait ressenti une telle confiance en elle... Jusqu'à ce qu'elle s'aperçoive que lord Marchnight l'observait avec amusement.

— Je vous demande pardon, lady Polly ?

— Laissez-moi encore quelques instants, milord ! le supplia-t-elle.

Elle essaya de rassembler ses idées.

— Je dois... m'entretenir avec vous... d'un certain sujet.

— Vraiment !

Un léger sourire éclaira une nouvelle fois le visage de son compagnon.

— Vous m'intriguez, milady ! Je suis à votre entière disposition, naturellement.

La musique prit fin. Lord Marchnight exécuta une brève révérence, avant de prendre la jeune fille par le bras et de la conduire à l'écart, dans l'une des alcôves fermées par une tenture de soie. Ainsi lady Polly pourrait-elle se confier en toute intimité, pensa-t-il. La comtesse Seagrave était suffisamment loin.

Henry attendit que Polly prît place, mais elle ne fit aucun mouvement en ce sens. Il haussa les sourcils.

— Eh bien, milady ? Quelle est cette affaire si urgente dont vous souhaitiez me parler ? Ne vous asseyez-vous point ? Cela me permettra d'en faire de même.

L'esprit de la jeune fille s'éclaircissait peu à peu...

— Je préférerais vous voir en privé. Pas ici. Trop de personnes nous entourent !

Cette fois, lord Marchnight ne cacha pas sa surprise.

— Quelle remarque équivoque, lady Polly ! s'écria-t-il d'un ton ironique. Cela ne vous ressemble guère !

Polly fronça les sourcils. Elle n'avait pas le temps d'argumenter.

— La terrasse devrait convenir, milord, déclara-t-elle brusquement.

Tout en franchissant les portes-fenêtres, elle pria pour qu'Henry la suive. Du coin de l'œil, elle vit sa mère se lever brusquement. La comtesse se trouvait de l'autre côté de la pièce, certes, mais il ne lui faudrait que quelques secondes pour la rejoindre... Elle semblait si déterminée ! Par chance, une des connaissances de lady Seagrave vint à sa rencontre. Polly poussa un soupir de soulagement : la vieille lady Odgers avait la langue bien pendue, elle serait difficile à évincer. Pourvu que cela lui laisse suffisamment de temps...

La terrasse était plongée dans l'ombre. La jeune fille choisit à dessein le coin le plus reculé, Henry sur ses pas. Elle s'apprêtait à lui confier ce qu'elle avait sur le cœur, lorsque son inhabituelle confiance en elle s'évanouit brusquement.

— J'espérais... je souhaitais... je voulais dire...

Elle aurait tant aimé s'expliquer avec aisance, afin de mettre dignement un terme à ces trois ans d'embarras ! Henry, lui, ne faisait rien pour lui faciliter la tâche : nonchalamment adossé au parapet, il la contemplait avec le même regard pensif qu'il lui avait déjà lancé quelques instants plus tôt.

— Oui, milady ? Qu'attendez-vous de moi ? Je ne serais pas ici, autrement.

Les pommettes de la jeune fille, déjà anormalement roses sous l'effet du punch, virèrent à l'écarlate.

— Vous êtes odieux ! s'écria-t-elle. Moi qui espérais que... nous deviendrions amis à l'avenir, commença-t-elle avec hésitation.

La mémoire lui revint brusquement. Elle poursuivit d'un ton triomphant, heureuse de s'acquitter enfin de sa promesse envers Lucille :

— Après ces trois années, où nous avons tout fait pour nous éviter l'un l'autre, je pensais qu'il était temps d'instaurer une trêve dans notre relation. Si vous éprouvez le même désir, alors nous pourrions...

Son compagnon l'interrompit.

— Et si je ne partage pas votre souhait ? s'enquit-il en souriant légèrement, certain maintenant que lady Polly avait un peu trop forcé sur le punch.

Elle n'était pas ivre, soit, mais elle avait trop bu. Etait-elle à ce point innocente pour ne pas s'apercevoir de son état ? Ou du danger qu'elle courait en conviant un gentilhomme sur une terrasse déserte ?

En tout cas, la réponse qu'il venait de lui donner l'avait abasourdie. Apparemment, elle n'avait pas prévu qu'il pourrait refuser sa proposition. Il continua à l'observer avec amusement, tandis qu'elle tentait désespérément de trouver une issue à la situation. Avec ses boucles légèrement décoiffées par la brise, ses pommettes roses et ses yeux brillants, elle offrait une vision charmante. Il sentit le désir l'envahir et il fit un pas de plus dans sa direction, sans qu'elle s'aperçût de rien.

— Eh bien, si vous ne voulez pas que nous soyons amis..., reprit-elle, déroutée.

Il l'interrompit de nouveau.

— Ne vous est-il jamais venu à l'idée qu'un homme puisse rechercher autre chose que de l'amitié ? A plus forte raison lorsqu'il se trouve seul avec une jeune fille ?

Polly laissa échapper un léger cri quand elle comprit le sens des paroles d'Henry. A cause de la surveillance constante de sa mère, elle n'avait jamais pu rencontrer de jeune homme en tête à tête. Soudain, l'envie de connaître ce qu'elle avait toujours ignoré s'empara d'elle. Et elle ferma les yeux, dans l'attente d'un baiser.

Elle ne fut pas déçue. Lorsque les lèvres sensuelles d'Henry s'emparèrent des siennes avec force, elle connut un indicible plaisir. Une chaleur si agréable se répandit dans ses veines, qu'elle se prit à espérer que cette merveilleuse sensation ne cesserait jamais. Au bout de quelques minutes cependant, sa raison l'emporta et elle se dégagea brusquement, horrifiée par sa conduite.

Henry ne chercha pas à la retenir. Sous les effets combinés de l'alcool et de la forte émotion qu'elle venait de vivre, Polly commença à trembler et elle dut s'appuyer à la balustrade pour retrouver un semblant d'assurance. Encore sous le choc, elle fronça les sourcils. Comment une telle chose avait-elle pu se produire ?

De manière totalement inattendue, Henry s'empara de sa main et y déposa un léger baiser.

— Ne me regardez pas avec cet air de reproche, lady Polly ! Je n'ai fait que répondre à votre désir.

Puis il tourna les talons, à l'instant où la comtesse Seagrave arrivait.

— Lady Seagrave ! Ravi de vous revoir, madame. La dernière fois que nous nous sommes croisés, je vous avais fait le serment de ne plus jamais approcher votre fille. Sachez à présent que je compte revenir sur cet engagement, car j'ai bien l'intention de la courtiser de nouveau. Votre serviteur, madame !

3.

Polly s'éveilla fort mal en point. Une terrible migraine lui vrillait les tempes et elle avait la bouche étonnamment sèche. Elle se tourna avec difficulté sur le dos. Il devait être tard, car le soleil pénétrait à flots dans la chambre et la rue bruissait d'une activité intense.

Le souvenir de la soirée chez les Phillip lui revint à l'esprit. Comment avait-elle pu se conduire de manière aussi honteuse ? Badiner à tort et à travers, convier Henry Marchnight en tête à tête sur une terrasse déserte... Sans parler du baiser qu'ils avaient échangé !

Lord Shipley avait dû lui offrir une boisson alcoolisée, et elle n'y avait vu que du feu. Cela expliquait qu'elle se fût comportée avec autant d'audace : elle était ivre !

Elle se tortilla, mal à l'aise, avant d'enfouir son visage écarlate dans l'oreiller de dentelle, comme si elle pouvait du même coup effacer à jamais les images dérangeantes qui affleuraient sa mémoire.

— J'ai déjà essayé de la réveiller, milady.

La voix de sa femme de chambre la tira de ses pensées. Elle se redressa vivement, affolée à l'idée que sa mère la vît dans un tel état. Mais il s'agissait seulement de Lucille. A peine sa belle-sœur eut-elle pénétré dans la pièce qu'elle tirait déjà les courtines du lit d'un coup sec. Polly eut l'impression que sa tête allait éclater.

— Oh, non, je t'en prie ! s'écria-t-elle.

Elle se laissa retomber sur ses oreillers, prise d'un soudain vertige. Lucille s'immobilisa, surprise.

— Es-tu souffrante, Polly ? Je pensais que tu m'accompagnais au pique-nique de lady Routledge...

Incapable de supporter l'intensité de la lumière, Polly cligna des yeux. Comme ses oreilles bourdonnaient, elle murmura :

— Je ne me sens vraiment pas bien...

— Si je ne te connaissais pas mieux, je pourrais croire que tu as trop bu d'alcool hier, l'interrompit Lucille d'un ton sévère.

Elle observa Polly avec attention.

— Mais le bal de lady Phillip n'est certainement pas un lieu de débauche ! Il doit plutôt s'agir d'un plat que tu n'as pas digéré, poursuivit-elle, soulagée d'avoir trouvé une raison plus convenable. Je vais avertir la comtesse de ton état et je reviendrai te voir plus tard.

La jeune fille ne répondit pas. A peine se fut-elle tournée sur le côté qu'elle se rendormit aussitôt.

L'après-midi était déjà bien avancé, lorsqu'elle s'éveilla de nouveau, en meilleure forme. Elle sonna aussitôt la femme de chambre.

— Lady Seagrave m'avait recommandé de ne point vous déranger, milady, déclara la domestique. Puis-je vous apporter quelque chose ? Une légère collation, peut-être ?

A cette seule pensée, l'estomac de Polly se souleva.

— J'aurais plutôt besoin d'un grand verre d'eau, Jessie. Je n'ai jamais eu une si grande soif de ma vie ! Je vais me lever, maintenant.

— Etes-vous sûre, milady ? Mon frère, lui, garde le lit une bonne journée pour se remettre de ses excès de la veille.

Devant l'air outré de sa maîtresse, la femme de chambre exécuta une rapide révérence en guise d'excuse.

Polly se sentait profondément blessée. Voilà que maintenant Jessie la comparait à son frère, connu pour ses problèmes de boisson ! Sa suivante possédait un cœur d'or, mais elle était bien une fille de la campagne, sans le moindre tact !

— Comme vous voudrez, milady, se hâta de dire la domestique. Avez-vous l'intention de sortir ?

— Oui. J'aimerais me rendre à la bibliothèque de prêt. Prépare-moi ma robe lilas, s'il te plaît.

Une demi-heure plus tard, vêtue d'une ravissante robe de mousseline mauve, bordée de dentelle, et d'un charmant chapeau de paille noir posé sur ses boucles brunes, Polly sortait gaiement en compagnie de Jessie.

La jeune fille laissa échapper un soupir de contentement. Quel bonheur de marcher un peu, le long des jardins odorants ! Rien de tel pour recouvrer ses esprits ! Lucille et sa mère n'étaient pas encore rentrées de leur pique-nique, mais lady Seagrave ne trouverait certainement rien à redire quant au projet de sa fille de se rendre à la bibliothèque. Quel danger y courrait-elle ?

Une fois arrivée à destination, Polly passa un agréable moment à déambuler entre les rayons pour choisir des romans. La fraîcheur, la douce pénombre et le calme des lieux étaient exactement ce à quoi elle aspirait. Un vieil homme sommeillait dans un fauteuil, tandis que deux jeunes femmes commentaient un ouvrage à voix basse. Rien ne semblait venir troubler la quiétude de l'endroit...

Polly s'emparait d'un livre sur une étagère, lorsqu'elle se retrouva nez à nez avec une paire d'yeux gris. Saisie, elle recula d'un pas et laissa tomber tous ses volumes. Le vacarme provoqué ne manqua pas de soulever de vives protestations de la part des deux jeunes femmes. Le dormeur, lui, ne broncha pas. Quant à la personne qui se trouvait de l'autre côté, elle fit nonchalamment le tour des rayonnages, avant de se baisser et de rassembler les livres épars.

— Bonjour, lady Polly ! déclara lord Marchnight.

— Que faites-vous ici ? lança Polly avec humeur, oubliant du même coup sa résolution de ne plus jamais lui adresser la parole.

Henry Marchnight était d'une extrême élégance dans son habit gris perle qui rehaussait l'éclat de ses yeux. Polly se sentit contrariée. Quelle malchance de le revoir si rapidement, après ce qui s'était passé entre eux la veille ! Si seulement elle était restée chez elle ! La scène de la terrasse s'imposa une nouvelle fois à son esprit, ajoutant à sa confusion.

Le jeune homme indiqua les deux livres qu'il tenait sous le bras.

— Comme vous, je sélectionnais quelques ouvrages, déclara-t-il. Un gentilhomme n'a-t-il pas le droit de se rendre à la bibliothèque ?

— Naturellement, répondit Polly. Mais j'ai peine à croire que lire soit l'une de vos occupations favorites.

La jeune fille s'interrompit, honteuse de sa maladresse.

— Je vous demande pardon, milord, ce n'est pas ce que je voulais dire. Je pensais seulement que vous aviez d'autres centres d'intérêt...

Voilà qu'elle recommençait ! Elle pinça les lèvres, gênée.

Son compagnon sourit en lui montrant son choix.

— Permettez-moi de vous étonner, milady. J'ai ici la biographie de Coleridge et un recueil de Homer.

Polly fut forcée de reconnaître qu'elle s'était forgé une fausse opinion à son sujet et qu'il était bien plus érudit que ce qu'elle pensait.

— Je suis heureux de vous voir rétablie, poursuivit Henry. Votre belle-sœur m'a appris, au pique-nique de lady Routledge, que vous étiez légèrement souffrante ce matin. Peut-être avez-vous mangé ou... bu quelque chose, au bal de lady Phillip, qui ne vous a pas convenu ?

Son hésitation ne passa pas inaperçue. La jeune fille

rougit, vexée. La dernière chose qu'elle souhaitait était que lord Marchnight lui rappelât ses débordements de la veille.

— Ce n'était rien, répondit-elle avec raideur. Permettez-moi de vous laisser, milord, car je dois rentrer me reposer. Nous nous rendons au théâtre ce soir.

— Puis-je vous escorter jusqu'à Brook Street ? suggéra poliment son compagnon.

Il ouvrit la porte et la jeune fille sortit dans la rue ensoleillée, suivie de sa chambrière. L'offre d'Henry était tentante, certes, mais eu égard à son comportement de la nuit précédente, mieux valait ne pas prolonger leur rencontre.

— Je vous remercie, milord. Je peux très bien continuer seule, d'autant que Jessie m'accompagne.

— Vous m'en voyez fort déçu, milady, répondit Henry en lui emboîtant le pas comme si de rien n'était. Ne nous sommes-nous point promis d'améliorer nos relations ? Comment voulez-vous y parvenir si vous refusez ma compagnie ?

— Améliorer nos relations ? répéta Polly.

Elle s'arrêta, et observa le jeune homme. Une légère brise soulevait ses cheveux. Elle ressentit soudain le désir irraisonné de passer la main dans ses mèches dorées. Puis elle s'avisa qu'elle devait avoir l'air stupide à le contempler ainsi et elle se remit à marcher, avec précipitation.

— Oui, reprit Henry. Nous sommes censés devenir amis. Ne vous en souvenez-vous point ? Vous l'avez vous-même suggéré hier soir...

— Amis ? répéta-t-elle de nouveau.

Elle faillit en trébucher de surprise. Comme la main d'Henry resserrait momentanément son emprise sur son bras, toutes sortes de sensations délicieuses parcoururent son corps.

— Vous n'avez pas pu oublier... Nous nous trouvions sur la terrasse des Phillip.

Polly se hâta de répondre pour l'empêcher de poursuivre.

— Oui, en effet, je me rappelle notre conversation.

Elle prit une profonde inspiration.

— Pourtant vous n'aviez pas l'air de prêter une grande attention à mes paroles...

Lord Marchnight se détourna pour la regarder droit dans les yeux.

— Ma réponse ne vous a-t-elle point paru... amicale ?

Polly rougit d'indignation.

— Certainement pas, milord ! Impertinente et scandaleuse, oui, mais sûrement pas amicale !

Henry réprima à grand-peine son envie de rire.

— Voyons, lady Polly ! Quel jugement sévère ! Ma compagnie vous était-elle si désagréable ?

Polly ne savait que répondre. Il eût été plus facile de mentir, mais elle avait été élevée dans le respect de la vérité.

— Votre conduite n'était en rien digne d'un gentilhomme, milord ! laissa-t-elle échapper.

— C'est exact ! déclara Henry en souriant franchement. En revanche, votre proposition me plaît grandement, milady. Sachez que je suis plus que désireux de développer notre amitié.

Ils venaient d'atteindre Brook Street, fort à propos d'ailleurs, car Polly était incapable de trouver une réponse appropriée. Avant de prendre congé, lord Marchnight lui baisa poliment la main, tandis qu'elle se contentait d'un bref au revoir.

Elle ne put se résigner toutefois à le laisser partir sans le suivre des yeux. Malheureusement pour elle, Henry s'en aperçut pour s'être retourné au bout de quelques mètres en lui adressant un grand sourire.

— C'est un homme charmant, milady, commenta Jessie avec son franc-parler habituel. Mais méfiez-vous, car il semble avoir des idées derrière la tête !

Polly, qui partageait le même avis, choisit de jouer l'indifférence.

— Lord Marchnight n'est qu'une simple connaissance ! riposta-t-elle.

— S'il n'est rien de plus que ce que vous dites, il paraît bien sûr de son charme, dans ce cas ! déclara Jessie, indignée. Et vous n'y êtes pas insensible, milady !

Polly ne nia pas.

En fin de journée, alors qu'elle s'habillait en vue de la soirée au théâtre, elle éprouva un frisson d'excitation, mêlé d'une certaine appréhension. Se pouvait-il qu'Henry Marchnight s'y rendît lui aussi ? De manière inattendue, il semblait que sa désastreuse conduite ait piqué l'intérêt du jeune homme...

Une fois à Drury Lane, assise dans sa loge auprès des siens, elle eut bien du mal à réprimer son impatience grandissante. Sans cesse, elle observait les nouveaux arrivants dans l'espoir d'apercevoir Henry.

La pièce donnée ce soir-là était une farce et la troupe de comédiens réputée parmi les meilleures. Tandis que Lucille et Nicholas discutaient avec lord Orbison, et l'un de ses cousins, lord Dacre, lady Seagrave et lady Dacre observaient avec attention les spectateurs du parterre, afin d'identifier les personnes de leur connaissance.

Lorsque la comtesse vit Susanna, la jumelle de Lucille, en compagnie d'un gentilhomme à l'air éminemment respectable, elle ne put s'empêcher de donner un coup de coude à lady Dacre.

— Regardez, Marianne ! Le duc de Garston en train de se rengorger au bras de lady Bolt ! Comment cette Messaline s'y prend-elle pour attirer dans ses filets les hommes les plus fortunés de la capitale ?

Par chance, Lucille, tout à sa conversation, n'entendit pas. Polly, en revanche, se pencha en avant, curieuse. Lady Bolt, une fois de plus, attirait tous les regards avec le style flamboyant qui était le sien. Moulée dans un fourreau de soie pourpre, sa chevelure parsemée de perles et sa bouche peinte d'un rouge carmin, elle se pavanait au bras de sa dernière conquête. Ses yeux saphir, la réplique exacte de ceux de Lucille, brillaient d'un éclat glacial, alors que ceux de sa jumelle n'exprimaient que douceur et bonté.

Polly laissa échapper un soupir, légèrement envieuse de l'attrait qu'exerçait Susanna sur la gent masculine. Elle-même se savait agréable à contempler, certes, mais il ne lui aurait pas déplu de posséder une telle sensualité.

— Polly ! s'écria sèchement lady Seagrave lorsqu'elle s'avisa du manège d'un jeune dandy qui s'amusait à lorgner sa fille à l'aide de ses jumelles. Assieds-toi ! Tu ne souhaites pas attirer l'attention des gens du commun, tout de même !

La jeune fille reprit sa place, le cœur battant : elle venait enfin d'apercevoir Henry Marchnight dans la loge opposée à la sienne. Ainsi le jeune homme avait-il décidé de se rendre au théâtre, lui aussi. Etait-il venu pour elle ? se demanda-t-elle non sans espoir. En tout cas, il semblait bien se divertir. Avec Simon Verey, l'épouse de celui-ci et plusieurs de leurs amis, il faisait partie d'une joyeuse bande.

Une pointe d'envie traversa Polly, qu'elle réprima aussitôt. Elle n'avait pas le droit de se plaindre de son sort — sa famille lui était d'une compagnie très agréable — mais elle aurait bien aimé s'amuser avec des amis de son âge, elle aussi ! Bien qu'elle ne fût plus une débutante, elle était toujours affublée d'un chaperon.

Comme elle se risquait à un autre regard en direction de la loge d'Henry, elle s'aperçut que ce dernier la contemplait avec insistance. Son pouls s'accéléra. Quand la pièce débuta, elle ne parvint pas à se concentrer : toutes ses pensées revenaient au jeune homme. En dépit de ses protestations d'amitié, avait-il vraiment décidé de la courtiser ? Ses intentions à son égard étaient-elles sérieuses ? Elle lui connaissait une telle réputation ! D'un autre côté, elle devait admettre qu'elle se plaisait en sa compagnie. En outre, la saison était si monotone qu'elle avait besoin de nouveauté. Une aventure avec lord Marchnight lui apporterait précisément ce qui lui manquait...

Elle en était là de ses réflexions, lorsque les applaudissements retentirent. Aussi s'avisa-t-elle avec horreur qu'elle n'avait rien vu du premier acte. Les spectateurs commençaient à s'agiter et à discuter : l'entracte débutait. Lucille s'empara du bras de sa belle-sœur et la conduisit hors de la loge. Comme elle lui demandait son avis sur la farce, Polly fut incapable de le donner; elle n'avait d'yeux que pour Henry et Simon qui approchaient.

Lord Marchnight salua Lucille avec chaleur et Polly ressentit une pointe de jalousie en considérant la cordialité de leur relation. Puis sa belle-sœur se tourna vers Verey, laissant Henry et Polly seul à seule.

— La pièce vous a-t-elle plu, lady Polly? s'enquit poliment le jeune homme, tandis qu'ils longeaient le corridor.

— Oui, je vous remercie, milord, répondit-elle en espérant que son compagnon s'abstiendrait de lui poser des questions plus précises.

— A ce que je vois, vous appréciez toujours autant le théâtre, n'est-ce pas? poursuivit-il avec un sourire. Vous n'êtes pas de ceux qui se rendent à Drury Lane uniquement pour y être vus! Je me souviens de la fois où nous avions assisté à une pièce de Shakespeare. Vous sembliez totalement subjuguée.

Polly se sentit rougir. Elle se rappelait parfaitement cette soirée, elle aussi. Elle avait éprouvé un tel plaisir à s'asseoir auprès d'Henry et à partager ses impressions avec lui!

La cloche retentit, annonçant le second acte. Elle s'apprêtait déjà à regagner sa loge lorsque son compagnon la retint par le bras.

— Un instant, lady Polly! déclara-t-il. Accepteriez-vous de m'accompagner pour une promenade en cabriolet à Hyde Park, demain après-midi ?

Polly s'immobilisa, aussitôt bousculée sans ménagement par les spectateurs qui regagnaient leur place.

— Ma requête n'est certainement pas inhabituelle, reprit le jeune homme. Vous devez être submergée de demandes.

— Oui, mais pas de votre part..., s'entendit-elle murmurer.

Elle s'interrompit. Décidément, Henry avait l'art et la manière de lui faire avouer n'importe quoi !

— Je voulais dire qu'il n'est pas dans vos habitudes...

— Je ne me promène pas souvent à Hyde Park, en effet. Mais je vous assure que je sais conduire un attelage.

Polly comprit qu'il répondait délibérément à côté. Le problème ne provenait pas des compétences d'Henry, mais plutôt des ragots qu'ils ne manqueraient pas de susciter en se montrant ensemble...

— Je viendrai vous prendre à 17 heures, murmura-t-il, tenant son accord pour acquis.

Puis il disparut. Une fois assise, Polly ne put s'empêcher de regarder une dernière fois en direction de sa loge. Leurs regards se croisèrent. La jeune fille s'empourpra : Henry l'avait de nouveau surprise en flagrant délit !

4.

— Je suis heureuse d'apprendre qu'Henry et toi êtes enfin réconciliés, déclara Lucille à Polly, comme cette dernière venait de lui faire part de ses projets pour l'après-midi.

Les deux belles-sœurs prenaient leur petit déjeuner dans le salon ensoleillé, au côté de Nicholas qui lisait la *Gazette*.

— Je doute que maman partage ton opinion, dit Polly avec amertume.

La comtesse Seagrave n'avait pas caché sa colère en découvrant sa fille en tête à tête avec le gentilhomme le plus controversé de la capitale. Polly avait eu beau mentir en affirmant qu'il ne s'était rien passé entre eux, sa mère n'avait pas semblé le moins du monde convaincue.

Lady Seagrave choisit ce moment pour faire son apparition dans le salon, de fort mauvaise humeur.

— Qu'étiez-vous en train de manigancer toutes les deux ? s'enquit-elle d'un ton bougon.

Polly s'empressa de lui servir une tasse de thé, le cœur serré. Sa mère, manifestement, souffrait de migraine, et dans ces moments-là elle n'était pas à prendre avec des pincettes. Comment allait-elle lui annoncer l'invitation d'Henry Marchnight ? Après maintes hésitations, elle décida finalement de livrer tout à trac :

— Je disais à Lucille qu'Henry Marchnight viendra me prendre à 17 heures pour une promenade en phaéton.

La comtesse s'empourpra sous l'effet de la nouvelle.

— Comment ? Tu comptes sortir en compagnie de lord Marchnight ? Mais tu as perdu l'esprit, ma fille ! Cet homme, nul ne peut lui faire confiance !

— Pour conduire un attelage ou en tant qu'individu ? intervint Nicholas, par-delà son journal.

Polly leva la tête, surprise. Son frère n'avait pas semblé s'intéresser à la conversation jusque-là. Pourtant, à en juger par la lueur singulière qui brillait dans ses yeux, il n'en avait pas perdu une miette !

Le cœur de la jeune fille se serra un peu plus. Si Nicholas désapprouvait cette sortie, lui aussi, ses chances de revoir Henry semblaient fortement compromises...

Lucille jeta un regard de reproche à son mari, avant de s'adresser à sa belle-mère :

— Que voulez-vous qu'il se passe, madame ? Ils ne seront pas seuls, le parc est très fréquenté à cette heure.

La douairière lui lança un regard noir.

— Vous ne savez pas de quoi cet homme est capable, Lucille ! Je ne m'inquiète pas seulement de la sécurité de Polly, mais aussi de sa réputation. Si jamais l'une de nos connaissances l'aperçoit en compagnie de ce séducteur impénitent, les ragots ne manqueront pas d'aller bon train...

— Voyons, maman, vous exagérez ! lança Nicholas. Lord Marchnight n'est pas aussi terrible que ce que vous vous plaisez à penser. A mon avis, Polly devrait accepter.

Sur ce, il replia son journal avec irritation, se leva, posa un léger baiser sur le front de sa femme et déclara qu'il allait lire en paix dans la bibliothèque.

— Un peu de miel dans votre thé, madame ? se hâta de demander Lucille, afin de détourner l'attention de la comtesse du départ précipité de son fils. Il n'y a rien de tel contre la migraine.

Lady Seagrave afficha un pâle sourire. Sa belle-fille était la gentillesse même !

— Merci, Lucille. Qu'il est bon de penser qu'une personne au moins se soucie de mon confort, alors que ma progéniture, elle, ne fait rien d'autre que me tourmenter ! M'accompagnerez-vous chez Mme Manbury cet après-midi, puisque Polly a... d'autres obligations ?

Confortablement installée dans le cabriolet d'Henry, Polly regrettait de ne pas avoir pris plus au sérieux les mises en garde de sa mère. Elle se sentait mal à l'aise et nerveuse. Leur apparition avait suscité une telle curiosité parmi les gens du monde présents à Hyde Park cet après-midi-là et son compagnon lui vouait une attention si exclusive ! Ne pouvait-il la contempler avec moins d'insistance ?

Heureusement, sa conversation était des plus courtoises.

— Appréciez-vous la saison, milady ? demanda-t-il tout en évitant avec adresse un phaéton qui venait en sens inverse.

Polly se détendit légèrement. Finalement, se laisser conduire de la sorte par une aussi belle journée n'était peut-être pas si désagréable...

— Je ne peux pas dire que la saison m'ait particulièrement enchantée cette année, répondit-elle. En revanche, j'aime toujours autant séjourner à Londres : les monuments et les parcs sont si beaux, les occasions de se divertir tellement nombreuses !

Henry lui adressa un regard amusé.

— En quoi la saison vous a-t-elle déçue ?

Polly haussa les épaules, gênée de s'être exprimée avec autant de légèreté. Elle ne voulait point passer pour une jeune fille du monde trop gâtée.

— Comme les réceptions et les bals se déroulent toujours à l'identique, j'ai un peu le sentiment d'être blasée après toutes ces années.

Henry se mit à rire.

— Etes-vous si âgée que cela ? Peut-être avez-vous simplement besoin de changer d'air ? Irez-vous à Brighton cet été ?

Polly acquiesça sans grand enthousiasme.

— Oui, comme chaque année. Mais là encore il me faudra rencontrer les mêmes personnes et partager les mêmes activités... Sans la mer et les bienfaits de l'air iodé, je n'aurais aucune envie de m'y rendre.

— Votre préférence irait-elle à la campagne ? s'enquit Henry d'un air intéressé. Je crois me souvenir, en effet, que vous vous plaisiez beaucoup à Dillingham autrefois. Le Suffolk est une si belle région !

— Oui, vous avez raison : j'apprécie de pouvoir y mener une existence plus libre, déclara la jeune fille, de nouveau tout sourires. Là-bas, je peux monter à cheval, peindre, faire de longues promenades...

— Si je comprends bien, vous êtes une rebelle, lady Polly ! Vous préférez faire ce qui vous plaît plutôt que suivre la mode. Je partage votre avis. Comme vous, je trouve la haute société assommante lorsque je passe trop de temps en sa compagnie. A ce propos, j'ai le sentiment que les choses sont en train de changer dans la capitale. Les gens du monde s'amusent toujours autant, mais le peuple, lui, n'est plus aussi tolérant qu'avant.

Polly comprenait ce qu'Henry voulait dire. Les pauvres étaient de plus en plus nombreux dans la rue et leur ressentiment envers les riches ne faisait que croître.

— Un vent de révolte souffle effectivement sur la capitale, approuva Polly en frissonnant. Je me demande combien de temps ces troubles vont se prolonger.

— Ce sont des pensées bien sombres pour une si belle journée, observa Henry. Veuillez m'excuser pour cette note peu réjouissante. Tenez, ne s'agit-il pas là-bas de votre parente par alliance, lady Bolt ? Votre frère sera certainement déçu d'apprendre qu'elle le délaisse pour le duc de Garston.

— Oh, Henry ! s'exclama Polly.

Elle jeta un coup d'œil en direction du coche qui approchait. A son habitude, Susanna avait revêtu une tenue extravagante : sa robe de soie violette et son bibi orné de plumes d'autruche étaient bien trop élégants pour une promenade en cabriolet ! Malgré tout, Polly ne put s'empêcher de se sentir insignifiante et démodée comparée à elle.

— Henry, mon ami ! s'écria lady Bolt avec une familiarité déplacée. Comme je suis heureuse de vous voir !

Elle lança à Polly un regard méprisant.

— Qu'avez-vous fait de vos conquêtes habituelles ? Celle-ci n'est pas votre genre, elle manque par trop d'éclat.

Polly s'empourpra, mortifiée. Sa mère se serait certainement trouvée mal si elle avait entendu la réflexion de Susanna. Mais elle-même était trop bien élevée pour lui répondre.

— Comment allez-vous, lady Bolt ? déclara Henry avec froideur. J'étais tellement sous le charme de ma compagne que je ne vous ai pas vue venir. Bonne fin de journée, milady ! conclut-il en lançant les chevaux au trot.

— Oh, Henry ! répéta Polly. Comment deux jumelles peuvent-elles être si différentes ? Lucille est d'une telle bonté !

— Vous n'avez pas à vous en soucier, lady Polly. Une jeune fille de votre rang n'a rien à faire avec des personnes comme lady Bolt.

— Je sais bien, mais...

Bien que Polly détestât la conduite de Susanna, elle ne pouvait s'empêcher d'éprouver une certaine pitié à son égard.

— Je connais ce genre de femmes, reprit Henry. Moins vous vous intéressez à elles et mieux vous vous portez.

Ils approchaient de Brook Street, la rue où Polly habitait.

— Je serais heureux de poursuivre cette conversation, mais je doute que vos oreilles apprécient d'entendre des sujets habituellement réservés aux hommes.

— Toujours les mêmes principes ! s'écria Polly avec humeur. En quoi une femme n'a-t-elle pas le droit de faire, d'entendre ou de dire certaines choses ? Cela m'exaspère ! Pourquoi les hommes auraient-ils la liberté d'agir à leur guise, pendant que les femmes, elles, sont surveillées de toute part ? Leur destinée est-elle de passer de la tyrannie de leurs parents à celle d'un époux ?

Lorsqu'elle s'avisa du sens de ses paroles, elle rougit, gênée de s'être emportée de la sorte. Lady Bolt avait réussi à lui faire perdre le contrôle d'elle-même.

— Je me demandais pour quelle raison vous ne vous étiez point mariée, justement, dit tranquillement lord Marchnight. Est-ce parce que vous craigniez de manquer de liberté ?

Polly demeura silencieuse. Seuls le bruit des roues du cabriolet et le pépiement des oiseaux troublaient la tranquillité de l'instant.

— Non, répondit-elle lentement. J'avais un autre motif.

— Me le direz-vous ?

— Je ne le puis, milord. Comment osez-vous poser des questions si personnelles, alors que nous sommes des étrangers l'un pour l'autre ?

— Je proteste, lady Polly ! Nous nous connaissons au contraire depuis fort longtemps ! riposta le jeune homme.

— Oui, mais nous avons passé très peu de temps ensemble, objecta sa compagne. En outre, ces trois dernières années, vous étiez souvent absent.

Elle fronça les sourcils, s'avisant qu'elle ignorait toujours ce qui avait tenu Henry éloigné de la capitale pendant de longs mois. Les rumeurs laissaient entendre que c'était à cause d'une liaison scandaleuse ou de pertes au jeu, mais personne ne savait vraiment.

Henry ne donna pas d'explication. Après avoir arrêté le cabriolet devant l'hôtel particulier des Seagrave, il en descendit avec souplesse avant d'aider la jeune fille à faire de même. Il ne chercha pas à la frôler, pas plus qu'il ne retint sa main dans la sienne plus longtemps que nécessaire.

Polly en éprouva une vive déception. La promenade ne se terminait décidément pas comme elle l'aurait souhaité. Pourquoi Henry s'était-il montré si réservé, tout à coup? Elle se sentait insatisfaite lorsqu'il était trop courtois et nerveuse quand il ne l'était pas... Sa relation avec lord Marchnight ne s'annonçait pas de tout repos!

Le lendemain matin, le fleuriste se présenta de bonne heure à Brook Street avec une somptueuse corbeille de roses rouges destinée à Polly. La carte qui l'accompagnait était d'Henry : le jeune homme s'excusait de devoir quitter inopinément la capitale et espérait la revoir très bientôt. Malgré sa déception, Polly ne put résister au plaisir d'enfouir son visage dans la douce fragrance.

Les jours suivants s'étiraient peu à peu. La saison prendrait fin dans quelques semaines. A cause de la chaleur, l'atmosphère chez les Seagrave était devenue irrespirable, chacun se plaignant à longueur de temps.

— Tout le monde est si énervé en ce moment! soupira Polly à l'intention de Lucille. As-tu remarqué comme la canicule peut changer le caractère des gens? C'est si étrange!

Lucille agita son éventail avec vigueur.

— J'ai entendu dire que des émeutes avaient eu lieu cette nuit, dit-elle en fronçant les sourcils. Des fenêtres ont été brisées et des échoppes dévalisées. Comme toi, je pense que les conditions atmosphériques agissent sur les nerfs. Si je demandais à Nicholas de donner leur samedi aux domestiques, peut-être pourrions-nous aller à Hampstead Wells ? Qu'en penses-tu ? Sortir de la ville nous ferait le plus grand bien.

La proposition de Lucille remporta un franc succès. La comtesse Seagrave accepta même de faire le voyage. Par chance, la température était devenue plus clémente. Ils passèrent tous une excellente journée à se promener sur la lande, à jouer au cricket et à prendre les eaux.

Tandis qu'ils se désaltéraient dans un salon de thé, Lucille avisa une enseigne qui annonçait un concert pour le soir même, suivi d'un feu d'artifice.

— Oh, restons un peu plus longtemps ! s'exclama la jeune femme. Nous avons encore tant de curiosités à découvrir et ce serait si amusant d'assister au spectacle !

Une fois le concert terminé, comme la nuit commençait à tomber, ils se dirigèrent vers la lande pour assister au feu d'artifice. Les gradins installés pour l'occasion étaient déjà tous pris.

— Quelle foule ! s'écria la comtesse. Qui eût cru que la ville entière aurait eu la même idée que nous ? Continuons à marcher pour essayer de trouver des places.

Polly suivait derrière, occupée à serrer plus étroitement son manteau autour d'elle, car le temps fraîchissait. C'est alors qu'un couple la bouscula violemment, la faisant trébucher. L'homme rubicond et sa corpulente compagne étaient sensiblement éméchés. Lorsqu'elle se releva, les premières fusées illuminaient le ciel. La nuit était si noire tout à coup qu'il lui fut impossible de distinguer où se trouvait le reste de la famille. Une foule bigarrée se pressait autour d'elle : des gentilhommes avec leurs épouses, des domestiques, des marchands...

Soudain une voix l'apostropha :

— Vous êtes seule, mademoiselle ? Laissez-moi m'occuper de vous !

Polly s'immobilisa. Un homme jeune lui barrait le passage. A en juger par son allure chancelante, il était ivre. Affolée, la jeune fille lançait des regards désespérés autour d'elle pour retrouver les siens quand l'individu lui saisit le bras.

— Votre aide ne sera pas nécessaire, milord, intervint quelqu'un derrière elle. Cette jeune demoiselle est avec moi.

Polly reconnut la voix de lord Marchnight avant même de le voir. Lorsqu'elle se retourna, il se tenait tout contre elle, à la frôler. L'homme qui l'avait abordée marmonna de vagues excuses et s'enfuit sans demander son reste.

— Dites-moi, lady Polly, demanda Henry sur le ton de la conversation, est-ce une façon de revendiquer votre indépendance que de vous promener seule à Hampstead Wells en pleine nuit ?

— Ne soyez pas ridicule ! lança Polly.

L'horreur de ce qu'elle avait failli vivre la terrassa brusquement.

— J'ai été séparée de ma famille, c'est tout, reprit-elle d'une voix à peine plus forte qu'un murmure. Nous cherchions des places pour le feu d'artifice et...

Une autre fusée éclata à cet instant précis en une myriade d'étoiles.

— Ils peuvent être n'importe où maintenant, déclara Henry d'un ton résigné en contemplant la foule. Le plus sage est que je vous raccompagne à votre voiture. Votre famille vous y retrouvera sans difficulté. Votre frère Nicholas est-il avec vous ?

Polly acquiesça.

— Dieu merci ! reprit son compagnon. Lui au moins agira avec discernement et pourra calmer les autres. Si nous prenons ce chemin, nous arriverons droit à la place principale du village. Est-ce bien l'endroit où est stationné votre landau ?

La jeune fille hocha la tête, profondément malheureuse. Sa mère devait être folle d'inquiétude. Quel dommage qu'une si belle journée se termine de cette façon !

— Je suis désolée, dit-elle, j'ai oublié de vous remercier. Vous êtes arrivé à temps, milord. J'espère que je ne vous ai point séparé de vos amis ?

— Je suis venu seul, répondit le jeune homme d'un air soudain préoccupé. Qu'est-ce qui vous fait croire que vous êtes plus en sécurité avec moi qu'avec ce bandit ? ajouta-t-il sur un ton plus léger.

Polly s'arrêta. Elle ne pouvait voir l'expression d'Henry à cet instant, il faisait trop sombre.

— Oh, je n'ai jamais pensé..., balbutia-t-elle.

— Peut-être auriez-vous dû ? reprit son compagnon avec un large sourire. Vous connaissez ma réputation ! Croyez-vous qu'une jeune fille puisse réellement me faire confiance ?

— Je ne trouve pas cette plaisanterie très drôle, milord ! rétorqua Polly, indignée.

Soudain, la présence du grand corps d'Henry si proche du sien la remplit d'émoi. En dépit de qu'il venait de dire, elle se sentait délicieusement en sécurité à son côté.

Comme elle reculait d'un pas, afin d'endiguer le flot d'émotions qui la submergeait, elle perdit l'équilibre et le jeune homme la retint en lui passant un bras autour de la taille.

— Vous m'avez mal jugé, milady, car je vous ai désirée dès la seconde où je vous ai vue, déclara-t-il.

La nuit noire renforçait l'intimité de l'instant. Polly ne chercha pas à fuir, cette fois. Elle non plus ne pouvait nier plus longtemps le désir que lui inspirait son compagnon. Sans attendre, elle leva son visage vers lui, puis elle glissa ses mains dans ses cheveux dorés et l'attira à elle. Le jeune homme ne put réprimer un gémissement de désir, tant il avait faim d'elle. Lorsque enfin leurs bouches s'unirent, ils furent comblés au-delà de toute espérance. Polly n'était plus que sensualité et Henry vibrait de passion.

Quand ce dernier finit par se dégager, la jeune fille frissonna dans la fraîcheur de la nuit.

— Assez, mon cœur ! murmura-t-il. Ma douce, mon innocente lady Polly... avez-vous une simple idée de ce qui allait se passer ?

Polly se sentait transie et abasourdie. Elle ne pensait qu'à regagner le tendre et chaud abri des bras d'Henry.

— Je suis désolée..., commença-t-elle d'une toute petite voix, mais son compagnon la reprit contre lui.

— Vous n'avez pas à l'être. Tout est ma faute. Je croyais pouvoir rester maître de la situation, mais vous m'avez prouvé le contraire, avoua-t-il en lui donnant un léger baiser sur les cheveux. Il nous faut partir, maintenant. Votre famille doit vous attendre.

Lucille et la comtesse Seagrave se trouvaient déjà sur la grand-place. Au bruit de pas d'Henry et Polly, elles se retournèrent vivement et un immense soulagement se peignit sur leur visage lorsqu'elles les virent.

— Polly ! Que t'est-il arrivé ? Tu trembles ! s'écria Lucille en étreignant sa belle-sœur avec effusion.

La jeune fille, encore profondément troublée, relata rapidement sa mésaventure et comment Henry l'avait sortie de cette situation embarrassante.

— Nicholas est resté sur les lieux du feu d'artifice, il faudrait le prévenir, déclara Lucille à l'intention du jeune homme. Il vous sera si reconnaissant, Henry ! Nous étions tous tellement inquiets !

— Dieu du ciel, tu es saine et sauve ! s'exclama lady Seagrave en embrassant sa fille avec ferveur. Nous vous devons une fière chandelle, milord !

Lord Marchnight sourit.

— Ne soyez pas trop dure envers votre fille, madame. Je crois que lady Polly a eu son content d'émotion, ce soir ! déclara-t-il, une lueur malicieuse dans les yeux.

La jeune fille frémit au souvenir de leur baiser passionné. Elle seule savait à quoi Henry faisait référence.

— Henry Marchnight jouant le moraliste ! dit la comtesse, une fois sur le chemin du retour. Je n'aurais jamais cru cela possible !

5.

— Maman ne va pas tarder à me faire la leçon, déclara Polly à Lucille d'un air sombre.

Subitement, son visage s'éclaira et elle changea de sujet.

— Regarde, Lucille ! Ces chaussons de danse en satin ne sont-ils pas adorables ? Tu devrais les essayer.

Les deux jeunes femmes flânaient le long de Bond Street, en quête d'accessoires pour le prochain voyage de noces de Nicholas et Lucille.

— Je crains qu'elles ne me soient pas d'une grande utilité là où nous avons prévu d'aller, observa sa belle-sœur avec douceur. Une paire de solides chaussures de marche serait plus appropriée.

— Et une ombrelle pour te protéger du soleil ! ajouta Polly. Maman n'appréciera guère que tu gâtes ton teint de porcelaine.

Lucille rit.

— J'aurais fière allure ainsi accoutrée ! Pourquoi n'achètes-tu pas les chaussons pour toi ?

Mais Polly n'avait d'yeux que pour un réticule brodé, dont la couleur s'accordait parfaitement à sa robe de mousseline mauve.

— Je ne peux me permettre qu'un seul achat, répondit-elle à regret. Oh, comme ces gants de soie sont beaux ! Maintenant, je ne sais plus que choisir.

Lucille rit de nouveau.

— As-tu réellement besoin de tout ceci ?

— Non, pas vraiment... Mais cela me ferait tellement plaisir ! répondit Polly en fronçant son adorable petit nez. Me trouves-tu trop extravagante ?

La jeune femme, qui pensait au contraire que sa belle-sœur manquait souvent de fantaisie, s'empressa de la rassurer.

Une fois le réticule acheté, elles reprirent leur chemin. Lucille déclara tout à coup :

— Que disais-tu tout à l'heure à propos de ta mère ?

Polly fronça les sourcils.

— Ah oui ! C'est au sujet d'Henry ! Je suis surprise que maman ne m'ait pas encore sermonnée. Cela ne lui ressemble guère de me laisser autant de liberté.

Les deux dernières semaines, lord Marchnight était souvent venu à Brook Street, que ce fût pour emmener Polly en promenade ou l'accompagner à des bals, des soirées, des pique-niques... Au début, la jeune fille était restée sur ses gardes, car elle n'osait croire que les intentions de son prétendant fussent sérieuses. Puis, finalement, elle avait décidé de ne plus se poser de questions et de profiter des délicieux moments qu'ils passaient ensemble.

— Je pense que ta mère se trouve face à un dilemme, Polly, déclara Lucille. D'un côté, son instinct maternel lui commande de te protéger, de l'autre elle ne peut s'empêcher d'espérer qu'Henry demandera ta main. Elle a appris à l'apprécier, tu sais.

Polly pinça les lèvres, troublée.

— Crois-tu réellement qu'Henry veuille m'épouser ? Après tout, peut-être ne suis-je pour lui qu'une conquête de plus ?

— S'il te considérait comme telle, il ne passerait pas autant de temps en ta compagnie, observa Lucille. Il est si attentionné à ton égard !

Les propos de sa belle-sœur réconfortèrent Polly qui

retrouva sa joie de vivre, et se plut à rêver à la vie qu'elle mènerait au côté d'Henry.

Quelques jours plus tard, lord Marchnight vint l'inviter à une partie de campagne. Avec les Verey et quelques amis, il avait projeté de faire une promenade à cheval. Polly fut enchantée de cette idée, car l'équitation lui manquait depuis le début de la saison.

Comme le temps était splendide, les jeunes gens décidèrent de terminer leur échappée par une collation dans une auberge champêtre, au milieu des bois.

— J'ignorais que vous étiez une cavalière aussi accomplie, lady Polly, déclara Henry, tandis qu'ils longeaient un lac en bordure de la forêt. J'aurais dû vous proposer cette sortie bien plus tôt !

Il posa un regard appréciateur sur les joues rosies et les yeux brillants de sa compagne.

— Vous aimez vous sentir libre, n'est-ce pas ? Loin de la ville et de ses obligations...

Quelque chose dans l'intonation du jeune homme rappela à Polly la fameuse nuit de Hampstead Wells, où ils s'étaient embrassés avec tant de passion. Là aussi il avait plaisanté sur son goût pour l'indépendance.

Depuis, cependant, ils n'avaient plus jamais été aussi proches. Henry semblait redouter de se trouver en tête à tête avec elle, et ce comportement était des plus curieux. Elle-même aurait aimé réduire la distance qui s'était instaurée entre eux, mais elle n'osait pas, tenue par son éducation.

Troublée par les pensées qui l'agitaient, la jeune fille détourna la tête pour observer le paysage qui l'entourait. Les cimes des arbres majestueux se reflétaient dans l'eau claire du lac et les rives disparaissaient sous des buissons de fleurs sauvages. De cet endroit émanait une beauté si tranquille !

Lorsqu'ils arrivèrent à l'auberge, ils eurent la surprise d'être accueillis par un superbe buffet froid dressé sur des tables dans le jardin. Polly, tout à sa conversation avec Therese Verey, ne s'aperçut pas que son compagnon s'était esquivé.

— Savez-vous où se trouve Henry ? demanda-t-elle en toute innocence, comme ils traversaient la cour de l'auberge. Il était ici il n'y a pas deux minutes... Oh !

La scène qui venait de lui apparaître eut le même effet sur tous les membres du groupe. Alors qu'ils étaient en train de discuter gaiement l'instant d'avant, ils se figèrent soudain en un silence horrifié.

Lord Marchnight, nonchalamment appuyé contre la portière d'un élégant phaéton tiré par quatre chevaux blancs, était en grande conversation avec la femme qui se trouvait à l'intérieur, un sourire appréciateur sur les lèvres.

Lorsqu'il aperçut ses amis, il se raidit et Polly vit un air de dépit se peindre sur son visage, comme s'il regrettait d'avoir été interrompu. Une seconde plus tard, l'occupante du cabriolet penchait la tête par la portière et plantait un baiser plein d'ardeur sur la bouche d'Henry, le prenant par surprise.

Lady Bolt, manifestement, avait agi de la sorte pour un maximum d'effet. De l'intérieur de la voiture, elle avait vu le groupe arriver et n'avait pu s'empêcher de jouer un tour à sa façon, c'était certain. Néanmoins, Henry eut beau reculer précipitamment, le mal était fait. Tous les témoins garderaient désormais à la mémoire l'image de lady Bolt entourant la nuque du jeune homme de ses mains fines et l'embrassant avec force.

Polly se sentit défaillir. Cette scène avait plongé chacun dans la plus grande confusion. Tandis que le phaéton de lady Bolt s'éloignait, Simon Verey, l'air outragé, se précipita vers Henry pour lui demander des explications, mais ce dernier s'éclipsa avant même qu'il ait pu l'approcher.

La jeune fille surprit le regard qu'échangeaient Therese Verey et Jane Delahaye ; la colère s'y mêlait à la déception.

— Polly, déclara Therese, peut-être vaudrait-il mieux que nous vous raccompagnions ?

Son époux s'empressa d'aller chercher leur voiture.

Polly se sentait abasourdie et au bord de la nausée. Elle ne comprenait pas qu'Henry ait pu rencontrer lady Bolt en tête à tête. En outre, il avait semblé prendre du bon temps en sa compagnie... Peut-être même avaient-ils décidé de se revoir ? Les espoirs de Polly s'effondrèrent. Dire qu'elle avait cru en la sincérité de son prétendant et qu'elle lui avait fait confiance ! Elle s'était bien trompée...

Elle passa le reste de la journée dans un état de profonde léthargie. Alors que Lucille voulait savoir comment s'était déroulée la promenade, elle s'enferma dans sa chambre. Sans cesse, elle se demandait pourquoi Henry n'avait rien tenté pour la voir ou lui parler avant qu'ils partent. Elle regrettait qu'il ait disparu comme un voleur sans avoir le courage de s'expliquer.

En fin d'après-midi, pourtant, elle revêtit avec défi sa plus belle robe de soirée, en vue du bal de Mme Fleetwood qui avait lieu le soir même. Si elle devait croiser Henry Marchnight ou faire face au scandale qui ne manquerait pas de se produire, au moins serait-elle à son avantage. Ainsi qu'elle s'y était attendue, la désastreuse histoire était déjà sur toutes les lèvres.

— Comme c'est stupide de la part d'Henry de s'être laissé prendre au piège par ma sœur ! soupira Lucille tandis que Polly et elle repoussaient un cinquième curieux.

— Cela ne l'excuse pas pour autant, déclara Polly avec froideur. Tu es trop indulgente, Lucille !

Sa belle-sœur lui jeta un regard de reproche.

— Tu sais bien que Susanna a un goût immodéré pour le scandale. En tout cas, cette fois, elle a réussi !

Cette remarque attira l'attention de Polly.

— Que veux-tu dire, Lucille ?

— Ne vois-tu pas que ma sœur a tout fait pour vous séparer, Henry et toi ? Tout comme Peter et Hetty ? J'espère qu'elle n'agira pas de même avec Nicholas et moi, ajouta Lucille avec un petit rire. Elle en serait bien capable !

Polly dévisagea sa belle-sœur avec horreur.

— Penses-tu que Susanna aurait pu manigancer une telle scène ?

— Bien sûr ! Elle est capable de tout pour créer des problèmes aux autres. Tu devrais le savoir depuis le temps, Polly...

Elle s'interrompit en poussant un léger cri. Tournant la tête pour voir ce qui avait choqué sa belle-sœur, Polly aperçut précisément l'objet de leur discussion qui pénétrait dans la salle de bal. Comme pour mieux souligner les paroles de sa sœur, lady Bolt paradait de nouveau au bras de... Peter Seagrave !

— Oh ! s'exclama Lucille. Cette fois, elle dépasse les bornes !

Le lendemain, Polly assista au bal de Mme Ellery. A cause de la canicule, toujours présente, les invités passaient plus de temps à boire qu'à danser. La jeune fille agita son éventail avec vigueur. Heureusement que la saison se terminait ! Elle et sa famille pourraient enfin quitter la capitale pour rejoindre leur résidence du bord de mer.

La comtesse Seagrave chaperonnait sa fille et gardait sur elle un œil beaucoup plus attentif qu'au bal de lady Phillip. Ainsi qu'elles en étaient convenues, la jeune fille devait rejoindre sa mère à la fin de chaque danse. Dans un sens, cela convenait à Polly, car ainsi elle évitait Henry Marchnight. Ce dernier, toujours aussi séduisant dans un habit de velours noir, escortait sa sœur, lady Laura. Polly ne put s'empêcher d'avoir le cœur brisé en le voyant valser. Finalement, elle n'avait été pour lui qu'une simple aventure sans lendemain.

A la fin d'un quadrille, elle trouva sa mère assise en compagnie de la duchesse de Broxbourne et des Ditton. Polly tressaillit à la vue de ces derniers. Miss Thalia Ditton et son frère Tristan étaient d'un tel ennui ! Ils ne s'intéressaient qu'aux ragots et à leur fortune.

Alors qu'elle s'apprêtait à faire demi-tour, elle s'aperçut qu'Henry la contemplait d'un air pensif et l'expression de ses yeux gris la mit mal à l'aise. Aussi décida-t-elle en toute hâte qu'il valait encore mieux subir la présence des Ditton plutôt que celle de ce goujat et elle prit place au côté de sa mère.

— Nous étions en train de parler de ce hors-la-loi dénommé Chapman, déclara la duchesse de Broxbourne tout en observant Henry Marchnight du haut de son monocle.

Un pâle sourire effleura ses lèvres fines, car lord Marchnight était l'un de ses favoris.

— Il semblerait qu'il vienne de s'évader, poursuivit-elle.

Un léger cri s'échappa des lèvres de l'assistance, suspendue à ses paroles.

— C'est exact, confirma M. Ditton. Sur le chemin de la potence, qui plus est ! ajouta-t-il, tout excité. Ses hommes ont attaqué le convoi et tué les gardes. Comme des émeutes avaient lieu dans les environs, Chapman a pu se sauver sans difficulté, dissimulé par la foule. Et, depuis, personne ne l'a plus revu.

Les fortes épaules de la duchesse frémirent d'horreur.

— Nous ne sommes plus en sécurité nulle part. Ce bandit est un voleur doublé d'un assassin ! s'exclama-t-elle.

L'assistance jeta un regard suspicieux autour d'elle

comme si elle s'attendait à voir le capitaine Chapman et ses brigands envahir la salle par les fenêtres.

L'affaire Chapman était à la une de tous les journaux depuis plusieurs semaines. Le capitaine avait été arrêté durant le cambriolage d'un armurier et la rumeur voulait qu'il ait volé des baïonnettes dans le but de fomenter une insurrection populaire. De plus amples investigations dans les activités de Chapman avaient permis de révéler qu'il était également l'instigateur d'un grand nombre de vols à main armée perpétrés envers des membres de la haute société. Le seul fait de prononcer son patronyme causait des sueurs froides aux gens du monde : il était le défenseur des pauvres et des opprimés qui menaçaient l'ordre établi.

— On dit aussi que ce hors-la-loi est couvert par un protecteur très puissant, un noble en mal de sensations fortes, reprit M. Ditton. Ce traître abriterait Chapman et sa bande quelque part !

Un murmure de protestation parcourut l'assistance.

— Ce n'est certainement pas l'un de nous ! déclara miss Ditton.

— Je n'étais pas au courant de cette rumeur, intervint la duchesse. Est-elle fondée ?

M. Ditton haussa les épaules avec élégance.

— Qui peut le savoir, chère madame ? Le protecteur de Chapman serait en outre un familier des salons. Dans ce cas, rien de plus facile pour lui que de commanditer des vols à main armée dans son propre milieu...

— Vous effrayez les dames, Ditton, l'interrompit avec douceur lord Marchnight.

Polly le regarda, surprise de son intervention. Le visage d'Henry exprimait de nouveau l'ennui qu'il affichait lorsqu'il se trouvait en société. Mais pendant une seconde il avait semblé étrangement captivé par les paroles de M. Ditton.

— N'êtes-vous point concerné, Marchnight ? s'enquit

la duchesse. Ne craignez-vous pas pour votre vie, vous aussi ?

Le jeune homme sourit.

— Hélas, non, madame. Je n'ai pas suffisamment d'énergie à gaspiller pour m'inquiéter inutilement de bandits et d'assassins. L'élégance de mes toilettes m'absorbe davantage ! Veuillez m'excuser, madame.

Et il s'éloigna en direction du salon de jeux.

— Eh bien ! explosa la duchesse. Heureusement que nous ne devons pas compter sur Henry Marchnight pour défendre nos intérêts !

— Et s'il ne s'agissait que d'une façade, madame ? déclara M. Ditton d'un air rusé.

Il se pencha en avant pour donner plus de poids à ses paroles

— Si lord Marchnight était notre homme ? reprit-il. Ses préoccupations de dandy ne seraient alors qu'une façon élégante de détourner l'attention...

Des murmures choqués s'élevèrent parmi l'audience. Même la duchesse de Broxbourne ne savait comment réagir. Polly se leva. La lueur vive des chandeliers lui donnait subitement mal à la tête.

— Lord Marchnight est bien trop paresseux pour monter une insurrection ! s'exclama la duchesse.

Les yeux de M. Ditton brillaient d'une lueur singulière.

— Peut-être avez-vous raison, madame, mais qui sait ? Si j'étais vous, je considérerais Henry Marchnight avec la plus grande méfiance.

— Surveillez vos paroles, Ditton ! dit la duchesse. Vous avez de la chance que lord Marchnight ne soit pas là pour vous provoquer en duel !

Mal à l'aise, Polly décida d'aller prendre l'air. Après s'être excusée, elle traversa la salle de bal en direction de la terrasse. Elle se sentait bouleversée. Comment blâmer Tristan Ditton de douter d'Henry, alors que lui-même encourageait ce sentiment ? Il n'avait rien de superficiel en réalité, elle était bien placée pour le savoir. Alors pourquoi s'obstinait-il à donner une fausse image de lui-même en société ?

— Lady Polly, puis-je vous parler ?

Elle n'avait pas vu lord Marchnight approcher, car les piliers de la terrasse projetaient une ombre dense alentour. En revanche, elle vit sa mère se lever pour venir la rejoindre. Le jeune homme l'aperçut aussi et pinça les lèvres.

— Allons sur la piste de danse, milady ! lança-t-il d'un ton brusque. Ainsi serons-nous tranquilles pendant un moment.

Polly le suivit, tendue. La valse qui se jouait lui fit songer au bal de lady Phillip et son cœur se serra. Ils étaient si proches, alors ! Dorénavant, leurs rapports ne seraient plus jamais les mêmes. Une cassure s'était produite entre eux depuis la scène de Richmond. Le front plissé, les sourcils froncés, Henry semblait préoccupé. Polly sentit son pouls s'accélérer. Allait-il lui parler de lady Bolt ?

Il n'en fit rien. Il se contenta d'aborder le sujet de la désastreuse intervention de M. Ditton.

— Ce Ditton va vraiment trop loin ! s'exclama-t-il, furieux. Comment peut-il colporter avec autant d'assurance de simples ragots ?

Polly, que cette discussion avait fortement troublée, ne put se contenir plus longtemps. Les mots lui échappèrent avant même qu'elle ait pu les retenir :

— Pourquoi avez-vous prétendu ne vous intéresser qu'à des choses frivoles, milord ? J'ai du mal à croire que l'affaire Chapman puisse vous laisser indifférent. Je dois avouer que certains aspects de votre comportement ne manquent pas de me surprendre !

L'espace d'un instant, son compagnon afficha un air de profond étonnement aussitôt remplacé par le masque affable que Polly détestait tant.

— Que voulez-vous dire au juste, milady ? Faites-vous

allusion à mon goût pour le jeu et les conquêtes féminines ?

Polly faillit trépigner de rage.

— Ne faites pas semblant de ne pas comprendre, milord ! J'ai vu votre expression quand M. Ditton critiquait le protecteur de Chapman...

Henry la fit taire d'une légère pression sur le bras. Sous l'effet de la colère, elle ne s'était pas aperçue qu'elle avait haussé le ton et que plusieurs couples les dévisageaient avec curiosité. Il se pencha pour lui murmurer à l'oreille :

— Je sais que mon comportement a pu vous paraître étrange tout à l'heure, milady. Mais, pour le moment, je vous demande d'oublier ce que vous savez de moi et de me considérer uniquement comme un dandy préoccupé par sa seule tournure.

Polly ne put dissimuler sa stupéfaction. Cette fois Henry n'essayait pas de détourner son attention avec des bêtises. Il était sérieux et son regard la suppliait d'agir comme il le lui demandait.

La jeune fille ne savait plus que penser. Pourquoi son compagnon se donnait-il délibérément l'apparence d'un dandy ? Que cachait ce manège ? Se pouvait-il que Tristan Ditton eût raison, finalement, en soupçonnant Henry d'être le protecteur de Chapman ? Lui aussi s'ennuyait au contact de la haute société. Devait-elle en déduire que... ? Non, ce n'était pas possible ! Henry était bien trop intègre et fier pour accepter de se laisser entraîner dans des activités criminelles...

Le regard troublé de Polly chercha le visage de son cavalier.

— Mais pour quelle raison jouez-vous ce rôle ? Qu'est-ce...

— Je vous prie de m'excuser, l'interrompit le jeune homme d'une voix douce quand il vit l'expression désorientée de sa compagne, mais je ne peux rien vous dire pour le moment. Il est très important que vous gardiez vos soupçons pour vous, milady. Un jour, je vous expliquerai tout.

— Vous n'y êtes pas obligé...

— Comment donc ? riposta vivement le jeune homme, sourcils froncés. Votre considération m'importe beaucoup, lady Polly. Rien n'a changé entre nous, sachez-le. Lorsque je serai en mesure de vous apporter des éclaircissements, je le ferai.

Il esquissa un léger sourire.

— Pour l'instant, je ne peux que vous demander de m'accorder votre confiance.

La musique prit fin et Polly s'avisa à peine qu'Henry la raccompagnait auprès de sa mère tant elle se sentait troublée. Puis il prit congé d'elle en exécutant une brève révérence.

La jeune fille le regarda s'éloigner, l'esprit en proie à une grande confusion. Quel mystère entourait Henry Marchnight ? Pourquoi se comportait-il de manière aussi étrange ? Eu égard, toutefois, à ce qu'il venait de lui dire, un peu d'espoir renaissait en son cœur.

6.

— Tristan Ditton s'est montré d'une telle inconvenance, ce soir ! commenta la comtesse Seagrave, une fois que Polly et elle eurent regagné leur landau.

Polly, fort lasse, se contenta de donner son assentiment avant de poser la tête sur le dossier du siège et de fermer les yeux. Le temps était si lourd ! Il allait certainement pleuvoir. A peine se fut-elle fait cette réflexion que le tonnerre retentit non loin et que des éclairs zébrèrent le ciel. Elle tressaillit et drapa plus étroitement sa cape autour d'elle. Vivement qu'elles fussent chez elles ! L'atmosphère semblait vibrer d'ondes malveillantes...

Le coupé était aux deux tiers du parcours quand des coups de feu retentirent à l'extérieur de la voiture. Polly ouvrit précipitamment les yeux et la comtesse, qui s'était assoupie, sursauta violemment.

Des torches apparurent derrière les vitres de l'habitacle ; à leur lueur tremblotante, Polly aperçut des dizaines de gens du peuple gesticulant et criant, les visages déformés par la haine. Des bruits de verre cassé et des détonations de pétards retentirent, tandis que l'excitation des émeutiers grandissait. Le landau n'avançait plus qu'au pas.

— Que diable se passe-t-il ? déclara lady Seagrave en se penchant pour regarder à travers la vitre.

Ce fut alors que la portière de la voiture s'ouvrit brusquement et que le cauchemar commença. Des mains crasseuses attrapèrent Polly et sa mère et les firent descendre de force dans la rue. L'odeur de corps mal lavés mêlée à des effluves d'alcool était écœurante. La foule se pressait autour d'elles, avide : leurs vêtements furent lacérés et leurs bijoux arrachés avec violence. La comtesse hurlait et Polly était terrifiée par la menace de mort qui planait autour d'elles. Dans le bruit et la confusion, elles ne virent pas que le cocher avait été blessé et qu'il ne pouvait leur être d'aucune aide.

— Tous pour un, maintenant ! hurla la foule.

Lady Seagrave, violemment bousculée et rouée de coups par les assaillants révoltés, hurlait à présent sans relâche. Puis le feu fut mis au landau et la foule devint incontrôlable. Polly tenta de s'échapper, mais aucune issue n'était possible.

— A toi, ma petite ! cria une voix éraillée contre son oreille. Tu es plutôt jolie, tu sais...

Polly se sentit défaillir, tandis que l'horreur gagnait en intensité. Sa mère sanglotait, mais elle-même ne pouvait pleurer, tant elle était effrayée. Le bruit s'amplifiait et les visages grimaçants et diaboliques dans la lueur du feu ajoutaient à sa terreur.

A moitié évanouie, la jeune fille nota à peine que la foule battait en retraite, tandis que des murmures enflaient peu à peu :

— Cet homme est armé... il a un pistolet... deux même... prenons la fuite !

Lorsqu'un bras la saisit par sa taille, elle était trop faible pour pouvoir crier. « Qu'ils m'emmènent, songea-t-elle, à bout de forces. Je suis si lasse... »

— Ce n'est pas le moment de perdre connaissance, lady Polly, déclara Henry Marchnight d'une voix calme et résolue. Vous devez vous montrer courageuse.

Polly ouvrit les yeux pour découvrir qu'Henry la tenait contre lui et la regardait avec acuité. Il la secoua légèrement.

— J'ai besoin que vous soyez forte maintenant, milady. Ne me décevez pas.

La jeune fille releva aussitôt le menton. Bien que grandement choquée par ce qu'elle venait de vivre, elle réagit instinctivement au ton autoritaire de son compagnon. En outre, elle devait penser à sa mère : lady Seagrave se trouvait étendue sur le sol avec des haillons pour seuls vêtements. Salie, couverte d'ecchymoses, elle gémissait faiblement. Quant au cocher, le visage en sang, il réussit à se traîner péniblement jusqu'à eux.

Au loin, la foule disparaissait comme elle était venue, se fondant dans la nuit noire. Henry remit la comtesse sur pied. Ce faisant, les pans de son manteau s'écartèrent et Polly aperçut les pistolets accrochés à sa ceinture.

— La milice arrive... Partons !

Les voix faiblissaient, la violence mourait peu à peu.

— Pouvez-vous marcher, madame ? demanda Henry à la comtesse d'une voix remplie de sollicitude. Si vous ne vous en sentez pas capable, je vais vous porter jusque chez vous, ce n'est plus très loin.

Lady Seagrave, comme sa fille, était dotée d'un fort caractère : elle se redressa et repoussa en arrière sa chevelure décoiffée.

— Je peux marcher, milord, à condition toutefois que vous me donniez le bras. Mais les autres ? Lord et lady Ballantyne ?

— Ils sont déjà partis, répondit Henry en commençant à s'éloigner du cabriolet incendié. Nous pouvons seulement espérer qu'ils auront réussi à échapper à l'émeute. Maintenant, faisons en sorte d'arriver chez vous sains et saufs.

Les rues sombres étaient désertes, jonchées de verre brisé et de débris fumants. Il sembla à Polly que le trajet jusqu'à Brook Street durait une éternité. Lorsque enfin la façade illuminée de l'hôtel particulier des Seagrave apparut devant ses yeux, elle éprouva un soulagement sans bornes. La porte s'ouvrit aussitôt et Nicholas et Lucille, le visage angoissé, se précipitèrent à leur rencontre. Le majordome, bouleversé lui aussi, ne savait plus où donner de la tête. Les domestiques vinrent rapidement s'occuper de leurs maîtresses et du cocher. Lord Marchnight, quant à lui, s'effaça discrètement avant même que les Seagrave aient pu le remercier.

Bien plus tard, alors que la comtesse dormait, Polly, elle, ne parvenait pas à trouver le sommeil. Malgré son épuisement, le choc qu'elle avait subi la tenait éveillée. Appuyée contre ses oreillers, une tasse de thé brûlant à la main, elle entreprit alors de raconter toute l'histoire à Lucille et Nicholas qui étaient venus la rejoindre dans sa chambre. Les deux jeunes époux furent horrifiés et profondément affligés par ce qu'ils entendirent.

— ... et le plus étrange, conclut Polly, est que lord Marchnight est apparu de nulle part et qu'il a réussi, par sa seule présence, à dissiper la foule. C'est vraiment un personnage...

Les yeux de la jeune fille se fermaient. Lucille s'empara avec douceur de la tasse et la posa sur la table de nuit. Puis elle borda tendrement sa belle-sœur.

Polly se sentait enfin glisser dans les bras de Morphée. Elle tenta cependant de se soulever une dernière fois sur ses oreillers.

— ... un homme qui se rend à un bal avec une paire de pistolets ne peut pas être ordinaire..., ajouta-t-elle, à demi endormie.

Les yeux de Lucille croisèrent ceux de son mari. Nicholas haussa les sourcils, mais ne dit rien. Polly se laissa retomber. Son lit était doux et chaud. A présent, elle n'avait plus peur de rien. Dans un ultime effort, elle murmura :

— Je l'aime beaucoup, vous savez. Je l'ai toujours aimé.

Et elle s'endormit.

⁂

Tôt le lendemain matin, Nicholas Seagrave se présenta St. James Street. Le majordome discret et stylé, qui lui ouvrit la porte, s'empressa d'aller prévenir son maître. Lord Marchnight arriva quelques minutes plus tard.

— Je suis venu vous remercier d'avoir sauvé ma mère et ma sœur, déclara Seagrave. Ma mère aurait souhaité se déplacer elle-même, mais elle est encore très faible. En tout cas, sachez qu'elle vous tient en grande estime.

Un léger sourire éclaira le visage d'Henry.

— Toutes deux ont vraiment eu de la chance que vous soyez passé au bon moment, reprit Nicholas. Tout comme l'autre jour à Hampstead Wells.

Le jeune homme évita le regard pénétrant de son visiteur.

— Il s'agissait d'un simple hasard, répondit-il.

— Naturellement, poursuivit Seagrave d'un ton qui montrait qu'il n'était pas dupe. De même vous êtes-vous rendu au bal de Mme Ellery avec des pistolets pour le cas où vous feriez de mauvaises rencontres. On n'est jamais assez prudent, de nos jours !

— Ah, les pistolets ! Je suppose que... lady Polly ?

— Polly est très observatrice, en effet, répondit Nicholas, mais je pense que vous vous en êtes déjà avisé.

— Je dois dire que votre sœur est un peu trop perspicace à mon goût, agréa Marchnight avec un franc sourire. J'espère, reprit-il, que ses blessures guériront vite, ainsi que celles de votre mère. Elles auraient pu y perdre la vie, vous savez. En tout cas, elles ont vraiment fait montre d'un courage exemplaire !

Seagrave pinça les lèvres.

— Encore un coup de Chapman, n'est-ce pas ? Allez-vous bientôt l'arrêter ?

— Oui, je touche au but.

— Avez-vous réussi à démasquer son protecteur?

Henry hésita.

— Je suis sur une piste, répondit-il.

Nicholas hocha la tête avec gravité.

— Je vais vous laisser à présent, Henry. Laissez-moi vous remercier une dernière fois. Si vous n'étiez pas intervenu... J'espère que cela n'a pas diminué vos chances de prendre votre homme.

Henry le rassura et s'empara de la main qu'il lui tendait.

— Si jamais vous avez besoin d'aide, faites-le-moi savoir, reprit Seagrave. Oh, Henry — le jeune homme regarda son ami avec gravité —, soyez prudent. Je crois avoir deviné pourquoi vous vous souciez tant de ma sœur. Sachez que je ne m'opposerai pas à ce que vous la demandiez en mariage.

Sur ce, il leva sa canne en guise de salut et partit, laissant le jeune homme interloqué sur le seuil de la porte.

Les semaines qui suivirent l'émeute, Polly garda la chambre, incapable de reprendre une existence normale. Triste, apathique, elle passait ses journées à jouer aux cartes et à lire. Chaque nuit, le même cauchemar revenait la hanter : des mains sales et avides meurtrissaient son corps et lui faisaient subir les pires outrages.

Henry Marchnight n'était pas revenu depuis cette fameuse nuit. Le bruit courait qu'il avait dû quitter Londres pour affaires. Polly souffrait de son absence. Elle aurait tant aimé pouvoir lui parler et le remercier !

Lucille et Nicholas étaient finalement partis en voyage de noces en Ecosse. Peter, quant à lui, avait annoncé qu'il passerait tout l'été dans le fief de lord Wellerden, réputé pour ses goûts de luxure et ses soirées de débauche. La comtesse Seagrave n'avait pas caché sa désapprobation devant un tel projet, mais comme Nicholas avait eu le même penchant avant son mariage, elle avait fini par se convaincre que Peter retrouverait lui aussi la voie de la sagesse, un jour.

A cause du choc causé par l'émeute, elle avait décidé de se rendre dans le Suffolk pour se reposer, plutôt que d'aller à Brighton comme prévu.

— Es-tu certaine que tu veux m'accompagner à Dillingham, Polly ? demanda-t-elle à sa fille comme celle-ci venait de déclarer qu'elle préférait le calme de la nature à la vie trépidante de la station balnéaire.

Elle observa Polly avec inquiétude. La jeune fille était pâle et amaigrie depuis cette terrible nuit. En outre, le fait qu'elle refusât de paraître en société ajoutait à son tourment. Polly ne pouvait passer le reste de son existence en recluse ! A son âge, elle avait besoin de se divertir et de sortir avec des amis...

— Plus que curieux, observa lord Orbison, lorsque lady Seagrave lui fit part de l'intention de Polly de s'isoler à la campagne. Vous ne parviendrez jamais à marier votre fille, Cecilia, si elle s'obstine à se comporter de manière aussi excentrique ! En ce qui me concerne, j'ai décidé de ne plus m'en soucier. Elle pourra mourir vieille fille si c'est ce qu'elle souhaite !

Il croisa les bras sur son ventre bedonnant.

— Quant à ce jeune imbécile de Peter, j'ai cru comprendre qu'il se rendait chez lord Wellerden, marmonna-t-il. Comment peut-il choisir de se perdre dans le jeu et le vice, celui-là ? Cette famille part à la dérive, Cecilia !

7.

Le Suffolk se révéla en fait beaucoup plus vivant que prévu. Comme les Ditton, les Farrant et les Fitzgerald avaient eux aussi choisi d'y passer l'été, pas une journée ne se déroula sans qu'il y ait un pique-nique, une réception ou un bal d'organisés.

Et quatre semaines plus tard, lorsque Nicholas et Lucille revinrent de leur voyage de noces, Dillingham s'éveilla tout à fait à la vie.

— Lucille attend un heureux événement ! annonça joyeusement lady Seagrave à Polly, le soir même du retour de son fils et de sa belle-fille. Puisqu'elle a besoin de se reposer, l'air pur de la campagne lui fera le plus grand bien. Quoique l'idée de devenir grand-mère me désole un peu, je suis très heureuse qu'elle soit enceinte.

Polly se trouvait chez les Fitzgerald au moment de l'arrivée de Nicholas et Lucille. Aussi dut-elle attendre le lendemain matin pour rendre visite à sa belle-sœur.

La jeune femme avait mauvaise mine, étendue dans le grand lit blanc : ses yeux bleus paraissaient immenses dans son visage livide et des cernes mauves assombrissaient son regard.

— Je ne suis pas en grande forme, confirma Lucille en réponse au regard anxieux de Polly. Dire que nous passions des vacances de rêve ! Et puis il a fallu que je tombe malade !

Elle haussa légèrement les épaules.

— Si c'est cela le mariage, je préfère encore vivre seule dans un petit cottage avec des livres pour toute compagnie.

Polly se mit à rire.

— Je suis désolée que tu te sentes si mal, Lucille, mais songe au bonheur des personnes qui t'entourent : maman est aux anges et Nicholas a l'air d'un chat devant un bol de crème !

— Ton frère a la part belle, lui ! s'exclama Lucille avec ingratitude. Ce n'est pas lui qui souffre. Mais je vais me venger en me comportant comme la plus difficile des futures mères.

— As-tu pris ton petit déjeuner ? s'enquit Polly, pragmatique.

Lucille frémit.

— La comtesse m'a fait porter une corbeille de toasts, mais leur simple vue me donne la nausée. Et hier, pourtant, je ne jurais que par des œufs brouillés. C'est à n'y rien comprendre !

Polly éclata de rire.

— Tu iras mieux très bientôt, je te le promets. Maman l'a affirmé et tu sais qu'elle a toujours raison. As-tu besoin d'une chose particulière avant que je te quitte ? Nous allons rendre visite aux Ditton, ce matin. Si cela peut te consoler, tu ne seras pas la seule à souffrir !

Lucille afficha un pâle sourire.

— Devoir garder le lit n'est peut-être pas si mal après tout. Ne fais pas attendre ta mère et reviens me voir lorsque vous serez rentrées. Pendant ce temps, je vais faire en sorte que Nicholas m'entoure de prévenances.

La canicule continuait. Comme la comtesse Seagrave avait pris l'habitude de faire la sieste l'après-midi, que Lucille devait rester alitée et que Nicholas s'occupait du domaine, Polly employait son temps libre à se promener à l'ombre des jardins, à peindre, à lire ou à monter à cheval.

Ce jour-là, elle avait décidé de marcher un peu. L'esprit préoccupé, elle pensait à Henry Marchnight. Les Ditton avaient déclaré la veille qu'il se rendrait sous peu dans le Suffolk, car il devait y accompagner sa mère et sa sœur. Elle avait très envie de le revoir, mais, en même temps, elle ne pouvait s'empêcher de ressentir une certaine crainte à cette perspective. Qu'en serait-il pour Henry ? Eprouverait-il le même désir ? Ils ne s'étaient pas revus depuis si longtemps...

Elle devait être rapidement fixée puisque les Marchnight arrivèrent seulement deux jours plus tard dans leur propriété de Woodbridge. Leur première entrevue eut lieu chez Mme Fitzgerald qui les avait conviés, ainsi que les Ditton et les Farrant, à prendre le thé. D'emblée, Henry choisit de s'asseoir auprès de Polly.

— Je n'ai pas encore eu l'occasion de vous remercier, milord, pour nous avoir sauvées de l'émeute, ma mère et moi, déclara-t-elle.

Le jeune homme lui effleura la main avec tendresse. Ce geste fut si bref que personne ne s'en avisa. Elle-même aurait pu croire qu'elle avait rêvé si la sensation de la main virile d'Henry sur la sienne ne lui avait donné d'agréables frissons. Elle regarda ailleurs, en proie à une vive émotion.

— Vous n'avez pas à me remercier, milady, répondit Henry. Je me suis trouvé là au bon moment, voilà tout.

Polly se sentit envahie d'un trouble délicieux. Son compagnon possédait un tel charme ! Il s'adressait à elle comme si elle était la seule personne d'importance dans la pièce et ses yeux gris lui vouaient la plus grande des attentions. Pourtant, elle n'ignorait pas qu'il charmait de la même façon quantité de jeunes femmes. Elle ne devait pas oublier sa réputation de séducteur impénitent. Mais il allait lui être difficile de ne pas succomber de nouveau à la tentation : le comté n'était pas grand !

Pour détourner son attention de telles pensées, elle adressa un sourire éclatant à son compagnon :

— Comment avez-vous prévu d'occuper vos journées ici, milord ? Le Suffolk va vous paraître terriblement ennuyeux, vous qui avez l'habitude de divertissements plus raffinés !

Henry haussa les sourcils.

— Quelles sont donc ces activités que je suis censé avoir, lady Polly ?

La jeune fille s'empourpra.

— Pas de sous-entendus, milord !

— Je vous assure que ma question était des plus sérieuses. Pourquoi faut-il que les gens aient tous des préjugés à mon égard ?

— Votre comportement s'y prête, déclara-t-elle avec un petit sourire. Faites-moi donc part de vos projets, cela évitera les méprises...

— Eh bien..., commença Henry, pensif... mon père m'a demandé de superviser la construction de son nouveau bateau sur le chantier naval, j'y passerai donc le plus clair de mon temps ; j'ai prévu aussi d'aller rendre de fréquentes visites à Charles Farrant qui est l'un de mes amis. Enfin, je compte bien faire des promenades à pied, nager, monter à cheval... Le Suffolk est une si belle région ! Comme vous pouvez le voir, je ne manquerai pas de distractions.

Une lueur amusée parut dans les yeux gris du jeune homme.

— Pour ce qui est de ce soir, je pourrais rester des heures à vos côtés, mais j'ai promis à ma sœur de vous demander une faveur, ajouta-t-il en désignant l'intéressée d'un signe de tête. Laura m'a déclaré se sentir un peu seule, ici, et je sais qu'elle serait heureuse de discuter avec vous. Accepteriez-vous qu'elle vienne vous tenir compagnie un instant ?

Lady Laura regardait son frère d'un air plein d'espoir. Polly sourit.

— Mais bien sûr, milord. Avec plaisir !

La jeune fille vint aussitôt la rejoindre et elles passèrent un agréable moment à deviser de tout et de rien. Laura confia à Polly qu'elle se plaisait dans le Suffolk, mais que leur maison était un peu trop isolée à son goût. Elle était sur le point d'ajouter quelque chose, lorsque M. Farrant, qui discutait jusqu'alors avec miss Ditton, vint les rejoindre. Elle se mit alors à rougir délicatement et resta étrangement silencieuse.

Polly observa le changement avec amusement, non sans une certaine surprise. Charles Farrant n'était pas spécialement beau ni jeune. Qu'est-ce que Laura pouvait donc lui trouver ? Elle semblait pourtant sincèrement éprise, vu les regards énamourés qu'elle lui lançait. Quant à Charles, il la couvait littéralement des yeux.

Polly ne put s'empêcher d'observer la réaction d'Henry : ce dernier avait l'air aussi surpris qu'elle du comportement de sa sœur et de son ami. Un instant plus tard, il lui proposa d'aller visiter les jardins de Mme Fitzgerald, afin de laisser le couple faire plus ample connaissance.

— Qui aurait pu penser que Laura et Charles tomberaient amoureux l'un de l'autre ? dit-il, pensif, comme il aidait Polly à descendre l'escalier menant à la pergola. Je tiens Charles en grande estime, mais je n'aurais jamais imaginé qu'il puisse remporter autant de succès auprès des jeunes filles en fleur.

Il baissa les yeux sur le visage serein de Polly.

— En tout cas, je leur dois à tous deux la chance d'être seul avec vous, car je suis certain que vous n'auriez pas consenti à me suivre autrement. Prenons-nous place un instant sous le grand chêne ?

Polly n'hésita qu'une fraction de seconde. Elle n'avait rien à craindre puisque la maison était toujours en vue.

L'arbre offrait une ombre bienvenue et elle s'assit sur le banc avec gratitude.

— La chaleur est vraiment intenable ! s'exclama-t-elle. Croyez-vous que la canicule va durer encore longtemps ?

— Sommes-nous de simples relations, pour parler uniquement du temps qu'il fait ? Je pensais que nous aborderions des sujets plus intéressants.

Polly comprit soudain que la proximité de la villa et le fait que quelqu'un pût les apercevoir de la fenêtre n'arrêteraient pas Henry dans sa détermination si celui-ci avait décidé de la courtiser.

Après avoir négligemment posé sa main sur le dossier du banc, le jeune homme s'empara d'une de ses boucles et se mit à lui en caresser le cou. Elle rejeta la tête en arrière d'un geste brusque.

— Vos parents verront-ils d'un bon œil la relation de votre sœur et de M. Farrant ? s'empressa-t-elle de demander, à la fois pour détourner l'attention d'Henry et parce qu'elle s'inquiétait de l'avenir de Laura.

Son compagnon soupira.

— J'en doute fort. Ils espèrent tous deux qu'elle épousera John Bellars...

Il s'interrompit et observa Polly.

— Je crois me souvenir que sir John vous avait demandée en mariage et que vous avez refusé. Vous devez donc partager mon opinion à son sujet. Malheureusement, mes parents, eux, n'accordent d'intérêt qu'à la classe sociale.

— Lady Laura est-elle favorable à cette union ? s'enquit Polly avec hésitation.

Elle ne voulait point paraître indiscrète, mais elle avait du mal à croire qu'une jeune fille aussi amoureuse que Laura puisse s'intéresser à un autre homme que son favori.

— Elle y était indifférente jusqu'à ce qu'elle rencontre Charles, répondit Henry. Désormais, je crains que les choses ne soient pas aussi faciles. Enfin, nous verrons bien, conclut-il en haussant les épaules.

Il sourit à Polly.

— Nous évoquions tout à l'heure mes activités dans la région, mais pouvez-vous me dire quelles sont les vôtres ?

La jeune fille comprit qu'il préférait changer de sujet.

— Je monte à cheval quand le temps le permet, je fais des promenades à pied, je lis et surtout je peins. J'adore l'aquarelle, bien que je manque de pratique. En outre, comme vous avez pu le voir, nous sommes sollicités de toute part.

— A mon grand dam ! s'exclama Henry. J'apprécie de moins en moins de me trouver en compagnie de personnes dont le seul intérêt se limite aux ragots et à l'argent.

— Comment ? s'écria Polly, qui avait du mal à garder son sérieux. Vous ne faisiez pas autant la fine bouche, auparavant !

Il haussa les sourcils.

— Etes-vous en train de me faire des reproches, lady Polly ?

Une lueur de défi apparut dans les yeux de la jeune fille.

— Il me semble que vous avez toujours eu tendance à vous entourer de personnes peu recommandables, milord...

— Permettez-moi de vous corriger, milady. Ce ne sont que des rumeurs sans fondement.

— Qu'en est-il dans ce cas de lady Bolt ? Avez-vous oublié que je vous ai vu de mes propres yeux en tête à tête avec elle, à Richmond ?

— Ah !

Henry étendit ses longues jambes et se plongea dans la contemplation de ses bottes cirées.

— Je me demandais quand vous auriez le courage de me parler de cet incident.

— De quel courage voulez-vous parler, milord ? répliqua Polly, piquée au vif. Je n'ai tout simplement pas apprécié que vous vous jouiez de mes sentiments en vous affichant avec cette intrigante !

Son compagnon riait franchement, à présent, ce qui ne fit qu'attiser la fureur de Polly.

En temps normal, elle n'aurait jamais osé s'exprimer de cette façon. Demander des comptes à un gentilhomme ne se faisait pas, particulièrement lorsque cela impliquait une personne du demi-monde.

— Comme il est mal élevé de votre part de déprécier de la sorte une rivale ! Je n'aurais jamais cru cela possible de votre part, lady Polly !

— Lady Bolt n'est aucunement ma rivale ! répliqua Polly, de plus en plus furieuse.

Elle tenta de se lever, mais son compagnon la saisit par la taille et la força à se rasseoir.

— Ne vous est-il point venu à l'idée que j'avais pu rencontrer lady Bolt pour d'autres raisons que celles que vous croyez ? demanda-t-il. Et si je vous disais que j'ai été abusé ? Que j'ai été embrassé contre mon gré ? Aimeriez-vous vous rendre compte par vous-même de ce que j'ai pu ressentir ?

Leurs regards se rivèrent l'un à l'autre pendant un court instant, puis Polly jeta un coup d'œil rapide en direction de la maison.

— Vous n'oseriez pas, milord !

— Détrompez-vous, milady !

Par la suite, Polly ne comprit pas comment elle avait pu répondre avec autant de ferveur au baiser d'Henry. Pendant que le jeune homme l'embrassait, elle avait ressenti un tel plaisir qu'elle s'était pressée encore plus intimement contre lui pour l'embrasser à son tour avec passion.

— Oh, ma douce Polly ! déclara Henry en se dégageant.

Bien que troublé par les sentiments que la jeune fille faisait naître en lui, il déclara d'un ton moqueur :

— Il semble que l'expérience n'ait pas été aussi désagréable pour vous qu'elle l'a été pour moi avec lady Bolt !

Sur ce, il lui adressa une brève révérence avant de l'abandonner à son sort au milieu du jardin, avec la plus parfaite inconvenance.

— Oh !

Polly s'avisa qu'elle s'était exprimée à voix haute lorsqu'elle vit sa mère se précipiter vers elle, une expression inquiète sur le visage.

— Es-tu souffrante, mon cœur ? s'enquit-elle. Lord Marchnight vient de déclarer que tu étais victime d'une insolation.

— Oh ! répéta Polly. Quel homme irrévérencieux !

Lady Seagrave prit un air soucieux.

— Voyons, mon cœur ! Tu devrais tout de même lui témoigner un peu plus de respect. N'oublie pas qu'il nous a été plus d'une fois d'un grand secours. Si tu ne l'apprécies pas, fais au moins semblant.

8.

Le lendemain, Polly fut mortifiée d'apprendre que Laura et la duchesse de Marchnight devaient venir prendre le thé l'après-midi même à Dillingham, accompagnées d'Henry.

Elle avait passé une nuit agitée à se tourner en tous sens, se reprochant d'avoir, par son comportement, donné au jeune homme la possibilité de l'humilier.

Lorsqu'elle était enfin parvenue à retrouver son calme, au petit matin, elle s'était interrogée sur le sens des paroles d'Henry. Qu'avait-il bien pu vouloir signifier en laissant entendre que la nature de son rendez-vous avec lady Bolt n'était pas ce qu'elle croyait ? Elle avait eu beau réfléchir, elle n'avait pas trouvé d'explication possible. Décidément, la conduite d'Henry n'était que mystère...

Par chance, elle n'eut pas à lui faire la conversation : Nicholas l'invita aussitôt à visiter les écuries et tous deux s'esquivèrent, laissant les dames entre elles.

La duchesse et lady Seagrave n'avaient jamais été particulièrement proches, mais elles trouvèrent rapidement matière à bavarder, car elles possédaient nombre de connaissances en commun. Laura se tourna vers Polly avec un sourire timide, avant de lui demander si elle pouvait lui faire visiter l'orangerie. Polly s'empressa d'accepter pour faire plaisir à son hôtesse.

— J'ai entendu dire qu'elle date du XVIIe siècle, déclara Laura. Ce doit être un lieu magnifique !

Les deux jeunes filles traversaient la galerie couverte qui reliait le bâtiment principal aux dépendances.

— M. Farrant, qui m'a relaté l'histoire de votre propriété et celle du village, m'a dit que les premiers orangers avaient été plantés en 1690 et que, depuis, votre famille avait tenu à perpétuer la tradition. Est-ce exact? M. Farrant est un guide tout à fait exquis!

Polly ne put s'empêcher d'être amusée par la façon dont Laura avait rapidement détourné la conversation sur le sujet qui l'intéressait. Elle sourit.

— M. Farrant a raison : notre orangerie est désormais la plus réputée de la région.

— J'ai été surprise, reprit Laura avec hésitation, qu'un homme tel que lui soit encore célibataire. Mais peut-être entretient-il une relation... Peut-être a-t-il même une femme dans sa vie...

Sa voix se brisa et elle darda sur Polly un regard plein d'espoir. Avant de répondre, la jeune fille ouvrit les portes-fenêtres et elles pénétrèrent dans la serre humide, empreinte de l'odeur forte des orangers.

— Soyez rassurée, milady. Je connais Charles Farrant depuis toujours et je peux vous assurer qu'il n'a tout simplement pas encore trouvé la compagne qui lui donnera envie de se marier.

Laura écoutait avec une extrême attention les paroles de son hôtesse. Polly sourit de nouveau. Manifestement, le sujet lui tenait à cœur!

— Et sa famille? poursuivit la jeune fille tout en faisant mine d'admirer les arbres. Elle est tout à fait respectable, n'est-ce pas?

— Assurément, mais...

Polly hésita. Il convenait qu'elle choisisse ses mots avec soin pour ne pas blesser la sœur d'Henry.

— Je n'ai pas l'intention de me montrer indiscrète, reprit-elle, mais je ne suis pas certaine que M. Farrant soit un parti convenable pour la fille d'un duc. Sa propriété est relativement petite, et bien que sa famille soit très ancienne...

Elle dut s'interrompre, car, malgré ses précautions, Laura avait fondu en larmes. Saisie, elle fit asseoir la jeune fille sur un banc et prit place à son côté.

— Je suis désolée, milady ! Je ne voulais point vous faire de la peine...

— Vous n'y êtes pour rien, lady Polly ! déclara Laura entre deux sanglots. C'est simplement que j'aime tant M. Farrant !

Polly demeura silencieuse, confondue par une telle franchise.

— Mes parents pensent comme vous que M. Farrant n'est pas un parti convenable pour une jeune fille de mon milieu. Maman m'a fait la leçon, hier, et elle souhaite que je le décourage. Mais... je n'en ai aucune envie.

Sa voix se fit plus aiguë.

— Oh, que vais-je devenir ?

Sur ce, elle tamponna ses yeux avec un joli mouchoir de dentelle.

— Je crains de n'être pas belle à voir, reprit-elle avec bravoure. Je vous prie de m'en excuser, milady.

— Vous n'avez pas à vous excuser, lady Laura. Croyez-moi, je comprends tout à fait ce que vous ressentez. Le seul conseil que je puisse vous donner est de suivre les inclinations de votre cœur. Mais ne prenez pas de décisions trop hâtives ! Il se peut que vos parents soient amenés à revoir leur jugement quand ils s'apercevront que vous tenez vraiment à Charles.

Un air de profonde détermination emplit le regard de Laura.

— Je vous remercie, lady Polly ! Je suivrai vos conseils.

— Peut-être vaudrait-il mieux que vous veniez vous rafraîchir dans ma chambre ? suggéra Polly. Il fait si chaud ici ! Nous dirons à votre mère que la lumière trop vive du soleil vous a irrité les yeux.

Lorsque les deux jeunes filles regagnèrent le salon, Nicholas et Henry arrivaient à leur tour. La duchesse de Marchnight se prépara alors à prendre congé.

— Charmante enfant ! s'exclama-t-elle en pinçant la joue de Polly. Mes félicitations pour votre fille, madame ! J'espère que nous aurons le plaisir de bientôt vous accueillir à Woodbridge.

Nicholas Seagrave se contint à grand-peine de rire, tandis que Polly et lui regardaient s'éloigner le coche des Marchnight.

— Je crois que tu as conquis la duchesse, Polly. A mon avis, elle ne verrait pas d'obstacle à ce que tu deviennes sa belle-fille.

Polly, eu égard à ses propres sentiments, songea que la future épouse d'Henry devrait beaucoup aimer ce dernier pour accepter une telle belle-mère !

Le frère et la sœur rejoignirent le reste de la famille.

— Laura Marchnight est une jeune fille délicieuse, déclara la comtesse Seagrave. Respectueuse, bien élevée... Sa mère me disait tout à l'heure qu'elle ne lui avait jamais causé de souci. Eh bien, Polly ! s'exclama-t-elle en observant sa fille avec inquiétude. Tu es bien pâle tout à coup ! Encore trop de soleil, je présume. Décidément, la chaleur ne te vaut rien.

Polly ne dit rien, en proie à un véritable débat intérieur. Que devait-elle penser de la réflexion de Nicholas ? La duchesse de Marchnight la considérait-elle réellement comme une belle-fille potentielle ? Quant à Laura, elle était si innocente... Lady Seagrave ne manquerait pas de se trouver mal si elle avait vent des conseils qu'elle lui avait prodigués !

Le cœur en déroute, elle suivit lentement sa mère jusqu'à l'étage. La comtesse souhaitait qu'elle se reposât un peu, afin de se remettre des effets nocifs du soleil.

Ce fut alors que le bruit des sabots d'un cheval qui pénétrait dans la cour attira son attention. Intriguée, elle courut vers la fenêtre : un cavalier était en train de descendre de sa monture.

— Peter ! s'exclama Polly.

Elle dévala l'escalier en toute hâte et se précipita vers son frère. Ce dernier la prit dans ses bras et la fit tournoyer.

— Bonjour, Polly ! Je crains de n'être pas le bienvenu, mais je n'avais nulle part où aller.

La jeune fille posa sa main sur le bras de son frère.

— Maman n'approuve pas ta conduite, c'est certain, mais tu sais qu'elle est toujours heureuse de te voir. Que s'est-il passé, Peter ?

— Je n'ai plus un sou, avoua le jeune homme à contrecœur. Oh, Polly, je suis le pire des imbéciles ! Quand j'ai appris qu'Hetty allait se marier avec Edmund Grantley, je suis devenu comme fou et je me suis laissé flouer par les amis de Wellerden. Lorsque maman va l'apprendre, je risque de passer un mauvais quart d'heure !

— Maman ne sera pas la seule à te faire la leçon, déclara Polly sans ménagement. Nicholas est ici également. Lucille et lui sont revenus plus tôt de leur voyage de noces, car Lucille est enceinte. Tu as manqué toutes les nouvelles, Peter.

— Il semble, oui, répondit le jeune homme non sans abattement.

Sa joie d'avoir un petit neveu ou une petite nièce était diminuée par sa crainte de savoir son frère à la maison.

Polly le prit par le bras.

— Cela ira, ne t'inquiète pas. Mais comment as-tu su pour le mariage d'Hetty ?

— Lady Bolt m'en a informé, déclara amèrement Peter. Elle se trouvait chez lord Wellerden, elle aussi. Elle m'a déclaré qu'elle avait reçu une lettre d'Hetty, par coursier.

— J'ai peine à croire que Mme Markham permette à

Hetty de correspondre avec Susanna. Tu sais bien qu'elles sont en froid. J'ai le sentiment que tu as été dupé, Peter.

Le jeune homme parut frappé par la foudre.

— Sacrebleu ! Cette idée ne m'a pas même effleuré une seconde, s'exclama-t-il en pénétrant dans le vestibule. Quelle vipère, cette lady Bolt !

— Je croyais qu'elle ne t'était pas indifférente, pourtant, ne put s'empêcher de dire Polly en riant. Rappelle-toi ta fureur quand tu as appris qu'elle te trompait avec le duc de Garston.

Peter lui lança un regard noir.

— Tu n'as pas le droit de parler ainsi, Polly, même si je reconnais que tu n'as pas tout à fait tort ! Cette femme est une véritable gueuse et, pour dire la vérité, elle n'était pas à mon goût, conclut-il avec un large sourire.

Polly, bien qu'enchantée par une telle description de lady Bolt, choisit de revenir au sujet qui la préoccupait.

— Que comptes-tu faire à propos d'Hetty ? demanda-t-elle avec réserve. Ce mariage n'est probablement qu'un leurre et tu tiens toujours à elle, n'est-ce pas ?

— Bien sûr que j'y tiens ! répondit le jeune homme, farouche. Cette jeune écervelée est supposée m'épouser *moi* et non Edmund Grantley ! Sache qu'il m'est très dur de devoir rester ici, pieds et poings liés. Mais je ne peux décemment pas me rendre à Kingsmarton et provoquer lord Grantley en duel, tout de même !

— Pourquoi ne pas aller à Kingsmarton uniquement pour juger par toi-même de ce qu'il en est ? suggéra Polly avec espoir.

— Je crois qu'il vaut mieux que je m'entretienne avec Nicholas avant de décider quoi que ce soit, répondit Peter d'un air sombre. Il va m'en vouloir terriblement quand il saura que je suis ruiné, bien que je ne sois pas le seul à avoir été volé de la sorte : lord Wellerden s'en est paraît-il fait une spécialité. A ce propos, j'ai entendu dire que lord Marchnight avait l'intention de séjourner quelque temps dans le Buckinghamshire, lui aussi. Et tu sais quel joueur invétéré il est ! Il risque de tout perdre... Lady Bolt était d'ailleurs ravie d'apprendre sa venue prochaine.

— Lord Marchnight ? répéta Polly, stupéfaite. Il n'est à Woodbridge que depuis quelques jours !

— Il est pourtant attendu sous peu chez lord Wellerden, confirma Peter avec assurance. Comme je disais, lady Bolt l'attend avec impatience. Elle n'est pas du genre à laisser son lit refroidir !

Sur ces propos pour le moins grivois, Peter se dirigea vers la bibliothèque de son frère, sans se douter une seconde de la tempête d'émotions qu'il avait soulevée dans le cœur de sa sœur.

Le jeune homme ne resta qu'une journée à Dillingham, au grand désespoir de sa mère. Après avoir eu un entretien houleux avec son frère aîné, il quitta la propriété le lendemain matin, au lever du jour, pour gagner Kingsmarton.

— J'espère que les choses vont s'arranger entre Peter et Hetty, soupira Lucille, assise au côté de sa belle-sœur sous une grande tente de jardin. Peut-être ai-je eu tort d'encourager Hetty à accepter la main de ton frère, l'année dernière ? Elle est si jeune, après tout, et le mariage n'est pas une sinécure. Elle a fait part d'une telle instabilité de caractère, ces derniers mois...

— Peter aussi, déclara Polly non sans franchise. Cette outrageuse liaison avec lady Bolt en est la preuve. Pourtant, je suis certaine que Peter et Hetty ont besoin l'un de l'autre.

Polly sut que Lucille avait deviné sa mauvaise humeur avant même qu'elle ait ouvert la bouche. Elle soupira. Les sous-entendus de Peter concernant lord Marchnight et lady Bolt lui avaient mis les nerfs à vif.

— Tu me sembles bien concernée, Polly, observa Lucille. On dirait que tu as toi-même souffert des intrigues de Susanna ! Peut-être tes affaires de cœur ne vont-elles pas comme tu le souhaites ?

— Tu es vraiment perspicace, Lucille, admit Polly avec un demi-sourire, tout en sentant sa bonne humeur revenir. La vérité est que j'ai passé mon temps, ces derniers jours, à dispenser des conseils, alors que je ne suis même pas capable de résoudre mes propres difficultés.

Elle poussa un nouveau soupir avant de poursuivre :

— Peter m'a dit qu'Henry était attendu chez lord Wellerden, et comme lady Bolt s'y trouve elle aussi...

Lucille reposa son livre.

— Voilà le nœud du problème : tu en as obligatoirement déduit que lord Marchnight revoyait Susanna ! Et si Peter se trompait ?

Polly haussa les épaules avec mauvaise humeur.

— As-tu encore des doutes après la scène de Richmond ? Pas moi ! Henry a eu beau démentir ce qui s'était passé, je ne le crois pas. Ta sœur est vraiment incroyable, Lucille ! Peter, Henry, le duc de Garston, elle les a tous séduits en l'espace de quelques semaines !

Elle haussa de nouveau les épaules.

— Peu importe, après tout... j'en ai plus qu'assez de lord Marchnight ! Il est toujours par monts et par vaux : ma patience est à bout.

— Tu n'as pas tort, admit Lucille. Je dois reconnaître qu'il paraît fort occupé pour un homme qui n'a pas de but dans l'existence.

— Pas de but ! explosa Polly. Je trouve qu'il en a bien assez, entre le jeu et les femmes ! Quand je pense qu'il courtise lady Bolt, celle-là même qui a été la maîtresse du Tout-Londres !

— Oh, ma chère Polly ! déclara Lucille en se mordant les lèvres pour ne pas rire. Tu es toujours amoureuse de lui !

— Amoureuse ! répéta Polly. Certainement pas ! J'ai pour projet d'accepter la main du prochain homme venu !

La jeune fille vit le regard que lui jetait Lucille et sa colère fondit comme neige au soleil.

— Tu dois me prendre pour une imbécile.

— Pas du tout ! rétorqua sa belle-sœur. Tu le serais bien plus si tu acceptais de revoir Henry, bien que je ne sois toujours pas convaincue qu'il ait succombé aux charmes de Susanna.

Elle réprima un bâillement.

— Espérons en tout cas qu'Hetty ne partage pas tes sentiments, sinon Peter pourrait bien revenir sans elle !

Polly soupira.

— Ah, l'amour ! s'exclama-t-elle avec humeur.

— « L'amour est souvent folie », récita Lucille d'un ton léger. Dieu du ciel ! Pourquoi suis-je si fatiguée à longueur de journée ?

Et elle s'endormit peu après sur sa chaise longue.

L'entretien que Nicholas avait eu la veille avec Peter l'avait autant irrité que son jeune frère. Depuis, il ne décolérait pas et il ne desserra pas les dents de tout le déjeuner.

A la fin du repas, pourtant, il surprit tout le monde en demandant à Polly si elle voulait l'accompagner pour la visite à cheval qu'il effectuait quotidiennement sur le domaine. Comme le temps était ensoleillé et sensiblement plus frais que les jours précédents, Polly accepta avec empressement. L'équitation lui manquait !

Ils se rendirent chez une douzaine de métayers et chaque fois on leur offrit du thé et des biscuits. Bien que Polly eût du mal à faire honneur à toutes ces collations, elle se sentit réconfortée par une telle gentillesse. Puis ils piquèrent un grand galop le long de la plage, dans l'écume des vagues, avant de regagner la maison.

L'air frais et l'exercice avaient rendu sa joie de vivre à

la jeune fille. Malheureusement, dès qu'ils pénétrèrent dans l'allée principale de Dillingham, les bienfaits de la promenade à cheval s'évanouirent aussitôt et la mauvaise humeur de Polly reprit le dessus : lord Marchnight arrivait à leur rencontre.

— Lord Seagrave, lady Polly ! Je revenais justement de chez vous. Je souhaitais vous faire mes adieux, car je quitte le Suffolk demain aux premières lueurs du jour.

Cette annonce, faite juste après les déclarations de Peter, confirma les soupçons de la jeune fille. Manifestement, lord Marchnight se rendait bien chez lord Wellerden. Elle serra si fort les rênes de sa jument que celle-ci hennit nerveusement.

— Quittez-vous définitivement la région, milord ? demanda-t-elle d'une voix un peu trop douce. Vous êtes toujours sur les routes ! Quelle existence chargée !

Du coin de l'œil, elle aperçut une lueur espiègle briller dans les yeux de son frère, mais Henry, lui, demeura impassible.

— Non, je ne pars que quelque temps, lady Polly, répondit-il avec courtoisie. Ainsi que vous le savez, j'aime particulièrement le Suffolk ; je ferai donc en sorte d'y revenir le plus vite possible.

Polly fit mine de se plonger dans la contemplation de ses gants.

— Et où avez-vous prévu de vous rendre, cette fois ? s'enquit-elle d'un ton détaché. J'ai entendu dire que le Buckinghamshire était un endroit très fréquenté cet été.

Lord Marchnight haussa les sourcils, sans répondre. Son air amusé mit Polly hors d'elle. Il la trompait avec lady Bolt, et en plus il prenait plaisir à se jouer de ses sentiments !

— Bonne chance et bonne route, Harry ! intervint Nicholas en tendant la main au jeune homme.

Polly, que cette complicité masculine irritait, n'en aperçut pas moins le regard lourd de signification qu'échangeaient les deux hommes. Comme Henry s'éloignait, elle fronça légèrement les sourcils. Nicholas semblait savoir quelque chose qu'elle ignorait. Mais qu'y avait-il à savoir ? Henry Marchnight était-il autre chose qu'un homme égoïste, préoccupé uniquement par la recherche du plaisir sous toutes ses formes ? De fait, sa conduite singulière pouvait parfois le laisser penser.

9.

En l'absence d'Henry, Laura Marchnight se rendit fréquemment à Dillingham. Polly et elle se promenaient dans les jardins ou passaient des heures à peindre dans l'espoir de capturer la beauté du paysage qui les entourait. La jeune fille ne fit plus aucune allusion à son idylle avec Charles Farrant et dans les soirées, sous l'œil attentif de sa mère, elle demeurait à l'écart du jeune homme.

Polly en fut attristée, mais que l'intérêt social eût primé sur l'amour ne l'étonna pas pour autant. La duchesse de Marchnight s'était tellement opposée dès le départ à une union entre sa fille et Charles qu'il était difficile de savoir comment une telle romance aurait évolué. Aussi s'abstint-elle de poser des questions pour jouir uniquement de la compagnie de Laura qui changeait agréablement de celle des Ditton.

Un après-midi, alors qu'elle revenait d'une séance de lecture dans la pergola, elle eut la surprise de voir un phaéton stationné devant le perron. Le coche disparaissait sous une montagne de bagages. Polly se hâta de pénétrer dans la maison, l'esprit en liesse. Il devait s'agir de Peter et Hetty, de retour de Kingsmarton ! Les deux jeunes gens s'étaient-ils enfin réconciliés ?

La famille au grand complet se trouvait réunie dans le salon. Miss Markham, une jeune fille menue aux immenses yeux bleus et aux fins cheveux blonds, tenait la main de Peter d'un air embarrassé. Manifestement, elle se sentait mal à l'aise.

— Hetty et moi allons nous marier dans six semaines, était en train de dire Peter au moment où sa sœur entra. Nous ne voyons pas l'utilité d'attendre plus longtemps. Après tout, la cérémonie a déjà été reportée plus d'une fois.

Lady Seagrave blêmit, abasourdie par une telle nouvelle.

— Dans six semaines? Mais... Peter, tu n'y songes pas! Que vont penser les gens d'une décision aussi soudaine? Les ragots vont aller bon train!

Hetty vira à l'écarlate en prononçant des paroles incohérentes. L'espace d'un instant, elle enfouit son visage dans ses mains, geste qui ne manqua pas de piquer la curiosité de Polly. Peter, qui toisait sa mère de toute sa hauteur, s'empourpra légèrement, lui aussi.

Polly prit place devant la cheminée. L'atmosphère était plutôt curieuse! Elle accepta avec soulagement la tasse de thé que lui tendait Lucille.

— Voyons, maman! reprit Peter. Je suppose que nous ne pourrons pas éviter les remarques désobligeantes, mais je ne vais pas pour autant laisser les gens décider de ma vie à ma place!

Polly et Lucille échangèrent un regard de connivence. Peter semblait avoir mûri depuis son départ, car il prenait très au sérieux son rôle de protecteur vis-à-vis de sa fiancée. Hetty, en revanche, ne paraissait pas aussi enjouée qu'auparavant. Peut-être se sentait-elle gênée de réintégrer la famille de Peter, après leur rupture?

Un silence pesant emplit la pièce. Comme il menaçait de s'éterniser, Polly donna le change en venant souhaiter la bienvenue à Hetty et en la conduisant jusqu'au divan, où elle lui posa des questions au sujet du voyage et de la santé de sa mère. Peu à peu, la jeune fille se détendit et lorsque les rafraîchissements furent servis, accompagnés de délicieux biscuits au miel, elle avait presque retrouvé son allant habituel. Toutefois, elle semblait toujours préoccupée et jetait de fréquents coups d'œil à Peter comme si elle avait besoin de s'assurer de son soutien.

Durant le dîner, l'ambiance étant redevenue quasi normale, Polly ne songea plus au comportement d'Hetty jusqu'à ce qu'elle se retirât dans sa chambre. Là, devant sa coiffeuse, elle ne put s'empêcher de penser que la jeune fille lui avait paru étrangement tendue. Elle eut beau chercher une explication, elle n'en trouva point. Aussi se coucha-t-elle en se promettant d'en parler à Lucille, le lendemain. Si Hetty avait un problème quelconque, sa belle-sœur serait certainement au courant.

Polly aurait été étonnée d'apprendre qu'un visiteur nocturne s'était présenté à Dillingham, bien après qu'elle fut endormie. Medlyn l'avait introduit avec sa courtoisie habituelle et conduit directement dans la bibliothèque, où Nicholas avait l'habitude de veiller très tard.

Une fois leur rendez-vous d'affaires terminé, le comte Seagrave offrit à son hôte un second verre de brandy puis tous deux prirent place sur le divan confortable qui ornait la pièce.

— Alors, Harry, votre cour auprès de ma sœur a-t-elle des chances d'aboutir ? demanda négligemment Nicholas.

Henry Marchnight fit la moue.

— Je crains que les choses ne prennent pas la direction voulue, malheureusement ! Lady Polly est plus que jamais convaincue désormais du bien-fondé de ma réputation de séducteur. Elle est persuadée que je poursuis une liaison avec lady Bolt !

— Ma belle-sœur vous cause du tort, n'est-ce pas ? s'enquit Nicholas. Je pensais qu'elle vous conduirait seulement aux informations souhaitées. Je n'avais pas prévu qu'elle tenterait de vous séduire !

Henry fit la grimace.

— Je ne peux blâmer lady Polly de s'être forgé une telle opinion à mon égard, puisque pour déjouer les soupçons j'ai justement agi comme un séducteur et un joueur impénitent ! Cependant, lui faire croire maintenant en mon innocence ne va pas être facile !

— Susanna Bolt est une femme dangereuse, déclara Seagrave. Pensez-vous qu'elle puisse être arrêtée en même temps que Chapman, Harry ?

— Je l'espère bien, répondit Henry en terminant son verre. Je travaille en ce sens. Mais je suis encore plus impatient de mettre leur complice sous les verrous.

— Je dois avouer que cette situation ne me plaît pas, déclara Nicholas. Tant que cet homme est libre d'aller et venir, nous courons un réel danger.

Henry approuva d'un signe de tête.

— Je suis d'accord avec vous. Seulement, je ne peux rien tenter contre lui tant que nous n'avons pas arrêté Chapman. Sinon, l'opération entière risque d'échouer.

— A-t-il des soupçons contre vous ?

— Pas le moindre, répondit Henry avec un large sourire. Il ne s'intéresse qu'à sa personne. Sa vanité causera sa perte !

Le lendemain, comme le temps était de nouveau splendide, les Ditton invitèrent Peter, Hetty et Polly à aller pique-niquer en bord de mer.

Après une légère collation, Polly décida de peindre un peu, tandis que le reste du groupe se dirigeait vers le hameau de Shingle Street. Miss Ditton avait décrété que les familles de pêcheurs qui vivaient dans le dénuement le plus total seraient ravies de recevoir les restes du pique-nique. Polly ne put s'empêcher d'éprouver de la pitié pour ces pauvres gens qui allaient devoir subir sa présence !

Lorsque Polly avait suggéré d'aller rendre visite à lady Bellingham, une ancienne amie de Lucille qui vivait non loin du hameau, à la Villa des Marées, miss Ditton avait catégoriquement refusé. Selon elle, une ancienne actrice n'était pas une fréquentation convenable ! La jeune fille avait donc dû se plier à son avis pour ne pas créer d'histoires.

La plage était très calme et la brise délicieusement rafraîchissante. Polly, tout à ses aquarelles, ne regrettait pas d'être restée seule. Soudain, un léger bruit attira son attention : on aurait dit un galet que l'on venait de jeter dans l'eau. Cela l'étonna, car les environs étaient déserts. Après avoir posé son bloc à dessin par terre, elle se leva et marcha en direction de la dune qui surplombait la plage. Lorsqu'elle émergea sur le promontoire, quelle ne fut pas sa surprise de découvrir... lord Marchnight ! Ce dernier, agenouillé sur le sol, paraissait fort occupé à ôter le sable de ses mains et à secouer sa veste. Il ne la vit pas.

— Oh !

Tandis qu'elle reculait précipitamment, son pied glissa, envoyant quelques pierres rebondir sur les galets en contrebas. Avec terreur, elle songea que le bruit provoqué allait alerter lord Marchnight. Celui-ci, ébloui par le soleil, mit effectivement sa main en visière pour voir ce qui se passait.

— Lady Polly ! s'exclama-t-il en empruntant le chemin de terre qui conduisait jusqu'à la jeune fille. Comment allez-vous ? J'ignorais que vous vous trouviez ici !

— J'étais en train de peindre, répondit Polly en faisant un geste de la main en direction de son bloc à dessin, dont les feuilles volaient dans le vent, un peu plus bas sur la plage.

Pour des raisons inexpliquées, elle se sentait sur la défensive et éprouvait le besoin de justifier sa présence. Lord Marchnight était maintenant fidèle à lui-même, aussi élégant que d'ordinaire, alors que quelques secondes plus tôt elle l'avait surpris dans une posture plutôt inhabituelle.

— Vous n'êtes sûrement pas venue seule ? s'enquit Henry en regardant alentour. Où se trouvent vos amis ?

— Ils sont allés apporter les reliefs de notre pique-nique aux familles du hameau, expliqua Polly en réprimant une forte envie de rire. Miss Ditton voulait faire une bonne action !

— Elle en est donc capable ? riposta Henry d'un ton amusé. Dans ces circonstances, je comprends que vous ayez préféré rester seule, milady.

Ils se mirent à marcher lentement vers la Villa des Marées.

— Depuis quand êtes-vous revenu, milord ? s'enquit Polly. Je crois savoir que vous vous trouviez chez lord Wellerden ?

— Ah, les nouvelles vont vite ! J'ai effectivement passé quelques jours dans le Buckinghamshire...

— En bonne compagnie, je présume, déclara Polly, malgré elle.

— Oh, la meilleure ! Pouviez-vous en douter ?

Polly faillit trépigner de rage, mais elle s'aperçut à temps qu'Henry se moquait d'elle.

Ils se promenèrent quelques instants en silence. Le vent s'était levé, faisant virevolter les cheveux de Polly et s'engouffrant dans ses jupes.

— Vous allez certainement nous quitter de nouveau, milord. En fait, je suis surprise de vous voir ici. Vous êtes tellement occupé...

Henry lui jeta un regard en coin. Il souriait.

— Me croirez-vous si je vous dis que j'ai l'intention de rester pour un long séjour, cette fois ? Les attractions ne manquent pas, par ici.

Polly se sentit légèrement irritée. Comment Henry pouvait-il chanter les louanges du Suffolk, puisqu'il se précipitait ailleurs dès que l'occasion s'en présentait ?

— Votre découverte dans le sable, tout à l'heure, semblait fascinante, milord, dit-elle d'un ton cassant. De quoi s'agissait-il ? D'un morceau de bois flotté ? D'un message dans une bouteille ?

— Vous ne devriez pas vous moquer, lady Polly. Je crois avoir percé à jour l'entrée d'un passage secret qui relie la Villa des Marées à la plage. J'en avais entendu parler, mais je ne pensais pas qu'il existât réellement. Souhaitez-vous le voir ?

— Un passage secret ? répéta Polly sans parvenir à dissimuler sa curiosité. Voulez-vous dire... pour des marchandises de contrebande ?

— Il a dû être utilisé à de telles fins il y a longtemps, mais ce genre de trafic a disparu peu à peu. A mon avis, il est resté enseveli de longues années. Une découverte comme celle-ci est intéressante, n'est-ce pas ? Je demanderai à lady Bellingham la permission de creuser un peu plus loin. Aimeriez-vous voir l'entrée ?

— Je ne pense pas, non, répondit Polly avec sévérité. Me rendre dans un tel endroit avec vous serait pure folie !

Lord Marchnight sourit.

— Vous avez certainement raison, milady ! Dans ce cas, je poursuivrai mes investigations tout seul ! Je vais vous raccompagner auprès de vos amis, maintenant, car ils vont commencer à s'inquiéter.

La plage était déserte lorsqu'ils atteignirent l'endroit où Polly avait laissé ses affaires. Le vent soufflait désormais en rafales. Henry fronça les sourcils, l'air inquiet.

— Je crains que nous n'allions au-devant d'un orage. Apercevez-vous ces nuages menaçants massés à l'horizon ? Où se trouve votre voiture, lady Polly ?

La jeune fille se retourna.

— Le cocher a dû se rendre au hameau, lui aussi. Shingle Street n'est pas très loin. Je vais aller à leur rencontre...

La première goutte d'eau s'écrasa sur son bloc à dessin, suivie de plusieurs autres. Polly se pencha en avant pour protéger ses croquis et les rangea en hâte dans son carton.

— Nous ferions mieux de chercher un abri, déclara Henry. La Villa des Marées est tout près. Dépêchez-vous !

Polly comprit qu'elle devait l'écouter. Elle n'avait pas de manteau pour se protéger et la pluie tombait de plus en plus fort. Quant au ciel, il était devenu d'un gris de plomb. La jeune fille frissonna. Comment le temps avait-il pu changer aussi rapidement ? L'air était chargé d'électricité.

Le premier éclair zébra l'horizon au moment où ils atteignaient le parc de la villa de lady Bellingham. Polly était terrifiée, à présent. Elle détestait les orages et ceux qui se produisaient en bord de mer étaient réputés pour être particulièrement violents.

— Nous ne sommes plus très loin maintenant, déclara Henry d'un ton qui se voulait rassurant. Nous allons passer par la porte de derrière, ce sera plus court.

Serrant contre elle son carton à dessins et sa boîte d'aquarelle, Polly se demanda tout à coup quelle allait être la réaction de lady Bellingham en les voyant arriver chez elle à l'improviste, trempés jusqu'aux os.

La porte s'ouvrit devant eux et la voix profonde de l'ancienne actrice s'éleva dans les airs :

— Apollon et Diane ! Ou suis-je en train de mélanger le grec et le latin ? Je n'ai jamais été très douée en mythologie, hélas !

Polly se sentit soulevée de terre, en une chaleureuse accolade. Les foulards colorés de leur hôtesse tournoyaient autour d'elle comme des papillons multicolores.

— Chère enfant ! s'écria lady Bellingham. Comme je suis heureuse de vous revoir ! Et Henry ! Vous êtes parti bien trop longtemps, mon garçon !

Un nouveau coup de tonnerre retentit non loin de la maison et Polly sursauta violemment.

— Entrez, entrez !

L'ancienne actrice s'effaça pour les laisser passer et les deux jeunes gens pénétrèrent dans les communs.

— Lady Polly et moi-même marchions sur les dunes lorsque l'orage s'est subitement déclaré et nous avons pensé trouver refuge ici, expliqua Henry.

Il repoussa d'un geste brusque les mèches de cheveux trempées qui lui retombaient dans les yeux.

— Dans la confusion, lady Polly a égaré ses compagnons. Veuillez nous excuser de nous imposer de la sorte, madame.

— Que racontez-vous, mon garçon ! Vous êtes toujours les bienvenus, vous le savez ! s'écria lady Bellingham en frappant dans ses mains.

Le bruit de ses bracelets qui s'entrechoquaient réveilla un gros chat blanc qui s'était assoupi sur une chaise. Après avoir levé brièvement la tête, l'animal referma les yeux et se rendormit, dans la plus parfaite indifférence.

— J'adore l'imprévu, reprit l'actrice. Comme j'ai tendance à m'ennuyer chez moi, votre arrivée tombe à pic. Vous me raconterez les derniers ragots, cela me distraira.

Ses yeux se posèrent sur Polly dont les vêtements trempés gouttaient sur le sol.

— Pauvre de moi ! s'exclama-t-elle. Je ne devrais pas bavarder de la sorte, vous allez attraper mal. Venez avec moi, milady, je vais vous prêter l'une de mes robes. Quant à vous, Henry, je vais demander à mon domestique de vous apporter une tenue de rechange. Il partira ensuite à la recherche de vos amis, lady Polly. Je suis certaine que vous serez tous bientôt réunis !

Elle prit Polly par le bras, s'arrêta brièvement dans le vestibule pour donner ses instructions au majordome, et introduisit la jeune fille dans un ravissant boudoir de style français.

Polly s'immobilisa devant la psyché, frappée d'horreur. Ses cheveux pendaient en longs bandeaux informes et sa robe collait à son corps, dévoilant chacune de ses formes. Elle n'était pas vaniteuse d'ordinaire, mais elle se sentit profondément mortifiée à l'idée qu'Henry ait pu la voir dans un tel état.

Lady Bellingham sourit avec compréhension.

— Ne vous inquiétez pas, milady ! Je suis certaine qu'Henry vous trouve attirante de toute façon ! Croyez-en mon expérience, il vous couve littéralement des yeux !

Polly vira à l'écarlate.

— Oh, lady Bellingham, vous faites erreur ! Lord Marchnight et moi...

Elle s'interrompit, incapable de continuer devant l'air amusé de son hôtesse.

— Voyons, mon enfant, cessez de débiter des sottises ! s'exclama l'actrice en fouillant dans son armoire en quête d'une toilette. Vous pouvez prétendre ce que vous voulez, vous ne réussirez pas à me convaincre. Je connais Henry depuis des années et il ne s'est jamais réellement soucié d'une jeune femme. Mais vous... Ah, voilà !

Elle sortit triomphalement une énorme robe de soie rubis et la tendit à Polly. La jeune fille la plaça devant elle : on aurait dit une toile de tente ! Comment Henry pourrait-il jamais la trouver attirante, accoutrée de la sorte ? Il faudrait qu'il ait perdu l'esprit !

10.

Thalia Ditton ne put cacher son amusement lorsqu'une heure plus tard, avec ses compagnons, elle pénétra dans le salon de lady Bellingham.

— La... lady Polly ! Quelle élégance ! Où donc avez-vous trouvé pareille robe ?

— Miss Ditton, je présume ?

La maîtresse de maison s'avança au-devant de ses derniers invités. Son sourire était des plus polis, mais son regard n'en demeurait pas moins glacial lorsqu'elle salua Thalia et son frère. En revanche, elle montra plus de chaleur à l'intention de Peter et Hetty.

Henry Marchnight, assis au coin du feu, observait la scène avec ironie. Polly ne put s'empêcher de lui jeter un coup d'œil à la dérobée. Force lui fut de reconnaître que sa tenue d'emprunt lui seyait beaucoup mieux qu'à elle la sienne. Où lady Bellingham s'était-elle procuré des vêtements d'homme aussi distingués ? Il était difficile d'imaginer le sévère Gaston vêtu de ce haut-de-chausses étroit, de cette courte veste en satin et de cette chemise de soie crème !

Le domestique avait retrouvé les promeneurs dans l'un des cottages de Shingle Street, où, surpris par l'orage, ils n'avaient pas eu d'autre choix que de s'imposer chez une famille du village.

Comme miss Ditton racontait leur mésaventure avec force détails d'un goût douteux, son frère choisit de s'asseoir sur le divan du salon. Ce fut pour se relever immédiatement avec un gémissement plaintif.

— Sacrebleu, madame, cette créature m'a mordu !

Lady Bellingham adressa un regard débordant d'amour à son chat. La pauvre bête avait failli se faire écraser par ce méprisant personnage !

— Ce cher Horace ! dit-elle doucement. Il a un sens inné de la justice ! Je crains que vous n'ayez pris sa place, monsieur Ditton. Il ne l'oubliera pas de sitôt.

Par chance, un éclair vint interrompre cet échange quelque peu tendu ; les dames se pressèrent l'une contre l'autre, effrayées. Pour faire diversion, lady Bellingham ordonna que le thé fût servi. Puis les hommes entreprirent de jouer au billard, pendant que leurs compagnes discutaient.

La pluie cessa en fin d'après-midi. Tous s'apprêtaient à prendre congé, lorsque Gaston rapporta d'un air sombre que les routes demeuraient impraticables, car l'orage avait creusé de profondes ornières. Henry suggéra par conséquent d'envoyer un messager à Dillingham, Fenchurch et Woodbridge, afin d'avertir leurs familles respectives qu'ils étaient bloqués pour la nuit à la Villa des Marées. Les Ditton, fort contrariés de devoir rester chez cette actrice aux mœurs étranges, acceptèrent non sans réticence.

— Je suppose que passer la nuit ici est préférable à être attaqué en pleine forêt, déclara Thalia en observant d'un air mécontent le jardin détrempé.

— Pour vous du moins, dit Henry d'un ton légèrement moqueur.

Polly réprima une envie de rire. Le jeune homme avait de nouveau revêtu le masque qu'il affichait en société. Comment s'y prenait-il pour changer de personnalité comme bon lui semblait ?

— Peut-être aurez-vous la chance, miss Ditton, que lady Bellingham vous prête l'une de ses chemises de nuit ? déclara-t-elle non sans malice.

— Ma servante Conchita est exactement de votre taille ! s'empressa de rapporter l'actrice avec chaleur.

Thalia prit une mine horrifiée : elle, porter le vêtement d'une domestique ? Son hôtesse n'y pensait pas, tout de même !

Sur ce, la maîtresse de maison convia ses invités à passer à table. Heureuse de ce programme improvisé qui la changeait de sa routine, elle avait demandé à ce qu'un véritable dîner de roi fût servi : œufs de caille en gelée, canard à l'orange et fraises à la crème. Même miss Ditton ne trouva rien à redire quant au côté irréprochable de l'hospitalité.

A la lueur des chandelles, ils formaient une bande curieusement assortie, songea Polly. Peter, qui s'était trempé en partant à sa recherche, avait lui aussi hérité de vêtements de rechange ; il portait une tenue de feu lord Bellingham. Malheureusement, ce dernier ayant été aussi corpulent que sa femme, mais plus petit que Peter, le jeune homme avait l'air d'un pantin avec sa veste et ses pantalons trop larges et trop courts. Elle-même se sentait comme une petite fille qui avait emprunté la robe de sa mère. Lord Marchnight, en revanche, n'en était que plus séduisant sans cravate, avec sa chemise immaculée.

Après le repas, tous se réunirent dans le salon. Tandis que miss Ditton jouait du piano et que les autres disputaient une partie de whist, Henry demeura au côté de Polly toute la soirée. Au fil des heures, ils découvrirent et redécouvrirent leurs goûts communs pour la musique, le théâtre, la lecture, la marche et la campagne. Polly se surprit à rêver que la soirée ne prenne jamais fin. La compagnie d'Henry était tellement agréable ! Elle en était là de ses réflexions, lorsque miss Ditton bâilla à s'en décrocher la mâchoire.

— Ce trou perdu est si tranquille que je ne manquerais pas de périr d'ennui si je devais y vivre en permanence, déclara-t-elle d'une voix forte.

Les yeux d'Henry pétillèrent.

— Savez-vous que la forêt de Rendlesham est soi-disant hantée, miss Ditton ? déclara-t-il. Vous pouvez donc vous estimer heureuse d'être hébergée dans ce « trou perdu », comme vous dites. Un essieu cassé, une roue brisée et vous seriez à la merci des esprits ! On rapporte aussi que le monstre des ténèbres, le fantôme d'un chien sauvage, revient à la vie par les nuits d'orage !

Tristan Ditton partit d'un rire aigu, suggérant le hennissement d'un cheval.

— Sans oublier que tu pourrais également être attaquée par les bandits de la mer, déclara-t-il à sa sœur. Est-il exact, chère milady, que des contrebandiers en activité se trouvent toujours dans le coin ?

Polly frissonna. Décidément, ce genre d'histoires n'était pas fait pour réchauffer l'ambiance. Hetty paraissait terrorisée : les yeux agrandis par l'épouvante, elle serrait fortement la main de Peter.

— Je n'en ai jamais entendu parler, répondit lady Bellingham en déposant une nouvelle bûche dans le foyer. Les contrebandiers sont partis voilà des années, monsieur Ditton.

Elle se leva pour allumer d'autres chandelles.

— Assez parlé, maintenant ! Que diriez-vous d'un bon chocolat chaud avant que nous ne nous retirions pour la nuit ? Gaston ! cria-t-elle en actionnant la cloche avec vigueur. Apportez-nous une légère collation, s'il vous plaît !

Polly sourit. C'était étrange comme l'entrain de leur hôtesse suffisait à changer l'atmosphère : la pièce semblait à présent beaucoup plus chaleureuse.

Une fois dans la chambre que lui avait octroyée lady Bellingham, une charmante pièce ronde dans une tourelle, Polly eut le plaisir de découvrir le lit préparé pour la nuit et une bonne flambée brûlant dans la cheminée. Malgré l'aspect confortable et accueillant de la pièce, la jeune fille ne parvint pas à oublier que l'orage faisait de nouveau rage dehors ; sans la présence rassurante de ses compagnons, elle se sentait nerveuse.

Ce fut alors qu'elle avisa une porte, qui donnait dans un coin de la chambre. Où pouvait-elle bien mener ? Se maudissant d'être aussi craintive, elle ne put s'empêcher d'aller vérifier qu'elle était bien fermée. Aucune clé ne se trouvait sur la serrure, mais le battant ne bougea pas d'un pouce lorsqu'elle tourna la poignée. Rassurée, elle grimpa dans le lit haut, recouvert d'un épais édredon en duvet. Contrairement à ses prévisions, elle s'endormit immédiatement.

Au milieu de la nuit, cependant, elle s'éveilla en sursaut avec la sensation d'étouffer. Le feu était éteint et les volets claquaient sous l'effet des rafales de vent. Dans le corridor, une lame de plancher craqua. Polly se raidit, dans l'attente d'un bruit de pas. Un rai de lumière filtra sous sa porte pour disparaître aussitôt. Puis le parquet craqua de nouveau.

Parfaitement réveillée à présent, Polly se coula silencieusement hors de son lit et entrouvrit sa porte, persuadée de se couvrir de ridicule. Qui d'autre que les domestiques pouvaient aller et venir à cette heure ? Ils devaient vaquer à leurs occupations pendant que la maisonnée était endormie !

Le corridor était désert. Soudain, un bruit de voix parvint jusqu'à elle.

— Pas ce soir de toute façon... oui, tout à fait certain... il avait l'air inquiet tout à l'heure... non, pas question... jamais ils ne se risqueront jusqu'ici, la marée commence à monter...

Polly se faufila jusqu'à la rampe d'escalier et jeta un coup d'œil furtif en contrebas. Le vestibule était plongé dans l'ombre, hormis la pâle lumière d'un chandelier.

Lord Marchnight était adossé au chambranle de la porte du salon. Lady Bellingham, debout au milieu de l'entrée, était vêtue d'une belle robe de chambre moirée. Polly manqua défaillir. Assistait-elle à un rendez-vous galant? Leur hôtesse était connue pour apprécier les jeunes gens... Non, elle se trompait : Henry paraissait étrangement tendu pour un amoureux transi. Quant à lady Bellingham, ses manières n'étaient aucunement celles d'une séductrice. Dans ce cas, s'agissait-il plutôt d'une réunion d'affaires ? Mais quelle activité pouvait requérir un conciliabule en pleine nuit? A plus forte raison par une nuit pareille? Elle se dit soudain qu'il valait mieux ne pas savoir.

La grande horloge sonna un coup, la faisant sursauter. Henry, qui s'apprêtait à fermer la porte du salon, s'immobilisa et son regard se dirigea vers le palier. Le pouls de Polly s'accéléra : le jeune homme allait-il la distinguer dans l'ombre du pilier? Quelle serait sa réaction s'il la surprenait en train de les épier?

Par chance, lady Bellingham réprima un bâillement, détournant l'attention de son compagnon.

— Dans ce cas, je vais me coucher, annonça-t-elle. Je suis bien trop âgée pour ce genre d'opération.

Polly se retira en hâte dans sa chambre, comme l'actrice montait l'escalier. Elle se glissa dans son lit, tremblante. Puis elle ramena les couvertures sur elle, l'esprit préoccupé. Que disait Henry à lady Bellingham? Elle n'avait entendu que des bribes de phrases... L'image du jeune homme agenouillé sur la plage lui revint à la mémoire. Pourquoi s'intéressait-il tant au passage secret reliant la Villa des Marées à la mer? Si ce n'était pour des actions de contrebande, cette galerie avait-elle une autre utilité ?

Elle commençait à se rendormir lorsque, après un léger déclic, la porte de sa chambre s'ouvrit en grinçant. Alertée, elle vit que le rai de lumière s'élargissait... Quelqu'un se tenait sur le seuil, prêt à entrer ! Elle fronça les sourcils, avant d'attraper un objet à portée de main pour se défendre. Puis, sans plus penser à ce qu'elle faisait, elle rejeta le dessus-de-lit d'un coup sec et détendit son bras avec force : le chandelier résonna d'un bruit mat, l'intrus laissa échapper une plainte — et Polly se mit à hurler.

Quelques minutes plus tard, l'ensemble de la maisonnée se précipitait dans la chambre de la jeune fille, Peter en tête, une chandelle à la main. Polly aperçut le visage effrayé d'Hetty et celui de miss Ditton, derrière elle, avide et curieux. Puis lady Bellingham arriva, coiffée d'un affreux turban et drapée dans sa robe de chambre moirée.

La lueur de la bougie permit de révéler le corps massif de Tristan Ditton, étendu sur la carpette. Ce dernier grommelait en se frottant la tête.

— Ditton !

— Tristan !

L'exclamation de Peter et le cri horrifié de miss Ditton retentirent en même temps. La mâchoire crispée, le jeune homme releva prestement M. Ditton et se mit à le secouer sans ménagement.

— Que diable faisiez-vous dans la chambre de ma sœur, odieux personnage ?

Thalia commença à pleurer bruyamment. Hetty courut au chevet de Polly qui était assise au bord du lit, soutenue par lady Bellingham.

— Etes-vous blessée ? s'enquit-elle avec anxiété.

— Je vais bien, je vous remercie, répondit la jeune fille. Je suis juste un peu choquée...

Hetty s'efforça ensuite de persuader Peter de lâcher M. Ditton, tandis que la sœur de ce dernier, pendue à son bras, tirait dans une autre direction. Polly songea qu'ils allaient l'écarteler, s'ils continuaient de la sorte.

— Je vous en prie, laissez-le partir..., supplia-t-elle.

Elle fut interrompue par lord Marchnight, qui prit aussitôt la situation en main.

— Il ne peut s'agir que d'un simple malentendu, Seagrave, déclara-t-il. Je suis sûr que vous ne voulez pas vous acharner davantage sur M. Ditton, son élégant vêtement d'intérieur est déjà en lambeaux !

Polly fut la seule à trouver étrange qu'Henry se préoccupât de la tenue de M. Ditton ; les autres semblaient s'être habitués à son récent penchant pour les toilettes.

Ditton, enfin libéré de la poigne de Peter, se redressa en gémissant. Selon lui, ses nerfs avaient beaucoup plus souffert de cette attaque injustifiée que sa robe de chambre. Le regard ironique d'Henry se posa sur Polly, toujours soutenue par lady Bellingham.

— Pas tout à fait injustifiée, Ditton, dit-il d'une voix traînante. Seagrave a agi comme tout bon frère l'aurait fait dans de telles circonstances ! Avez-vous oublié l'émoi que vous avez causé à lady Polly en pénétrant dans sa chambre ? Vous pourriez au moins vous excuser, mon vieux...

Ditton, rappelé à l'ordre, déglutit avec peine et sa pomme d'Adam tressaillit.

— Chère lady Polly... bien sûr... une terrible méprise. Je cherchais les commodités et je me suis perdu dans le noir... Oh, très chère... je suis extrêmement désolé...

— Tout est oublié à présent, n'est-ce pas, Ditton ? observa Henry, désireux de mettre un terme à ce misérable monologue. Excepté peut-être pour votre tête !

La tension commença à se relâcher. Miss Ditton exhala un profond soupir.

— Oh, Tristan, comment as-tu pu... ?

— Lady Polly... terrible méprise... toutes mes excuses..., continuait à marmonner Ditton.

Il paraissait encore légèrement hébété après le traitement que lui avait fait subir Peter. Son visage avait pris un teint cireux et ses yeux un air apeuré. Il porta une main à sa tête.

— Veuillez m'excuser... je dois me retirer...

Il s'éloigna d'un pas hésitant, sa robe de chambre traînant derrière lui. Lady Bellingham entreprit alors de mettre tout le monde dehors.

— Laissez-nous maintenant ! Retournez vous coucher ! s'exclama-t-elle. Conchita ! cria-t-elle en frappant dans ses mains.

La domestique apparut aussitôt.

— Montrez le chemin à ces dames ! Bonne nuit !

Peter et Hetty auraient préféré demeurer auprès de Polly, mais cette dernière les rassura avec un pâle sourire.

— Oh, merci madame ! s'exclama-t-elle en s'emparant du verre de brandy que lui tendait lady Bellingham.

Puis elle le considéra d'un air méfiant.

— Dois-je réellement boire ceci ?

— Pour le choc, ma chérie, conseilla la maîtresse de maison. Cela vous aidera à dormir.

La grande horloge sonna deux coups. Le brandy brûla la gorge de Polly qui se mit à tousser.

— Pauvre M. Ditton ! dit-elle en riant. Je crois que je lui ai causé une frayeur bien plus forte que celle qu'il m'a faite !

— Vous avez eu une riche idée, ma chérie ! Penser à vous munir d'un chandelier, vraiment !

Bien plus tard, comme Polly se remémorait les événements de la nuit, un détail l'intrigua : comment Henry s'était-il arrangé pour apparaître en robe de chambre aussi rapidement ? Moins de deux minutes plus tôt, il se trouvait encore dans le vestibule, entièrement habillé.

Elle était sur le point de se rendormir, pour la troisième fois de la nuit, lorsqu'elle se rappela la porte qui se trouvait dans le coin de la chambre. Bien qu'il n'y eût aucune raison, son instinct lui commandait de vérifier qu'elle était bien fermée. Elle se coula de nouveau hors du lit et frissonna, car la pièce était glaciale.

Lorsqu'elle tourna la poignée, le battant s'ouvrit cette

fois sans le moindre bruit et un escalier sombre apparut. Toute trace de sommeil quitta l'esprit de Polly. La porte, dont elle avait vérifié la fermeture avant de se coucher, était maintenant ouverte !

L'espace d'un instant, elle demeura immobile à contempler l'escalier qui venait d'apparaître, incrédule : un souffle d'air, chargé d'air marin, emplit la pièce. Puis elle se hâta de refermer le battant, comme si elle s'attendait à voir un nouvel intrus pénétrer dans la chambre. Un grand fauteuil de chêne se trouvait dans un coin. Elle le plaça devant la porte, afin d'en barricader l'issue. Puis, cela fait, elle regagna son lit.

Aucun bruit de pas ne retentit dans l'escalier, aucune main ne tourna la poignée, mais Polly demeura longtemps éveillée. Le silence qui régnait à présent dans la Villa des Marées n'en était pas moins angoissant...

11.

— Quelle mine de papier mâché vous avez là, mon enfant ! s'exclama lady Bellingham en pénétrant dans la chambre de Polly, le lendemain matin. Rien d'étonnant avec une nuit pareille !

L'actrice avait tenu à apporter elle-même le petit déjeuner à sa jeune invitée. Après avoir déposé le plateau sur un guéridon, elle se dirigea vers la fenêtre pour ouvrir les rideaux en grand. Ce faisant, ses yeux se posèrent sur le lourd fauteuil de chêne qui se trouvait toujours devant la porte.

Polly surprit son regard étonné.

— Lady Bellingham, déclara-t-elle sans ambages, savez-vous où se trouve la clé de cette porte ?

L'espace d'un instant, la jeune fille eut clairement l'impression que son hôtesse était gênée. Pourtant, celle-ci répondit comme si de rien n'était :

— La clé ? N'est-elle point dans la serrure, mon enfant ? Je dois avouer que je ne m'en suis pas préoccupée depuis une éternité. Nous utilisons cette chambre tellement rarement !

— La porte était fermée lorsque j'ai vérifié une première fois avant de me coucher, et ouverte après l'intrusion de M. Ditton. C'est à n'y rien comprendre !

Les yeux de lady Bellingham brillèrent d'un étrange éclat.

— Vous devez vous tromper, mon enfant ! Je veille toujours à ce que les issues soient condamnées.

Afin d'illustrer ses paroles, elle tourna la poignée et donna une forte secousse sur le battant. Celui-ci ne bougea pas d'un pouce.

— Vous voyez ! dit la maîtresse de maison. Je suis certaine que vous avez dû rêver, mon enfant ; avec le choc que vous avez subi durant la nuit, quoi de plus normal ?

» A ce propos, M. Ditton et sa sœur semblent plus que désireux de nous quitter ce matin ! Au moins miss Ditton sera-t-elle obligée de taire ce désastreux incident, puisque son frère en était le principal acteur ! Voilà votre robe, fraîchement lavée et repassée par Conchita. Rejoignez-nous quand vous le souhaitez !

Après que l'actrice fut partie, Polly sortit de son lit pour aller de nouveau vérifier par elle-même que la porte était bien fermée. Elle l'était. Profondément déstabilisée, elle toucha à peine à son petit déjeuner. Elle eut beau chercher une explication à ce nouveau mystère, elle n'en trouva point. Elle décida alors qu'un peu d'air lui ferait du bien et elle se dirigea vers la fenêtre, qu'elle ouvrit. Le ciel, lavé par l'orage, rayonnait d'un bleu limpide. Soudain, son attention fut attirée par un coche qui s'éloignait à toute allure. Elle se sourit à elle-même : les Ditton !

Dûment habillée et coiffée, elle descendait l'escalier lorsque Henry Marchnight pénétra dans le vestibule, les cheveux légèrement ébouriffés par le vent du dehors. Elle l'observa d'un air soupçonneux. Il paraissait remarquablement frais et dispos pour quelqu'un qui avait passé une bonne partie de la nuit debout !

— Bonjour, lady Polly ! J'espère que vous vous êtes remise des événements qui ont perturbé votre sommeil, déclara-t-il avec douceur.

A cet instant, la lourde porte d'entrée s'ouvrit avec fracas et un fort courant d'air, chargé d'air marin, emplit le vestibule.

— Bonjour, Polly ! Bonjour, Marchnight ! s'exclama gaiement Peter en entraînant Hetty à sa suite.

Gaston vint à leur rencontre pour prendre leurs vestes, toujours aussi sérieux. En dépit de l'arrivée impromptue de son frère et de sa fiancée, Polly ne put s'empêcher de jeter un regard en coin à Henry. Il était si beau dans son élégant habit gris ! Serait-il allé jusqu'à l'accueillir par un baiser s'ils n'avaient été interrompus ?

Elle s'empourpra légèrement à cette idée.

— Vous sentez-vous bien, milady ? s'enquit le jeune homme. Vous paraissez légèrement émotionnée, poursuivit-il, comme s'il avait deviné les pensées qu'elle nourrissait à son égard.

Il s'empara de sa main.

— Peut-être manquez-vous de sommeil ? La nuit a été tellement agitée ! J'ose espérer que vous allez vous rétablir rapidement, car je participe demain à la course de voiliers de Deben. Sachez que je serais ravi de votre présence !

— Oh, une course de voiliers ! s'écria Hetty en frappant dans ses mains, le regard brillant. J'aimerais tant y assister pour vous encourager, milord !

Polly sourit. Manifestement, Hetty avait retrouvé son entrain coutumier.

— La compétition sera suivie d'un dîner au cours duquel seront remis les trophées, poursuivit Henry. Et bien sûr, le bal de votre mère clôturera la journée, lady Polly. Que de divertissements en perspective !

— Nous ferez-vous le plaisir d'assister au bal, milord ? demanda-t-elle avec une modestie affectée, tout en voulant lui retirer sa main.

Mais Henry ne la laissa pas faire : il la porta à ses lèvres pour y déposer un léger baiser.

— Bien sûr, milady. J'espère que vous m'accorderez une danse.

— J'en serai très heureuse, milord, répondit Polly en lui coulant un long regard à travers ses cils.

Son compagnon lui adressa un chaud sourire et elle sentit son cœur s'emballer à la pensée de la journée qu'ils allaient passer ensemble.

— A demain, dans ce cas, milady, murmura Henry en la libérant enfin. Je devrais déjà être parti pour Woodsbrige. Votre serviteur, lady Polly. Miss Markham... Peter...

— Oh, Polly ! soupira Hetty, tandis qu'ils regardaient s'éloigner le jeune homme en direction des écuries. Il est si charmant...

Polly contemplait toujours la haute silhouette d'Henry, quand Hetty poussa un gémissement de douleur. D'une pâleur soudaine, la jeune fille pressait ses mains contre sa poitrine comme si elle était sur le point de manquer d'air.

— Gaston ! Une chaise pour miss Markham, vite ! s'écria lady Bellingham, qui avait entendu la plainte d'Hetty. Conchita ! Ma cape de fourrure ! Voilà, ma chérie...

Avec une infinie gentillesse, elle enveloppa la jeune fille dans le chaud vêtement et aida Peter à la conduire jusqu'au fauteuil.

— Ne vous inquiétez pas, vous allez vous sentir mieux dans un instant...

Elle dut s'interrompre, car Hetty venait de s'affaisser comme une fleur coupée. Peu à peu, cependant, elle revint à elle et cligna lentement des paupières. Peter, agenouillé auprès d'elle, était l'image même de l'inquiétude.

— La chaleur..., déclara lady Bellingham, bien que le temps se fût rafraîchi. Et les préparatifs du mariage, sans nul doute. Vous devez penser à vous ménager, ma chérie !

— Oui, madame, répondit docilement Hetty.

Polly aperçut alors une larme qui perlait au coin de l'œil de la jeune fille. Elle en demeura saisie et une terrible pensée s'imposa à elle. Se pouvait-il qu'Hetty fût malheureuse à l'idée d'épouser Peter ? Pourtant, elle le contemplait avec un tel regard empli d'amour et elle serrait sa main avec tant de force ! Rien dans son comportement ne laissait supposer un tel drame. En outre, les deux jeunes gens semblaient fort épris l'un de l'autre...

Elle fronça les sourcils. Dans ce cas, pour quelle raison Hetty était-elle si triste ? Elle aurait dû au contraire resplendir de bonheur ! Lorsqu'elle s'était entretenue avec Lucille de l'étrange conduite de sa sœur, la jeune femme avait été incapable de lui dire ce qui avait pu motiver un tel changement de comportement chez Hetty.

Cette dernière tentait à présent de se relever et ses joues avaient repris un peu de couleur.

— Je suis désolée... Je ne comprends pas ce qui m'a pris, déclara-t-elle.

Comme lady Bellingham la contemplait d'un air pensif, elle fut sur le point de fondre en larmes. Mais, très vite, elle se ressaisit.

— Nous ferions mieux de rentrer maintenant, milady, s'empressa de dire Peter. Es-tu prête, Polly ?

Il passa un bras protecteur autour de la taille de sa fiancée.

— Hetty a besoin de se reposer. Viendrez-vous au bal, demain soir, milady ?

La maîtresse de maison acquiesça d'un gracieux signe de tête et les deux jeunes gens, suivis de Polly, se précipitèrent vers le phaéton, dans un tourbillon de remerciements confus et d'au revoir précipités. Durant le trajet du retour, Hetty se serra contre Peter et posa sa tête sur l'épaule du jeune homme. Polly, bien qu'heureuse à la perspective de passer toute la journée du lendemain avec Henry, ne s'en sentait pas moins déconcertée. Décidément, la conduite des gens qui l'entouraient était plutôt mystérieuse.

— Vous êtes ravissante ce soir, lady Polly.

Polly se retourna, surprise. Tristan Ditton paraissait

bien sûr de lui pour quelqu'un qui avait causé un esclandre deux jours plus tôt ! Il la détaillait d'un regard pénétrant, non sans familiarité, avec un sourire profondément déplaisant.

Polly recula précipitamment.

— Gardez-moi une danse pour plus tard, ma chérie, roucoula-t-il.

Puis il pénétra dans la salle de bal, laissant Polly interloquée. Quel comportement étrange et indésirable !

La pièce s'emplit rapidement, tandis que les invités répondaient à l'invitation de la comtesse Seagrave. Lady Bellingham, vêtue d'une riche robe de velours incarnat, fit son apparition. Manifestement, elle s'était surpassée pour cet événement, elle qui d'ordinaire sortait peu de chez elle ! Les Farrant et les Fitzgerald arrivèrent à leur tour, mais Polly n'avait d'yeux que pour la porte d'entrée, tant elle était impatiente de voir Henry Marchnight. Elle savait, même sans les compliments de M. Ditton, qu'elle était à son avantage : sa chevelure noisette, longuement brossée, resplendissait et sa robe vert Nil nimbait délicieusement sa silhouette fine et déliée. En outre, lorsqu'elle marchait, le tissu chatoyant bruissait doucement.

Les musiciens entamèrent la première danse et Peter ouvrit le bal avec Hetty, car Nicholas avait préféré demeurer auprès de Lucille. La jeune fille semblait avoir recouvré ses esprits et sa joie de vivre faisait plaisir à voir. L'ambiance générale était moins guindée qu'à Londres, et les invités, néanmoins vêtus avec raffinement, paraissaient tous se divertir.

Comme M. Ditton s'approchait d'elle à dessein, Polly s'empressa d'aller à la rencontre de Charles Farrant qu'elle venait d'apercevoir.

— M. Seagrave et miss Markham forment un très beau couple, était en train de dire Mme Fitzgerald, lorsqu'elle passa devant elle. Je suis si heureuse que leur mariage ait bientôt lieu...

Une fois sur la piste de danse en compagnie de Charles, Polly ne put s'empêcher de jeter un coup d'œil à l'adresse de M. Ditton. Ce dernier, immobile, était plongé dans la contemplation de Peter et Hetty. Il observait la jeune fille avec une intensité si singulière qu'un brusque frisson parcourut Polly. Son regard avait quelque chose de malveillant...

Un instant plus tard, le malaise qu'elle avait ressenti s'évanouit, car Henry venait d'entrer dans la salle de bal, en compagnie de sa mère et de sa sœur. Il se dirigea aussitôt vers lady Seagrave, afin d'excuser leur arrivée tardive. Polly sentit son cœur s'emballer à sa vue : ses cheveux miel luisaient à la lueur des chandeliers et son habit de soirée en velours noir mettait admirablement en valeur sa musculature au demeurant superbe. Quand le jeune homme la chercha des yeux à travers la pièce, elle lui répondit aussitôt et leurs regards se rivèrent l'un à l'autre, les isolant du reste des invités.

Une fois la valse terminée, Charles, que l'arrivée des Marchnight avait troublé lui aussi, raccompagna Polly auprès de Lucille pour disparaître aussitôt. La jeune fille en comprit facilement la raison : puisque tout espoir d'union était à jamais révolu entre Laura et lui, le malheureux préférait éviter la vue de celle qu'il aimait.

Polly accorda la danse suivante à John Fitzgerald, pendant que Nicholas entraînait une lady Laura rougissante sur la piste, après que la duchesse de Marchnight eut donné son approbation.

Puis Polly revint auprès de sa belle-sœur. Absorbées par leur conversation, elles ne virent pas Henry approcher.

— M'accordez-vous cette danse, lady Polly ? demanda-t-il avec douceur.

Pour formelle qu'elle fût, sa demande n'en était pas moins teintée d'une certaine malice, et la jeune fille se sentit de nouveau submergée par les sentiments qu'elle avait éprouvés à la Villa des Marées. Sans attendre sa réponse, il s'empara de sa main gantée et l'entraîna. Lucille croisa le regard de son époux et sourit.

— Certaines personnes, ce soir, n'ont nul besoin des flèches de Cupidon, observa-t-elle avec légèreté.

Polly était aux anges. Tandis qu'elle se trouvait dans les bras de son cavalier, elle ne pouvait détacher ses yeux de son visage. Ils restèrent silencieux. Toutefois, Polly était plus que jamais consciente de la proximité d'Henry. Sa main sur la sienne, le frôlement de son corps contre le sien, chaque geste renforçait l'amour qu'elle éprouvait pour lui.

Contre toute attente, le jeune homme conduisit sa cavalière, à la fin de la valse, vers une alcôve, dont le léger renfoncement permettait une certaine intimité.

— Avez-vous apprécié cette journée riche en divertissements, milord ? s'enquit Polly.

Elle appuya sa question d'un lumineux sourire, tandis qu'ils prenaient place sur la banquette.

— Permettez-moi de vous féliciter de votre seconde place à la course de voiliers ! reprit-elle. J'espère que vous n'en tenez pas trop rigueur à M. Fitzgerald d'avoir remporté la compétition ?

Henry sourit.

— A moi de m'effacer devant le meilleur navigateur ! Il est vrai que j'ai été quelque peu déçu sur le moment, car remporter un premier prix est toujours appréciable.

Le regard significatif qu'il lui lança fit rougir Polly. Pensait-il à elle comme à un prix de plus grande valeur encore ?

— Pourquoi n'êtes-vous point restée pour le dîner ? reprit Henry, après un instant de silence. La raison en revient-elle à lady Seagrave ?

Polly émit un petit rire.

— Vous avez vu juste, milord. Ma mère n'apprécie pas vraiment les tavernes ! Mais nous avons passé un agréable moment à observer la course.

— Le bal de votre mère semble en contenter plus d'un, déclara Henry en contemplant l'assemblée.

L'espace d'un instant, les pensées de Polly revinrent à M. Ditton, le seul invité qui n'avait pas l'air d'apprécier la soirée. Elle était sur le point de faire part de ses impressions à Henry, quant à l'attitude plutôt curieuse de M. Ditton envers Hetty, lorsqu'elle se ravisa. Après tout, les marottes de ce personnage n'avaient rien d'intéressant.

Henry se tourna vers ellle avec un grand sourire.

— J'espère que votre court séjour à la Villa des Marées n'a pas été trop traumatisant ?

— Je dois reconnaître qu'avoir trouvé M. Ditton furetant dans ma chambre fut plutôt une expérience désagréable, agréa Polly, non sans aigreur. Mais ce ne fut pas la seule : durant cette fameuse nuit, deux autres événements n'ont pas manqué de me surprendre, dit-elle avec froideur.

Henry pinça les lèvres.

— Puis-je vous demander lesquels ?

— La porte qui donnait dans ma chambre était ouverte après l'esclandre de M. Ditton, alors que j'en avais soigneusement vérifié la fermeture avant de me coucher, et j'ai été témoin d'un étrange rendez-vous nocturne entre... lady Bellingham et vous.

Un bref silence s'instaura.

— Trois faits pour le moins curieux, déclara Henry d'un air pensif.

— Oui, du moins les trois auxquels j'ai pu assister. Mais peut-être y en a-t-il eu d'autres ?

— Je n'ignore pas que vous me suspectez depuis longtemps, reprit Henry d'un ton égal, d'être un bandit, un fomentateur de troubles, le protecteur d'un dangereux criminel, que sais-je encore... Quelles actions extraordinaires m'avez-vous prêtées, lady Polly ! Je m'étonne que vous osiez encore vous trouver en tête à tête avec moi !

— Nous ne sommes pas seuls, riposta Polly, toujours aussi glaciale.

— Nous l'étions pourtant lorsque je suis entré dans votre chambre, à la Villa des Marées, pour utiliser cette fameuse porte !

Polly réprima le gémissement qui montait à ses lèvres. Elle avait cherché à provoquer son compagnon, certes, mais jamais elle n'aurait cru entendre une telle réponse. Ses yeux sombres lancèrent des éclairs.

— J'aurais dû me douter que vous aviez la clé ! Comment avez-vous eu l'audace de pénétrer en pleine nuit dans la chambre d'une jeune fille ?

— Vous n'avez pas idée combien j'ai apprécié de pouvoir m'y trouver, dit doucement Henry. Vous voir endormie, avec votre chevelure étalée en corolle sur l'oreiller, était une merveilleuse image ! J'avais tellement envie...

— Lord Henry !

— Devez-vous toujours interrompre mes plus beaux rêves, lady Polly ? Dommage que la réalité soit tout autre ! Du moins ai-je cette impression...

Polly tenta désespérément de garder le contrôle de la situation avant que celle-ci ne lui échappe.

— Je crois que vous me devez une explication, milord ! déclara-t-elle avec sévérité.

Le regard du jeune homme s'attarda sur la salle de bal pleine à craquer.

— Eh bien... l'endroit me paraît un peu trop fréquenté pour une conversation sérieuse. Si vous acceptez de marcher un peu en ma compagnie, je vous promets de vous dire tout ce que vous souhaiterez savoir. Ou presque tout, ajouta-t-il avec un étrange sourire.

Polly le dévisagea d'un air soupçonneux.

— Vraiment ?

— Vraiment !

— Mais êtes-vous sûr... ?

Soudain, Polly se sentait mal assurée.

— Peut-être vaut-il mieux que j'ignore certaines choses, après tout...

— Trop tard, déclara Henry, laconique, en lui tendant la main. Vous en savez déjà trop, lady Polly ! Et en savoir un peu est souvent plus dangereux que de connaître l'entière vérité !

Au fond de la salle de bal se trouvait le jardin d'hiver. Les deux jeunes gens s'y dirigèrent, puis empruntèrent le sentier qui serpentait entre les palmiers et les plantes exotiques.

— Par où débuter ? dit Henry d'un air pensif. Commençons par l'arrestation à Londres du capitaine Chapman chez un armurier, suivie de son évasion. Ainsi que vous le savez, Chapman est un dangereux fomentateur de troubles et l'homme le plus recherché du pays. Grâce à ses talents d'orateur, il sait mener les foules et ne se prive pas d'utiliser la révolte des pauvres gens à ses propres fins. Il a commandité plus de vols à main armée que je ne pourrais en citer. Depuis son évasion, je suis à sa recherche, conclut-il.

Polly s'immobilisa et inspira à fond.

— Alors, vous seriez... au service du gouvernement ?

— Oui, depuis trois ans. J'ai pris part à différentes missions, sous des noms d'emprunt et en ayant changé plusieurs fois d'apparence, avoua Henry.

— Vous êtes un espion ! s'exclama Polly d'une voix haut perchée.

Elle était stupéfaite. Comment avait-elle pu se tromper à ce point sur le compte de son prétendant ?

— On peut dire cela, oui, répondit son compagnon, non sans un certain amusement. Je n'aime pas ce mot. Il est trop... mélodramatique. J'ai occupé toutes sortes de postes, en fonction de mes missions. Durant les dernières guerres, j'ai passé beaucoup de temps à l'étranger, en France et ailleurs.

Polly se remémora les nombreuses fois où Henry semblait avoir disparu de la société. Les ragots lui avaient toujours prêté des liaisons scandaleuses ou des pertes au jeu. Il avait fort bien réussi à sauvegarder les apparences, quoique la superficialité de son train de vie l'eût souvent surprise elle-même, eu égard à la force et à l'intégrité qu'elle devinait en lui. Désormais, elle comprenait pourquoi...

— Je pensais..., commença-t-elle avec hésitation, nous pensions tous que vous passiez votre temps à... vous divertir...

— Ce n'est pas surprenant, puisque c'est justement l'impression que je voulais donner, dit Henry en haussant les épaules. Quelle meilleure façon de convaincre les gens que de leur faire croire que je m'intéressais uniquement à mes conquêtes féminines, à mes gains au jeu et à l'élégance de mes habits ? Peu de personnes connaissent la vérité, et seulement ceux en qui j'ai une confiance absolue.

Le sous-entendu n'échappa pas à Polly et un délicieux frisson la parcourut.

— Vous étiez donc sur les traces de Chapman durant toute la saison ?

— Oui, à Hampstead Wells notamment et durant l'émeute. On peut dire qu'il m'a fait parcourir des kilomètres, celui-là ! Et vous qui étiez bassement persuadée que j'étais un criminel !

Polly s'empourpra.

— L'émeute... Je comprends maintenant pourquoi vous portiez des pistolets ! Mais le fait de nous avoir secourues a dû vous ralentir dans votre enquête...

La voix d'Henry se durcit.

— Pensez-vous réellement que j'aurais pu vous laisser à votre triste sort ? Pour quelle raison croyez-vous que je suis intervenu ?

Polly ne répondit pas. La tension entre eux était

presque palpable. Elle préféra éluder la question, car elle ne se sentait pas encore prête à y répondre.

— Mais pourquoi vous trouvez-vous à Woodbridge si Chapman court toujours ?

Soudain, ses yeux s'élargirent devant la terrible éventualité qui venait de se présenter à elle.

— Serait-il dans le Suffolk, lui aussi ?

Elle jeta un coup d'œil rapide en direction des danseurs qui évoluaient sur la piste, comme si elle s'attendait à y voir le bandit en personne.

Henry saisit son bras, d'un geste qu'il voulait rassurant.

— Non, il n'est pas ici, pas ce soir. Mais vous n'avez pas entièrement tort, milady. Chapman se trouve dans les environs et ses complices plus près encore. Veuillez me promettre de rester vigilante juqu'à ce que l'affaire soit définitivement réglée.

— Je suppose que votre incursion nocturne, à la Villa des Marées, était en rapport avec cette histoire, déclara Polly, légèrement abasourdie.

Elle s'assit sur un banc, face au bassin d'agrément, et observa le mouvement changeant des flammes des candélabres qui se reflétaient dans l'eau.

— La porte, qui donnait dans ma chambre, conduisait certainement aux caves et de là à la mer...

— Oui, répondit Henry en s'accoudant au dossier derrière elle. Mon travail a tout de même des compensations !

— Oh ! Il vous importait donc peu que je dorme dans cette pièce, je suppose !

— Au contraire, cela n'en a rendu ma mission que plus agréable !

Polly refusa de se laisser divertir par une telle réflexion.

— Pourquoi m'avoir tout raconté ? demanda-t-elle.

L'amusement d'Henry disparut aussitôt et il regarda sa

compagne. Les yeux de Polly contenaient une telle innocence ! Il aurait pu lui mentir, mais il ne le souhaitait pas. L'enjeu était capital.

— Pour plusieurs raisons, dit-il d'un ton aussi léger que possible. Mais surtout parce qu'il m'importait que vous ayez une meilleure opinion de moi. Bien que vous en ayez déjà deviné suffisamment, je tenais à tout vous révéler.

Polly comprit que le jeune homme était sincère. Plus aucune nuance de moquerie ne résidait dans ses paroles, à présent. Elle pouvait sentir la tension qui l'habitait, tandis qu'il prenait place à son côté sans la toucher, mais néanmoins tout contre elle. Son visage était plongé dans l'ombre.

La jeune fille se leva et se dirigea vers les baies du jardin d'hiver, laissant flotter son regard sur la pelouse et le lac qui brillait d'un éclat argenté à la lueur de la lune. Le temps était venu d'avouer à Henry une chose qu'elle avait toujours souhaité lui dire sans oser franchir le pas.

Elle étudia le reflet de son prétendant dans la vitre. Il se trouvait si proche, derrière elle, que la chaleur qui émanait de son corps se mêlait de façon troublante à l'air frais qui passait par la fenêtre. Elle frissonna.

— Lorsque vous m'avez demandé de fuir avec vous, trois ans plus tôt, j'étais trop jeune pour faire face à la situation, déclara-t-elle lentement. Je n'avais pas réellement compris ce que l'amour signifiait. Oh, certes, je savais que je vous aimais, mais d'un amour d'adolescente. La profondeur des sentiments qui m'aurait donné la force de vous suivre, elle, n'existait pas encore. Depuis, je n'ai cessé de regretter ma dérobade. Que se serait-il passé si j'avais eu le courage d'accepter... ?

Henry plaça une main sur son bras.

— Lady Polly, il ne faut pas vous tourmenter ainsi. Songer au passé ne peut que vous faire du mal...

Polly se tourna vers lui. Henry sentit son pouls s'accélérer. Elle était si belle en cet instant avec ses yeux brillants, ses pommettes roses et ses boucles noisette encadrant joliment son visage qu'il avait désespérément envie de l'embrasser.

La bouche de Polly se trouvait juste en dessous de la sienne. Avec lenteur, il saisit le menton de la jeune fille et abaissa la tête vers elle. Brusquement, toute la force des émotions qu'ils avaient réprimées jusqu'alors les submergea et Polly ne put retenir un gémissement de plaisir, tant était grand son besoin d'Henry.

Elle passa les mains autour de son cou et l'attira à elle, tout en se pressant contre lui. Son compagnon hésita une fraction de seconde, puis il donna lui aussi libre cours au désir qui l'habitait en l'enlaçant avec violence. Lorsqu'il la toucha, l'amour et l'attirance latente qui existaient entre eux explosèrent en une myriade de sensations toutes plus merveilleuses les unes que les autres.

Puis Henry, doucement, se dégagea ; le souffle court, il déposa un léger baiser sur les cheveux de la jeune fille.

— Polly... Nous devons nous arrêter... Nous ne pouvons... Ce n'est ni le moment ni le lieu. Jusqu'à ce que ma mission soit remplie, je ne suis pas libre de...

Polly ouvrit les yeux à regret. Elle avait une si grande faim de lui ! Les dernières paroles du jeune homme, néanmoins, firent naître un espoir fou en son cœur : Henry souhaitait-il la courtiser dans les règles, ou même... la demander en mariage ?

— Je vous aime, milady, murmura-t-il tout contre son oreille. Et vous devez me croire quand je vous dis que vous êtes la première à qui je fais une telle déclaration.

12.

L'esprit en liesse, Polly retourna dans la salle de bal, persuadée que tout le monde s'apercevrait du changement qui s'était opéré en elle. Mais personne ne s'avisa de quoi que ce soit. Lucille lui jeta à peine un coup d'œil, tout à la conversation qu'elle entretenait avec un cercle d'amis. Quant à Peter et Hetty, assis dans une alcôve, ils semblaient être isolés du reste de l'assemblée, occupés à se murmurer de tendres paroles connues d'eux seuls.

Polly observait la piste de danse quand quelqu'un lui prit brusquement le bras par-derrière.

— Lady Polly, lui glissa Tristan Ditton à l'oreille. Je dois vous parler. Immédiatement !

L'euphorie de Polly disparut aussitôt lorsqu'elle vit l'air cachottier qu'arborait M. Ditton. Comme ce dernier la détaillait de nouveau avec insistance, elle se surprit à regretter le merveilleux tête-à-tête en compagnie d'Henry. Les manières de Ditton étaient tellement désagréables !

— Une autre fois peut-être, répondit-elle avec la plus grande politesse possible. Je m'apprêtais à rejoindre ma mère...

— La comtesse peut très bien se passer de vous quelques instants, reprit Ditton non sans persuasion. Le sujet dont je veux vous entretenir est d'une extrême importance. J'y ai pensé depuis le désastreux épisode de la Villa des Marées et je ressens comme un honneur et un devoir de vous offrir la protection de mon nom.

Polly le regarda, bouche bée. Les mots d'amour d'Henry résonnaient encore à ses oreilles. Elle devait rêver : Ditton n'avait pas pu la demander en mariage ! Et pourtant, ce dernier semblait tout à fait sérieux.

Il la conduisit à l'écart des invités jusque dans le vestibule sombre et désert.

Polly lutta contre le sentiment d'irréalité qui s'était emparé d'elle.

— Vous me faites un immense honneur, milord, dit-elle poliment, mais vous n'avez nul besoin de m'épouser. Tout le monde sait que l'incident était sans importance.

Dans la pénombre, elle crut voir sourire Ditton.

— J'étais persuadé que vous étiez une jeune fille soucieuse de sa réputation et que par conséquent vous n'oseriez pas refuser ma main, lady Polly ! Me suis-je trompé ?

Polly se sentit bouillir de rage devant une telle insinuation.

— Ma réputation est tout ce qu'il y a de plus convenable, milord, riposta-t-elle d'un ton glacial. Je n'ai nul besoin de la blanchir d'un scandale imaginaire ! Je vous remercie de votre proposition, mais je ne peux l'accepter.

A travers les portes-fenêtres de la salle de bal, elle aperçut sa mère qui se dirigeait vers la pièce où était dressé le buffet et elle fit mine de vouloir la rejoindre. Mais Ditton la retint vivement par le bras. La patience de Polly s'évanouit aussitôt.

— Que voulez-vous encore, milord ? Je viens de vous dire...

Tristan Ditton approcha son visage du sien.

— J'aimerais vous parler d'une jeune fille dont la réputation n'est pas aussi respectable que la vôtre, milady ! A votre avis, comment réagira votre frère lorsqu'il apprendra que sa fiancée a déjà accordé ses faveurs à un autre homme ? Que lord Grantley l'a devancé ?

Polly recula avec une expression de dégoût sur le visage, incrédule.

— Vous êtes odieux, milord! Comment osez-vous insinuer... ?

— Je n'insinue rien du tout, milady, reprit Ditton d'un ton satisfait. L'histoire est véridique : miss Markham et lord Grantley se trouvaient tous deux dans une auberge, quand lord Grantley s'est vanté devant témoins de vouloir déflorer sa compagne. Les faits ont été confirmés puisque miss Markham est restée avec lui toute la nuit... Si vous refusez de m'épouser, lady Polly, je veillerai personnellement à ce que chaque invité apprenne la disgrâce de miss Markham !

Les yeux de Ditton brillaient d'une telle excitation que Polly en fut écœurée. Elle était sur le point de rejeter violemment les paroles de ce goujat quand le souvenir de l'arrivée de Peter et Hetty à Dillingham l'arrêta net dans son élan. Avec une terrible clairvoyance, elle se rappela l'insistance de Peter quant à un mariage rapide et le désarroi d'Hetty devant les objections de la comtesse Seagrave... Se pouvait-il que ce fût vrai ? Que Peter ait eu vent de cette désastreuse histoire et veuille à tout prix préserver la réputation de sa fiancée ?

Elle fronça les sourcils. Une idée plus terrible encore venait de lui traverser l'esprit : et si Hetty était enceinte ? Elle avait bien été prise d'un malaise à la Villa des Marées !

— Vous me dégoûtez, milord ! Vous me menacez de chantage, à présent ? Si je refuse votre demande en mariage, vous dénoncez miss Markham, c'est cela ? Vous êtes complètement fou !

— Pas autant que vous le croyez ! lança Ditton en s'emparant du bras de sa compagne. Vous ferez ce que je vous demande, lady Polly ! Pensez au déshonneur de miss Markham, à la fureur de votre frère et à tous ces ragots qui ne manqueront pas d'aller bon train.

— Je ne crois pas un mot de cette histoire ! Vous devez vous tromper ou mentir...

Mais Polly savait que sa réponse manquait de conviction et elle vit sourire Ditton de nouveau.

— J'ai des témoins qui pourront confirmer que miss Markham se trouvait bien à l'auberge de la Rose cette nuit-là, en compagnie de lord Grantley ! Elle tombera à la première accusation et la haute société assistera à sa chute !

Polly manqua défaillir de honte et d'horreur mêlées. Elle ne parvenait plus à penser correctement ; la main de Ditton s'enfonçait cruellement dans son bras. Il était impossible qu'elle acceptât un tel chantage, tout de même ! Comment pourrait-elle gâcher son propre avenir à cause de l'outrageuse conduite d'Hetty ?

C'est alors que la porte s'ouvrit et qu'elle les aperçut : Peter, le visage baissé vers sa fiancée, semblait si heureux... Il contemplait Hetty avec tant d'amour ! Elle se remémora alors le désarroi qui avait été le sien quand ses fiançailles avaient été rompues et comment il s'était jeté à la tête de lady Bolt pour oublier...

— J'arrive à un tournant de mon existence où j'ai besoin d'une riche épouse, disait Ditton, et vous êtes à la fois fortunée et de haute naissance. Je n'aurais jamais pu prétendre à épouser la fille d'un comte dans d'autres circonstances. Acceptez, ma chérie, notre union sera des plus réussies !

L'esprit de Polly était en proie à une véritable confusion. Après le visage aimant d'Henry, lui apparurent ceux de la centaine d'invités de sa mère, consternés par la terrible nouvelle, puis celui de Peter outragé... Brusquement, elle ne put plus supporter la possibilité d'un scandale éclaboussant sa famille tout entière. Ditton attendait, tel un serpent prêt à mordre...

— Très bien, agréa-t-elle faiblement, mais notre mariage doit rester secret jusqu'à ce que je puisse avertir ma famille...

— Secret ! s'exclama Ditton avec humeur. Certainement pas ! Je veux au contraire pouvoir le crier sur tous les toits !

Il s'empara de sa main et l'entraîna de force vers la salle du buffet, où les bruits de vaisselle et de voix se faisaient entendre. Polly recula, terrifiée.

— Oh non ! Vous ne pouvez pas... Je n'ai pas l'intention... Nous devons attendre...

Mais Ditton fit la sourde oreille.

— Venez, ma chérie, venez ! Croyez-vous que je vais vous laisser partir ? Accordez-moi un peu de bon sens, je vous en prie ! Quel plaisir ce serait d'annoncer à l'assemblée tout entière l'opprobre de miss Markham, si...

Polly laissa échapper une plainte.

— Ne craignez rien, reprit Ditton du même ton léger, je tiendrai ma parole aussi longtemps que vous respecterez notre engagement.

Quelque part derrière la porte fermée de sa chambre, Polly pouvait entendre la voix de la comtesse Seagrave tantôt aiguë, tantôt grave, tel un carillon.

— C'est de l'inconscience, je vous dis, de l'inconscience pure ! Se jeter à la tête de ce répugnant personnage... Enfin, Godfrey, quelqu'un doit lui parler ! Non, pas vous, vous ne feriez que rendre les choses plus difficiles ! Oh, milord, qu'allons-nous faire ?

Lord Orbison tonna, puis la voix claire de Lucille se fit entendre :

— Voyons, milady, je ne peux pas croire un instant que Polly souhaite épouser M. Ditton. Elle a certainement dû y être contrainte pour une raison que nous ignorons.

Polly retint sa respiration. Lucille et sa perspicacité !

— Elle nous a expliqué que c'était à cause de ce stupide incident à la Villa des Marées ! reprit lady Seagrave, des larmes dans la voix. Nous avons eu beau lui affirmer que cet épisode était sans conséquences, elle insiste en disant que sa réputation est entachée. Je n'ai jamais entendu une telle ineptie de ma vie ! Cette enfant a perdu l'esprit ! Et de prétendre qu'elle tient ce goujat en grande estime ! C'est absurde !

— Vous devez lui parler, Lucille ! Tout de suite !

Polly se crispa, dans l'attente d'un coup frappé à sa porte. Mais rien ne vint. Elle se sentit si soulagée qu'elle faillit de nouveau fondre en larmes : à présent elle n'aurait pas à mentir à Lucille, chose dont elle se sentait tout simplement incapable.

Elle se glissa hors du lit, où ses sanglots déchirants avaient trempé l'oreiller, et se dirigea vers la fenêtre, qu'elle ouvrit. La brise nocturne, chargée d'air marin, agita doucement les rideaux, tout en caressant son visage marqué par les pleurs. Polly ne put supporter de voir son reflet dans la vitre, lorsqu'elle se détourna : outre les ravages causés par les larmes, une douleur sans fond se trouvait à présent dans ses propres yeux.

Dès l'annonce de son mariage avec Tristan Ditton, un silence de plomb était tombé dans la salle, puis toutes les langues s'étaient déliées en même temps. Polly ne se souvint de rien, par la suite, car elle s'était évanouie juste après avoir assisté à la réaction d'Henry : le visage outragé et rempli de dégoût, ce dernier avait renversé sa chaise d'un mouvement brusque, avant de lui tourner le dos et de s'éloigner sans un mot.

Elle avait pleuré toute la nuit et une grande partie du jour suivant, jusqu'à ce que ses larmes se fussent taries. Elle avait pleuré pour elle-même, pour son frère Peter, qui l'avait involontairement mise dans cette situation, et pour Hetty, pauvre écervelée, dont le goût pour la séduction avait causé sa propre perte, et maintenant la sienne. Et, surtout, elle avait pleuré pour tous ses espoirs perdus en se rappelant la passion avec laquelle Henry l'avait tenue dans ses bras, seulement un jour plus tôt, puis l'étonnement qui avait été le sien à l'annonce de Ditton, et enfin sa colère froide quand il avait quitté la salle.

Elle avait été stupide de croire qu'elle pouvait exercer un contrôle quelconque sur Tristan Ditton, qu'elle pouvait trouver une solution simple pour sauvegarder la réputation d'Hetty et par là même sauver son propre futur. Maintenant, elle s'avisait trop tard que, même si elle relatait toute l'affaire, la barrière qu'elle avait élevée entre Henry Marchnight et elle-même existerait à jamais.

Les ombres emplissaient la pelouse. Polly exhala un profond soupir. Comment croire que la veille encore son avenir s'annonçait radieux ? Mais à présent...

Bientôt, très bientôt, elle aurait à subir une nouvelle fois la désapprobation de l'ensemble de ses proches, car un conseil de famille devait se tenir le lendemain.

13.

Entre-temps, un événement d'extrême importance mit en émoi la haute société du Suffolk et le conseil de famille passa au second plan : un trafic de contrebande avait été démantelé durant la nuit, dans une des criques de la région. Les gardes-côtes, qui surveillaient l'opération depuis quelques jours, avaient réussi à prendre sur le vif un déchargement de marchandises volées, des fûts de brandy.

Mais le plus stupéfiant était qu'il s'agissait d'une opération montée par... Tristan Ditton, pour faire évader le capitaine Chapman du territoire ! Le brandy n'était rien d'autre qu'une monnaie d'échange destinée à payer l'évasion du bandit. L'affaire faisait la une de tous les journaux.

Lorsque Polly descendit en fin de matinée, elle ignorait encore tout de l'événement. Quelle ne fut pas sa surprise de voir apparaître Henry Marchnight, qui pénétrait en hâte dans le salon ! Elle s'immobilisa, saisie : lord Marchnight allait-il assister à la réunion de famille ? Cela n'avait pas de sens ! Elle en était là de ses réflexions, lorsque sa mère arriva en coup de vent elle aussi et la prit énergiquement par le bras pour la conduire dans le salon.

— Viens, Polly ! s'exclama-t-elle tout excitée. M. Ditton a été arrêté cette nuit, en tant que complice de Chapman ! Nicholas a appris la nouvelle en parcourant la *Gazette*, ce matin. Tu ne le croiras jamais, mais Henry Marchnight est à l'origine de cette arrestation : il travaille à la solde du gouvernement ! Et il est venu tout nous expliquer...

Polly faillit manquer d'air : quel retournement de situation, elle qui s'attendait à être jugée par la famille au grand complet pour avoir annoncé son mariage avec M. Ditton ! Soudain, elle s'avisa avec des sentiments mêlés d'horreur et d'indignation qu'Henry Marchnight avait passé sous silence le plus important lorsqu'il lui avait confié ses activités : il lui avait caché que Tristan Ditton était un des complices de Chapman ! Et elle qui avait dû accepter l'odieux chantage de ce goujat ! Bien qu'elle comprît le mobile d'Henry, elle n'en demeurait pas moins furieuse à son égard.

— Maman..., commença-t-elle à dire, d'une voix à peine plus forte qu'un murmure, mais la comtesse Seagrave fit la sourde oreille.

Après avoir ordonné à Medlyn de servir le thé, la douairière prit place sur le divan et ordonna à Polly de faire de même. Les Seagrave étaient tous présents, Peter et Hetty assis sur la banquette de l'alcôve et Lucille et Nicholas dans des fauteuils, groupés autour... d'Henry !

Polly ne put s'empêcher de le regarder. Le jeune homme avait-il compris qu'elle avait été forcée d'accepter d'épouser Ditton, bien qu'il en ignorât la raison ? Certainement, puisqu'il connaissait la véritable personnalité de ce bandit. Pourrait-il jamais lui pardonner cet affront en public ? Rien n'était moins sûr. Toutefois il lui avait avoué ses sentiments à son égard. S'il tenait réellement à elle, un espoir demeurait qu'ils pussent de nouveau se rapprocher l'un de l'autre...

— Tristan Ditton, le protecteur de Chapman ! s'exclama lady Seagrave en guise de préambule.

Elle offrit une tasse de thé à Henry, tout en lui adressant un chaud sourire.

— C'est à peine croyable ! Je l'ai toujours considéré comme un odieux personnage, cependant jamais je n'aurais cru... Nicholas ! Aurais-tu imaginé que Tristan Ditton pût être un criminel ?

— Non, maman, répondit obligeamment Nicholas. J'ai honte d'admettre que je ne m'en doutais nullement ! Je l'ai toujours trouvé profondément déplaisant, soit, mais l'idée qu'il pût être assez intelligent pour mener ce genre d'opération ne m'a pas effleuré une seconde.

— Insensé ! agréa la comtesse.

— Ditton était certainement assez intelligent pour se donner l'air stupide, déclara sèchement Henry. Cependant, il n'a pas pu s'empêcher de se vanter de ses exploits ! Mes soupçons ont été éveillés par l'excitation avec laquelle il parlait de Chapman à Londres et de son insistance à propos du protecteur de ce dernier. J'ai tout de suite compris que lui-même se croyait invulnérable. Mais sa vanité l'a perdu.

Il secoua la tête.

— Les contacts qu'il a gardés dans le Suffolk avec les contrebandiers lui ont permis de mettre sur pied un plan pour faciliter l'évasion de Chapman. Ditton a trempé dans la contrebande de nombreuses années, afin de gagner de l'argent !

— Comment avez-vous su que Ditton avait prévu l'évasion de Chapman pour cette nuit, Henry ? demanda Lucille avec curiosité.

Le jeune homme bougea légèrement dans son fauteuil.

— J'ai été informé par mes hommes que le capitaine Chapman avait reçu de l'aide pour s'évader à l'étranger. De là, tous les éléments du puzzle se sont mis en place. Ditton me paraissant passer beaucoup de temps dans le Suffolk — il est vrai que la région est dotée du littoral idéal pour des activités de contrebande —, j'en ai déduit que l'opération allait avoir lieu ici. Mais je ne savais pas précisément quand. La vigilance des gardes-côtes a fait le reste. Comme ils surveillaient les principales criques depuis plusieurs jours, ils ont pu aisément prendre Ditton et Chapman sur le fait... et cela a eu lieu cette nuit !

— Et l'esclandre de la Villa des Marées ? s'enquit Polly.

— Ditton avait déjà ourdi la machination qui devait faciliter l'évasion de Chapman, répondit Henry. Comme il avait lui aussi entendu parler d'un passage secret reliant la Villa des Marées à la mer, il avait l'intention de vérifier par lui-même. L'occasion s'est présentée le jour du pique-nique, où, surpris par l'orage, nous avons trouvé refuge chez lady Bellingham. D'où cette fameuse intrusion dans votre chambre, et le scandale qui en a découlé !

L'assistance écoutait bouche bée.

— Vous m'avez pratiquement tout dévoilé quant à vos activités, milord, le jour du bal de Dillingham, reprit Polly d'un ton froid. Mais vous avez fait l'impasse sur le plus important...

— Comme vous, milady, rétorqua gentiment Henry en fixant la jeune fille droit dans les yeux. Pourriez-vous nous avouer, à présent, la véritable raison qui vous a poussée à accepter la demande en mariage de Ditton ?

Polly retint son souffle. Ainsi Henry s'était-il douté de la singularité de cette annonce ! Son regard se posa instinctivement sur Hetty. Elle ne pouvait pas parler de son odieuse conduite devant le reste de la famille, tout de même ! Un scandale suffisait ! En outre, puisque Ditton était à présent hors d'état de nuire, le secret d'Hetty n'avait plus de raison d'être dévoilé...

— Je ne le souhaite pas, milord, répondit-elle en toussotant. Le sujet n'a plus de raison d'être maintenant que Ditton est sous les verrous.

— Tu devrais parler, Polly, déclara Lucille d'une voix douce, mais non dénuée de fermeté.

Polly sursauta, saisie. Que savait sa belle-sœur ?

— N'as-tu point songé que les faits qui t'ont été rapportés pouvaient être faux ? poursuivit Lucille. Il est temps que la vérité soit faite sur toute cette histoire !

Polly la regarda.

— Lucille ? Mais... comment as-tu appris ?

— Dis-nous, répéta la jeune femme.

Polly se permit un rapide coup d'œil en direction de Peter et Hetty. Son frère paraissait vaguement gêné, mais c'était Hetty, surtout, qui s'était empourprée, devinant sans doute ce qui allait suivre.

— Très bien, reprit Polly. Puisqu'il le faut ! M. Ditton est venu me trouver au bal de maman en me suggérant de le suivre, car il souhaitait m'entretenir d'un sujet d'extrême importance. Il a tout d'abord déclaré qu'il voulait m'offrir la protection de son nom en réparation du scandale de la Villa des Marées. Comme je refusais, en lui faisant comprendre que son offre n'avait pas lieu d'être, car l'incident était sans importance, sa courtoisie a disparu et...

Qu'il était difficile de s'exprimer ainsi devant Hetty ! Tout le monde était silencieux, attendant qu'elle poursuive. Lucille l'enveloppait d'un regard rempli de détermination et de sympathie mêlées.

— ... il m'a alors annoncé qu'il détenait une information scandaleuse à propos d'Hetty, qui menaçait sa réputation, et qu'il souhaitait l'annoncer publiquement si je refusais sa proposition...

— Oh ! l'interrompit Hetty en portant une main devant sa bouche.

Les joues de la jeune fille avaient viré à l'écarlate et ses yeux étaient élargis par l'horreur de ce que Polly venait de dire. Peter se rapprocha de sa fiancée et lui prit la main en signe de réconfort.

— L'information que M. Ditton t'a communiquée a dû être particulièrement convaincante pour que tu acceptes de l'épouser, intervint Lucille.

Polly la regarda.

— Oui, mais... Lucille, je ne peux pas continuer !

Elle jeta un autre regard en direction de Peter et Hetty. Cette dernière s'était caché le visage contre l'épaule de Peter.

— Je suis désolée, Hetty ! Je ne voulais pas...

— Continue, Polly ! ordonna Peter en grimaçant.

— Comment pourrais-je ? murmura faiblement Polly.

Elle se sentait prise de nausée à l'idée de ce qu'elle avait à dire. Peter ne manquerait pas de répudier sa fiancée lorsqu'il apprendrait la terrible nouvelle... Soudain, la remarque de son frère attira son attention.

— Tu sais tout ! s'exclama-t-elle.

— Je sais la vérité, rétorqua durement Peter, mais que t'a dit Ditton ?

De manière tout à fait inattendue, ce fut Henry qui répondit à sa place :

— Je crois avoir deviné ce que Ditton a dû déclarer à lady Polly, à savoir que miss Markham avait passé une nuit à l'auberge en compagnie d'un homme, qui n'est autre que lord Grantley !

Cette fois, ce fut Polly qui ne put retenir un gémissement.

— Comment est-il possible que vous sachiez tout... ?

— Je l'ai appris par lady Bolt, répondit Henry d'une voix terne.

— Lady Bolt ! s'écrièrent sept personnes en même temps.

— Cela ne me surprend pas ; elle a une telle propension au scandale ! observa la comtesse Seagrave.

Henry dévisagea Polly.

— Si j'ai rencontré lady Bolt à Richmond et chez lord Wellerden, il s'agissait uniquement de raisons professionnelles, déclara-t-il lentement. Il a fallu qu'elle m'informe de ce qu'il s'était passé, naturellement ! Elle se trouvait elle aussi à l'auberge de la Rose, cette fameuse nuit, car elle s'y était arrêtée en se rendant chez le duc de Garston !

— Ce que je ne comprends pas, intervint Lucille, le

front plissé, c'est comment Tristan Ditton a eu vent de cette histoire, lui ?

Henry émit un rire légèrement ironique.

— Toujours par lady Bolt ! répondit Henry. Elle et lui se connaissent depuis des années. Ils ont tous deux participé à différentes affaires louches ensemble. Lady Bolt avait prêté à Ditton une considérable somme d'argent, et il devait la rembourser grâce aux bénéfices qu'il touchait des cambriolages de Chapman...

Cette fois, ce fut Henry qui s'interrompit. Le visage grave, il se tourna vers Lucille et Hetty.

— Lady Bolt a été arrêtée ce matin, elle aussi. Je suis désolé de vous blesser en vous apprenant cette triste nouvelle...

— Notre sœur a toujours été source de problèmes ! soupira Lucille. Il faudra bien nous faire une raison.

— Mais si Ditton a menti à Polly, intervint lady Seagrave, perspicace, que s'est-il réellement passé à l'auberge de la Rose ? Lady Bolt a bien été témoin de quelque chose pour pouvoir en rapporter la teneur...

Ce fut Peter, cette fois-ci, qui prit la parole.

— Il est vrai que lord Grantley a emmené Hetty dans cette fameuse auberge, déclara-t-il, le visage sombre. Mais il a agi contre son gré. Pendant qu'il se soûlait dans la salle principale, il avait enfermé Hetty dans leur chambre, se vantant à qui mieux mieux qu'il allait abuser d'elle, poursuivit Peter avec violence. Par chance, ce fameux soir, j'avais moi aussi choisi de séjourner à Farnforth, car il me restait encore beaucoup de chemin à parcourir pour atteindre Kingsmarton.

— Tu t'y trouvais toi aussi ! s'écria lady Seagrave d'une voix qui signifiait qu'elle avait compris toute la fin de l'histoire.

Peter se raidit sur son siège et prit la main d'Hetty dans la sienne une nouvelle fois. La jeune fille était très pâle, mais ses yeux brillaient. Polly comprit qu'Hetty était certaine de l'amour que lui vouait Peter. Et elle ne put s'empêcher de soupirer.

— Hetty a entendu ma voix lorsque je suis entré dans l'auberge, reprit Peter. Elle a alors ouvert la fenêtre de sa chambre et m'a crié de venir à son aide. Grantley était toujours dans la salle principale et... j'ai fait en sorte de le mettre hors d'état de nuire. Puis je suis allé retrouver Hetty.

Un silence suivit cette déclaration.

— Je pense que vous savez tous combien j'aime Hetty, reprit Peter avec douceur, et quel honneur c'est pour moi de devenir son époux. Je ne nierai pas que certaines choses se sont passées entre nous, cette nuit-là. Mais je vous répète que j'aime Hetty de tout mon cœur.

— Heureusement que le mariage est prévu pour bientôt ! ne put s'empêcher de s'exclamer la comtesse.

— Le thé est devenu froid, observa Lucille, prosaïque, afin de détendre l'atmosphère. Nicholas, voulez-vous prévenir les domestiques ? Henry, souhaitez-vous rester ?

Henry Marchnight se leva.

— Non, milady, je vous remercie. J'ai beaucoup à faire. Je ne suis pas certain — son regard effleura Polly — de pouvoir demeurer dans le Suffolk.

— Mais vous ne pouvez manquer notre mariage ! s'écria Hetty, avec espoir.

Elle semblait avoir recouvré ses esprits, maintenant que la terrible vérité avait été dévoilée et que personne, pas même la comtesse, n'avait songé à la condamner.

Henry sourit.

— Je serai très heureux d'y assister si je le peux, répondit-il. Et je vous souhaite beaucoup de bonheur !

Un silence s'instaura dans le salon après que Nicholas eut reconduit Henry à son coche. La comtesse Seagrave fit une réflexion à propos du temps, puis Hetty se mit à parler de la cérémonie du mariage.

L'espace d'un instant, Polly eut l'étrange sensation que cette conversation n'avait jamais eu lieu. La révélation de Peter, tout comme les activités de Ditton, avaient été évoquées avec tant de désinvolture ! Et elle qui avait envisagé de se sacrifier... Quel gâchis ç'eût été !

Épilogue

— Tu es maintenant mon dernier espoir, Polly ! déclara lady Seagrave, cinq semaines plus tard, en regardant sa fille d'un air éploré. Après Nicholas et Lucile qui se sont mariés de manière clandestine, et maintenant Peter... Toi, tu ne me décevras point ! Tu sais ce que ton père aurait voulu...

Polly prit un air confus.

— Mais, maman, je n'ai point l'intention de convoler...

— Point l'intention ! répéta la comtesse en lâchant la serviette en lin qu'elle brodait pour le trousseau d'Hetty. Qu'est-ce qui peut t'en empêcher, maintenant que lord Marchnight en a terminé avec la désastreuse affaire de Tristan Ditton ? Certainement...

— Vous vous trompez, maman, l'interrompit Polly.

Depuis qu'Henry avait quitté le Suffolk, cinq semaines auparavant, elle avait réfléchi à ce qui s'était passé entre eux et était parvenue à la triste conclusion qu'ils ne pouvaient avoir d'avenir commun. Mais comment l'annoncer à sa mère ? Elle rassembla son courage.

— Lord Marchnight et moi-même n'avons aucune envie de nous marier, reprit-elle. Et je serais même étonnée qu'il soit présent pour les noces de Peter et d'Hetty !

Lady Seagrave haussa les sourcils.

— Là tu te trompes, Polly ! J'ai reçu une lettre des plus délicieuse de sa part annonçant qu'il arrivait à Dillingham vendredi. Les Verey seront là également. Finalement, ce sera presque un mariage en grande pompe.

Polly se sentit défaillir. Henry revenait ? L'idée même de le revoir l'emplit d'un trouble fort difficile à ignorer, car en dépit de sa décision, elle se devait de reconnaître qu'elle tenait toujours à lui et l'aimait plus que de raison. Mais qu'en était-il de lui ? Il n'avait plus cherché à la revoir depuis le conseil de famille... Aurait-elle dû lui avouer l'odieux chantage de Ditton ? Lui en tenait-il rigueur ? C'était fort probable : il était d'une nature si fière !

— Pardonnez-moi, maman, mais je vais aller marcher.

La comtesse Seagrave, comprit que sa fille avait besoin de mettre un peu d'ordre dans ses pensées.

Machinalement, les pas de Polly la guidèrent vers le pavillon dans lequel elle avait coutume de réfléchir. La simple vue de la maisonnette lui réchauffa le cœur. Elle aimait tant cet endroit ! Enfants, Henry et elle avaient passé tant d'heures à y jouer... Etonnée, elle s'arrêta sur le seuil. Personne d'autre qu'elle et Henry ne venaient dans cet endroit. Se pouvait-il que...

La pièce était vide. Toutefois, une silhouette familière se tenait sur la terrasse. Quand le jeune homme se tourna lentement vers elle, Polly comprit qu'il était venu la chercher : leurs regards se soudèrent, les griefs qui avaient pu les opposer jusqu'alors s'évanouirent comme par enchantement. Seuls comptaient l'amour qu'ils partageaient...

— Henry, je...

— Taisez-vous, ma douce, murmura le jeune homme en lui donnant le plus tendre des baisers. Acceptez d'être ma femme et vous ferez de moi le plus heureux des hommes.

— Votre femme ? répéta Polly, espiègle. Ici ?

— Hum... Ma foi, pourquoi pas ?

Il l'étreignit et, comblée par tant de bonheur, Polly ne put s'empêcher de sourire en songeant à sa mère : lady Seagrave ne manquerait pas de faire une apoplexie lorsqu'elle apprendrait que sa fille était devenue lady Marchnight dans la plus stricte intimité !

JOANNA MAKEPEACE

La rose et le dragon

HARLEQUIN

COLLECTION ROYALE

*Cet ouvrage a été publié en langue anglaise
sous le titre :*
DRAGON'S COURT

Traduction française de
THIERRY MARTINON

83-85, boulevard Vincent-Auriol, 75013 Paris — Tél. 01 42 16 63 63

1.

1499

Anne aurait peut-être réussi à secourir son chat Réginald si sa robe ne s'était pas soudain accrochée à une branche du pommier auquel elle avait entrepris de grimper.

Affolée, elle manqua perdre l'équilibre, mais elle tendit instinctivement les mains et s'agrippa de toutes ses forces au tronc large comme un pilier d'abside. Bonté gracieuse ! Il s'en était fallu de peu qu'elle ne tombe à la renverse... Bien qu'elle soit seulement à mi-hauteur, sa chute — fût-elle advenue — lui aurait sans nul doute occasionné de sérieuses blessures !

Recouvrant ses esprits, Anne inspira à fond et essaya de dégager l'ourlet de sa robe. Las ! Sa tentative se révéla vaine, qui faillit compromettre sa stabité déjà précaire... Assurément, mieux valait attendre que quelqu'un vienne à sa rescousse ! Cette partie du verger était sise près du sentier qui conduisait au manoir, et il y avait fort à parier qu'une servante ou un valet d'écurie ne tarderait pas à se montrer. D'ici là, songea Anne en s'exhortant au calme, elle devait se munir de patience et prier la Sainte-Vierge pour que ce ne soit pas son père qui la trouve ! Car, s'il la découvrait sur son inconfortable perchoir, elle s'attirerait de nouveau ses foudres et recevrait probablement la badine, pour couronner le tout !

Depuis deux mois, leurs relations s'étaient détériorées à tel point qu'il ne se passait plus un seul jour sans qu'une algarade les oppose. Excédé, sir Andrew fustigeait à tout propos l'insolence de sa fille ainsi que ses fâcheuses manières de garçon manqué. Anne, il est vrai, prêtait le flanc aux remontrances ces derniers temps ! Encore plus indisciplinée qu'à l'ordinaire, elle n'en faisait qu'à sa tête, multipliait les sottises et regimbait effrontément contre l'autorité paternelle... En vérité, seule sa mère semblait comprendre qu'elle manifestait tant de hardiesse et de susceptibilité à cause du départ de sa meilleure amie, Dionysia Gresham. Celle-ci avait eu l'insigne honneur d'être placée au service de la duchesse de Chester, qui s'était engagée à lui trouver un excellent parti. Et, ravissante comme l'était, Dionysia ne serait sûrement pas longue à prendre époux !

Séparée de son irremplaçable confidente, Anne lui enviait sa bonne fortune et déplorait que la fidélité de son père au défunt Richard III lui interdise pareil destin. Pendant que Dionysia continuerait à coudoyer les grandes gens du royaume, elle demeurerait au fin fond du Northamptonshire, à rêver d'une vie plus fastueuse que celle de la fille d'un Yorkiste tombé en disgrâce...

Anne ressassait toujours ces sombres réflexions, quand, soudain, elle distingua des pas sur l'herbe du verger. Elle baissa aussitôt les yeux pour s'apercevoir qu'un grand gaillard aux boucles de jais s'avançait devers elle. Il portait des chausses de bure, de même qu'un pourpoint rayé sous une vieille jaque de cuir. A en juger par la boue et la poussière qui maculaient ses piètres effets, il avait dû parcourir une longue route avant de parvenir à Rushton Manor !

— Bonjour, maîtresse Eve, lança-t-il gaiement. Est-ce pour m'offrir la pomme de tentation que vous êtes montée sur cet arbre ?

Loin de partager son entrain, Anne le considéra avec une méfiance non dissimulée. Peut-être s'agissait-il d'un pauvre hère venu réclamer une piécette ou un morceau de pain...

Quoi qu'il en soit, elle ne l'avait jamais vu ; et il serait moins embarrassant de demander l'aide d'un étranger que d'une personne de son entourage, qui ne se priverait pas de la chapitrer ou d'instruire ses parents de sa dernière inconséquence !

— Tu devrais me prêter main-forte au lieu de te gausser de moi, répliqua-t-elle assez fraîchement. Vois : ma robe s'est accrochée et je ne peux plus descendre !

Le nouveau venu posa sa besace au pied de l'arbre, puis observa la branche sur laquelle Anne se trouvait immobilisée.

— Ce rameau est si frêle qu'il pourrait céder d'un instant à l'autre. Ne bougez plus, demoiselle, et tenez-vous au tronc !

Quand il s'approcha du pommier, ses yeux rieurs fixés sur elle, Anne nota qu'il avait le torse puissant et les larges épaules d'un athlète rompu au maniement des armes. Effarée, elle se prit soudain à craindre qu'il ne procède avec trop de brutalité et ne la fasse choir en voulant lui porter assistance...

Mais son appréhension se révéla toutefois injustifiée : il montra une étonnante douceur et réussit à la libérer en un rien de temps ! Sa haute stature aidant, il n'eut même pas besoin de grimper à l'arbre pour dégager l'ourlet de la robe !

Soulagée de s'en tirer à si bon compte, Anne s'empressa de quitter son juchoir sous l'œil amusé du loqueteux. Lorsqu'elle sauta enfin à terre, elle le remercia d'un bref sourire avant d'appeler son attention sur le pauvre Réginald qui miaulait désespérément.

— Aperçois-tu mon chat ? s'enquit-elle avec une certaine morgue. Il s'est tapi sur la plus haute branche.

L'homme étudia la cime du pommier et repéra bientôt l'animal, à demi dissimulé par les feuilles que l'automne commençait à roussir.

— Oui, demoiselle. Je le vois.

— Tu me ferais une grande faveur en allant le quérir.

— Il n'est pas nécessaire. Je suis sûr qu'il descendra seul !

— Ne sois pas stupide ! répliqua Anne en haussant impatiemment les épaules. Pourquoi crois-tu que j'ai décidé de grimper à cet arbre, sinon pour récupérer mon chat ? Il est tout jeune, et si impressionnable qu'il s'est réfugié sur le pommier quand le chien de mon frère l'a pourchassé.

Un sourire éclaira les lèvres bien ourlées de l'inconnu.

— Dans ce cas, je vais vite vous le ramener !

Sur cette aimable promesse, il se débarrassa de sa jaque et entama son ascension sans plus tarder. Anne le suivit attentivement des yeux, ébahie de le voir progresser avec une telle agilité. Vif, souple et rapide, il bondissait de branche en branche avec l'aisance naturelle d'un homme aguerri depuis longtemps à tous les exercices du corps.

Cinq minutes à peine s'étaient écoulées qu'il avait déjà atteint le haut du pommier. Il souleva alors le chaton terrorisé, le glissa dans son pourpoint et commença aussitôt à redescendre.

Quand il posa pied à terre, sans même être essoufflé, il s'avança vers Anne pour lui remettre la boule de fourrure frémissante.

— Voici, demoiselle. Effrayé mais sauf !

Serrant tendrement Réginald contre elle, Anne soutint le regard franc et chaleureux du vagabond. Il eût certes été exagéré de le qualifier de séduisant, mais il ne manquait cependant pas de charme avec sa peau tannée, son noble front et ses yeux d'un gris perçant profondément enfoncés sous des sourcils plus noirs encore que ses cheveux. Quant à son menton volontaire et son nez un peu busqué, ils lui conféraient un caractère indiscutable. C'était là un visage diantrement intéressant, songea Anne à l'issue de son examen. Le visage d'un homme qui faisait face aux joutes de l'existence avec une détermination inébranlable...

Mais quel âge pouvait-il avoir ? se demanda-t-elle sans

Misez sur la
Dame de Cœur!
Découvrez vite
les cadeaux que
vous réserve la
Dame de Cœur
Des livres gratuits
et un ravissant bijou !

cesser de le contempler. Il n'était plus un jouvenceau — les lignes profondes qui marquaient la commissure de ses lèvres l'attestaient. Et paradoxalement, il émanait de son imposante personne la fougue et la vitalité d'un adolescent...

Pour sa part, le voyageur n'avait aucun doute sur l'âge de sa compagne : elle n'avait pas plus de seize ou de dix-sept étés. La dernière fois qu'il l'avait vue, elle n'était encore qu'une enfant craintive qui s'était promptement réfugiée derrière sa mère en le voyant s'engouffrer dans la grande salle de Ruhston Manor. Mais elle était presque une femme, à présent ! Vision troublante au port altier, elle avait hérité de la carnation lumineuse et des magnifiques cheveux bruns de lady Margaret. Ceux-ci, rassemblés sous une coiffe de lin blanc, ruisselaient jusqu'à sa taille en vagues souples et soyeuses. A l'évidence, elle n'était pas de ces damoiselles qui avaient besoin d'arborer de somptueuses toilettes pour paraître à leur avantage. La preuve : sa modeste robe de drap bleu suffisait à exalter sa beauté piquante. Elle soulignait les courbes harmonieuses de sa silhouette et rehaussait l'azur de ses yeux... Un pur joyau ! conclut le voyageur avec approbation. Sûrement ses parents chercheraient-ils bientôt à la marier, et ce ne serait pas tâche facile, compte tenu de l'ostracisme social qui frappait sir Andrew...

Peu habituée à ce qu'on la détaille avec tant d'insistance, Anne posa son chat dans l'herbe, puis s'éclaircit nerveusement la voix.

— Le logis de mon père, sir Andrew Jarvis, est situé à quelques pas d'ici. Puisque tu m'as rendu un fier service, je vais demander à notre cuisinière de t'offrir du pain et des galettes d'avoine. Tu es certainement affamé, mon brave !

Le miséreux s'inclina avec une élégance inattendue de la part d'un homme de sa condition.

— Je vous remercie de votre bonté, maîtresse Jarvis.

Il revêtit sa jaque et s'empara de son humble bagage avant de suivre Anne le long du sentier bordé de roquette.

Un moment plus tard, tous deux franchirent le portail et entrèrent dans la cour gardée par des troupeaux d'oies et de dindons glougloutants. Rushton Manor se dressait devant eux, bâtisse à colombages de nobles proportions, dont le soubassement était constitué de pierres gris-bleu des Midlands. Flanquée de celliers et de tourelles aux toitures à trois versants, l'avenante demeure présentait des signes discrets mais néanmoins visibles de délabrement. Tel était le commun de ceux qui, à tort ou à raison, avaient épousé la cause du « criminel souverain »...

— L'office est là-bas, expliqua Anne en désignant du doigt une porte latérale. Je vais t'y mener de suite.

A cette même minute, sir Andrew s'avança furieusement sur le perron et apostropha sa fille en ces termes :

— Où diable étais-tu, ma petite ? Ta mère a envoyé un valet à ta recherche et...

Il s'interrompit tout à trac en avisant l'homme au teint cuivré.

— Richard ? s'étonna-t-il. Richard Allard, est-ce bien toi ?

— Eh oui, sir Andrew ! Voilà bien longtemps que je ne suis venu à Rushton, n'est-ce pas ?

Bouche bée, Anne observa son père dévaler l'escalier et se précipiter à la rencontre du colosse brun.

— Sois le bienvenu au manoir ! s'exclama-t-il en lui prenant affectueusement les mains. Margaret sera enchantée de te voir ! Viens vite te réchauffer dans la grande salle. Pendant ce temps, mon palefrenier conduira ta monture aux écuries.

Ayant parlé, le maître de céans recula d'un pas et promena un regard intrigué à l'entour.

— Où est ton cheval ? L'as-tu attaché dans le verger ?

— Non, fit le dénommé Richard avec l'ombre d'un sourire. Ma jument a perdu un fer à environ deux miles de votre propriété, et j'ai dû la confier au maréchal du village de Rushton. Elle ne sera prête qu'en fin d'après-midi, aussi ai-je songé que c'était l'occasion idéale de vous rendre visite !

Anne aurait voulu rentrer à cent pieds sous terre. Cet homme était le fils de sir Dominick Allard, dont son père avait été l'écuyer du temps de la guerre des Deux-Roses — et elle l'avait pris pour un mendiant venu implorer sa charité ! Cela dit, comment aurait-elle pu savoir à qui elle avait affaire ? Il n'avait pas décliné son identité et avait surgi tout dépenaillé, portant lui-même sa besace tel un pauvre diable cheminant de bourg en hameau !

Confuse, elle leva timidement la tête et s'aperçut que son père avait rivé sur elle un regard interrogateur.

— Je vois que tu as lié connaissance avec Anne, lança ce dernier à l'adresse de son ami. T'a-t-elle fait bon accueil ?

La jeune fille retint son souffle et attendit non sans anxiété la réponse de maître Allard. Il l'observait du coin de l'œil, visiblement diverti par l'embarras qu'elle manifestait.

— Elle s'est montrée très cordiale, sir Andrew, et voulait enjoindre à votre cuisinière de me préparer un repas.

Le père d'Anne esquissa un sourire satisfait, puis entoura chaleureusement les épaules de son visiteur.

— Entre, mon bon Richard. J'espère que ton père ne souffre plus de sa vieille blessure ?

— Las ! Il boite toujours et devra composer toute sa vie avec cet indésirable rappel de la débâcle de Redmoor...

Anne ne fut pas longue à saisir l'allusion. Quatorze ans plus tôt, son père et sir Dominick s'étaient battus côte à côte durant l'ultime combat mené par le roi Richard près de la petite ville de Bosworth. Dominick avait eu la hanche brisée lors de la charge finale, et il ne pouvait plus monter à cheval depuis cette journée fatidique. Sir Andrew, en revanche, n'avait miraculeusement souffert que de blessures sans gravité. Loin d'ébranler ses convictions, la cinglante défaite de Redmoor avait accru son dévouement à la Maison d'York. Du reste, Anne avait souvent entendu les serviteurs affirmer qu'il frayait avec d'obscurs séditieux qui, à l'instar de lord Lovell, se proposaient de renverser Henry VII et d'installer un des leurs sur le trône d'Angleterre...

Toujours perdue dans ses pensées, la jeune fille emboîta le pas aux deux amis lorsqu'ils montèrent les degrés du porche. Elle savait gré à maître Allard de n'avoir pas dévoilé les circonstances exactes de leur rencontre. Mais, dans le même temps, elle n'était pas certaine de mériter une telle bienveillance ! Plus elle réfléchissait à l'attitude de Richard, plus elle avait peine à comprendre son inexcusable bévue. Ses manières, sa façon de s'incliner et la courtoisie de son vocabulaire décelaient irréfutablement l'éducation accomplie d'un homme d'excellente naissance. Comment avait-elle pu être à ce point sotte et impolie ?

Tandis que les messieurs la précédaient dans la grande salle tendue de tapisseries, Anne glissa un regard de biais vers son père, qu'elle aimait plus que tout malgré leurs dissensions. Il semblait presque fluet, pour ne pas dire malingre, à côté de son compagnon ! Un sourire illuminant son austère visage, il entraîna Richard vers la cheminée au manteau ouvragé, puis donna ordre à un serviteur de leur apporter deux coupes de bière forte.

— Anne, appela-t-il quand le domestique eut quitté la pièce, va informer ta mère que Richard est là. Elle verra à ce que l'on lui prépare une chambre pour ce soir.

Bien aise d'échapper aux regards ironiques dont leur invité la gratifiait, Anne regagna le vestibule et se dirigea promptement vers la salle basse. Lady Margaret aimait s'y retirer l'après-midi, afin de se consacrer à ses travaux d'aiguille.

Assise près des fenêtres tendues de parchemin huilé, la bonne dame leva les yeux de son ouvrage quand Anne entra d'un pas alerte.

— Te voilà enfin, jeune fille ! lança-t-elle sèchement. Viens donc essayer le chaperon que je t'ai confectionné. Je voudrai m'assurer qu'il n'est pas trop grand.

Pendant qu'Anne coiffait le bonnet en camelot noir, lady Jarvis pinça les lèvres à la vue de l'ourlet déchiré de sa robe.

— Et dire que, ce matin encore, je t'ai conseillé de prêter plus d'attention à tes habits ! Tu es décidément incorrigible ! Comment diable t'es-tu fait ce nouvel accroc ?

Le feu aux joues, Anne baissa les yeux et entreprit de relater sa mésaventure dans le verger.

— Quelqu'un a eu la bonté de m'aider, acheva-t-elle, évasive. Un certain Richard Allard, qui s'exprime avec un fort accent du Yorkshire.

— Richard est là ? s'étonna Margaret, oubliant les remontrances qu'elle s'apprêtait à formuler. Quelle merveilleuse surprise ! Il me donnera des nouvelles de Dominick et de sa chère épouse Aleyne !

Radieuse, elle prit le capuchon qu'Anne lui tendait, le rangea avec ses soies de couleur, puis se leva dans un bruit d'étoffes froissées.

— Ton père sait-il que Richard est au manoir ?

— Oh, bien sûr ! C'est d'ailleurs lui qui m'envoie vous avertir qu'il faudrait préparer une chambre pour maître Allard.

— Je vais immédiatement m'en occuper !

Anne observa sa mère avec admiration quand icelle s'approcha de la porte. Coiffée d'un hennin à l'ancienne mode, elle était parée d'une robe de velours bordeaux fermée par une ceinture en étain martelé. Fière et rayonnante, lady Margaret parvenait à rester éminemment élégante, bien que leurs difficultés financières l'obligeassent à porter les mêmes toilettes depuis de nombreuses années... Les Jarvis, en effet, avaient subi de sérieux revers de fortune après l'accession au trône d'Henry Tudor. Le monarque avait infligé de sévères amendes aux partisans de la Rose Blanche, les réduisant sinon à la misère, du moins à une existence indigne de leur condition. Saignés à blanc, sir Andrew et les siens supportaient encore les conséquences de cette lourde peine pécuniaire, tant destinée à remplir les caisses du royaume qu'à sanctionner les « traîtres » qui avaient juré fidélité au duc de Gloucester...

Rien ne servait de s'illusionner ou d'espérer des jours meilleurs : les Jarvis ne recouvreraient jamais leur aisance d'antan. Anne en avait parfaitement conscience et s'efforçait d'en prendre son parti, même si elle regrettait de ne pouvoir acquérir de coûteux rosaires, des colliers d'or et d'argent ou de superbes atours à la française, comme ceux que les Gresham avaient offerts à leur fille avant son départ à la cour de lady Chester.

Chassant la bienheureuse Dionysia de ses pensées, Anne monta dans sa chambre et fit quérir sa camériste pour que celle-ci ravaude son ourlet. Quand la pétulante Mary se retira, une fois sa tâche accomplie, la jeune fille arrangea coquettement les plis de sa robe, replaça sous sa coiffe une mèche qui s'en était échappée, puis retourna en hâte auprès de ses parents et de leur invité.

Quand elle pénétra dans la grande salle, l'instant d'après, elle s'aperçut que son frère Ned, âgé de treize ans, s'était joint à ses aînés. Il avait pris place à côté de Richard, lequel régalait son auditoire du récit de ses derniers voyages.

Au signal de sa mère, Anne s'installa sur un coussin de sol brodé aux armes des Jarvis. Tandis que, derrière eux, les valets commençaient à dresser le couvert, elle écouta maître Allard relater son séjour dans la ville de Leicester où le défunt régnant avait été enterré. Quoique la chose ne fût guère étonnante, étant donné ses origines, elle ne put réprimer un sursaut lorsqu'il avoua s'être longuement recueilli sur la sépulture du souverain. Ainsi donc, songea-t-elle avec inquiétude, cet homme était plus qu'un simple ami pour sir Andrew ! Tous deux partageaient les mêmes convictions, disant pis que pendre des Tudor et vouant une loyauté sans bornes à l'ancienne dynastie...

Lorsqu'on passa à table, en fin d'après-midi, Richard continua de leur narrer ses périples et répondit patiemment aux questions enthousiastes dont Ned le pressait. Anne — plus réservée quant à leur visiteur — se réjouissait toutefois de l'entrain inhabituel qu'affichait son père. Il se montrait fort loquace et riait aux éclats des savoureuses saillies de son commensal. Voilà bien longtemps qu'elle ne l'avait vu d'aussi belle humeur !

Le souper terminé, sir Andrew annonça son intention de se rendre aux écuries pour s'assurer que la jument de maître Allard, que son palefrenier avait ramenée de Rushton, était confortablement installée. Ned se leva aussitôt et fit savoir qu'il désirait l'accompagner.

— Dois-je venir avec vous ? s'enquit Richard.

— Il n'est pas nécessaire, répliqua le maître des lieux. Reste ici et fais plus ample connaissance avec Anne !

Cinq minutes auparavant, lady Jarvis s'était éclipsée pour veiller à ce que l'on bassine le lit de la chambre d'amis. Aussi la jeune fille demeura-t-elle seule avec Richard quand Ned et son père quittèrent la salle... En proie à une soudaine nervosité, elle déglutit avec effort et marqua une longue hésitation avant de se jeter à l'eau.

— Je vous suis reconnaissante d'avoir gardé le silence sur ma conduite dans le verger. Père aurait été très mécontent d'apprendre que j'ai fait preuve d'une pareille incorrection.

— Je ne vous en tiens nullement rigueur, maîtresse Anne. Après tout, vous ne pouviez pas deviner qui j'étais !

— Certes, non. Je tiens toutefois à préciser que je suis plus courtoise en temps ordinaire.

— Je n'en doute pas, rétorqua Richard. Mais n'en parlons plus, je vous prie : je tiens l'incident pour définitivement clos.

Anne lui accorda un sourire qui dévoila ses jolies dents de perle.

— J'ai cru comprendre que vous voyagiez beaucoup, remarqua-t-elle dans un souci d'alimenter la conversation. J'imagine que vous vous dirigiez sur Londres avant votre halte forcée à Rushton ?

— Oui. Mes... affaires m'appellent en ville.

— Des affaires liées à la Maison d'York ? hasarda Anne, méfiante.

Richard partit d'un grand rire sonore.

— Vous êtes bien indiscrète, demoiselle !

— Veuillez me pardonner, plaida la jeune fille en rougissant de sa propre impertinence. J'ai la fâcheuse habitude de me mêler de ce qui ne me regarde pas. Décidément, vous allez croire que je suis la pis des malapprises !

— Du tout. Vous semblez être d'un commerce fort agréable.

— Si mon père était là, il vous rappellerait sûrement qu'il ne faut jamais se fier aux apparences...

Le retour de Margaret mit un terme à leur causerie. Arguant qu'il se faisait tard, la bonne lady décréta que sa fille et elle devaient se retirer pour la nuit. Anne se leva sans discuter, et salua maître Allard d'une profonde révérence avant de suivre sa mère dans le vestibule.

A peine étaient-elles sorties que sir Andrew écarta les tentures qui tenaient lieu de porte à la grande salle. Il vint s'asseoir près de Richard, puis s'empara du pichet pour lui servir une coupe de vin doux.

— Combien de temps séjourneras-tu chez moi ? questionna-t-il d'un ton affable.

— Pas plus de deux jours, car je suis en mission et je dois me rendre dans le Sud.

— Est-ce... la duchesse qui a fait appel à tes services ?

— Exactement. Pour ne rien vous cacher, elle m'a prié de voir à ce que lord Warwick n'encoure aucun danger.

Les mâchoires serrées, sir Andrew approcha sa chaise de celle qu'occupait Richard. Il avait envoyé Ned se coucher et enjoint à ses domestiques de ne le pas déranger jusqu'à la fin de la soirée. Mais il préférait cependant parler à voix basse, conscient qu'il valait mieux redoubler de vigilance lorsqu'on abordait des sujets aussi délicats que celui-ci.

— Crois-tu que la vie du comte soit menacée, Richard ?

— Las, oui ! Vous n'êtes pas sans savoir que Perkin Warbeck fut arrêté en juin dernier, après sa tentative d'évasion. Or Henry l'a fait emprisonner dans la Tour de Londres, là même où Warwick croupit depuis des années...

Sir Andrew hocha la tête d'un air préoccupé. Deuxième prétendant en date au trône du roi Henry, le Flamand Perkin Warbeck affirmait n'être autre que le duc d'York — le frère cadet de la reine —, lequel était censé avoir fui très jeune à la Cour de Bourgogne. Bien qu'ardemment soutenu par Jacques IV d'Ecosse, le conspirateur n'avait jamais réussi à inquiéter les Tudor, ni à lever le doute sur sa véritable identité.

— Il est primordial que Warwick n'entre pas en contact avec le Flamand, ajouta Richard, comme son hôte ne soufflait mot. S'ils établissent des relations ne serait-ce qu'épistolaires, Henry saisirait ce prétexte pour ordonner l'exécution du comte.

— C'est évident, répondit sir Andrew dans un souffle. Voilà longtemps qu'il rêve de se débarrasser de Warwick ! Ce maudit Tudor sait pertinemment que le neveu de notre défunt roi pourrait ceindre la couronne s'il n'était pas claquemuré dans sa geôle de la Tour !

Richard étira ses longues jambes sous la table à tréteaux.

— Warwick est son plus sérieux rival, acquiesça-t-il, et c'est miracle qu'il soit toujours en vie ! S'il s'avère nécessaire d'organiser son évasion, je m'attellerai à cette tâche avec mes amis londoniens. Néanmoins, je prie le ciel pour qu'il ne soit pas besoin d'impliquer le comte dans une entreprise aussi périlleuse.

— Souhaitons-le ! Quelles que soient les mesures à arrêter, Richard, j'espère que tout se déroulera selon tes attentes...

Plongés dans leurs réflexions, les deux hommes demeurèrent silencieux durant quelques secondes. Ce fut finalement le père d'Anne qui reprit la parole, désireux d'amener la discussion sur un terrain moins grave que le devenir de lord Warwick.

— Que feras-tu après ton séjour à Londres ?

— Oh, je retournerai en notre domaine, expliqua Richard, son expression s'éclairant. Ma sœur donnera naissance à son deuxième enfant avant la Noël, et je compte bien assister au baptême ainsi qu'à la cérémonie des relevailles.

— Ta mère doit être aux anges, dis-moi !

— Elle est comblée d'aise. Mais elle le serait encore plus si je prenais femme et donnais un héritier aux Allard...

— Tu n'as donc pas de vues sur quelque accorte demoiselle ?

— Pas pour l'instant. Entre vous et moi, rares sont celles qui acceptent les hommages d'un dissident yorkiste !

Sir Andrew se servit du vin et contempla distraitement les profondeurs sanguines de sa coupe.

— Peut-être l'ignores-tu, déclara-t-il d'un ton mesuré, mais Dominick et moi étions convenus de marier nos aînés du temps où nous servions encore notre bon roi. Sache que je n'ai pas changé d'avis et que je suis tout disposé à te donner ma fille.

Une lueur intense fit étinceler les prunelles de Richard.

— Mon père m'a déjà entretenu de cet accord, et je serais très honoré de mener maîtresse Anne à l'autel. Cependant...

— Tu ne la trouves pas à ton goût ? s'inquiéta sir Andrew.

— Elle est ravissante et doit déjà régner sur une ribambelle de cœurs. Mais vous oubliez que je ne suis plus de prime jeunesse !

— Quel âge as-tu ? Trente-cinq, trente-six ans ?

— Trente-sept ans, sir Andrew.

— J'en avais quarante quand j'ai épousé Margaret qui, elle, venait de fêter son seizième anniversaire. Tu vois donc que ton âge ne constitue pas une pierre d'achoppement ! Qui mieux est, il me tarde de voir Anne bien établie, et je te connais assez pour savoir que tu la traiteras avec une bonté sans défaut. Si elle te complaît, mon garçon, elle sera tienne !

Pris de court, Richard s'accorda quelques minutes de réflexion.

— J'avoue que je ne serais pas peu fier d'avoir une telle beauté pour femme... Voici ce que je vous propose, sir Andrew : je reviendrai à Rushton Manor quand j'aurai mené ma mission à bien. Et si tout s'est passé comme je le souhaite, je vous demanderai alors la main d'Anne.

Son hôte lui donna une tape amicale sur l'épaule.

— Sois certain que je t'agréerai pour gendre. Tu ne te heurteras à aucune opposition de ma part, cependant je crains qu'il en aille tout autrement avec ma fille, qui n'est pas un modèle de docilité. Je suis prêt à gager qu'elle se récriera avec la dernière énergie !

Un pli soucieux se creusa entre les sourcils de Richard.

— J'aurais scrupule à l'épouser contre son gré. Vous ne...

— Elle s'unira à toi ! coupa sir Andrew, catégorique. Peut-être se cabrera-t-elle au début, mais elle comprendra vite que j'ai agi dans son meilleur intérêt. Tu es de loin le plus beau parti que nous puissions lui trouver !

Richard planta son regard dans les yeux céruléens du maître des lieux.

— Je mettrai tout en œuvre pour qu'Anne soit heureuse, promit-il avec chaleur. Mais il me faut être honnête envers vous : je ne pourrai pas lui offrir l'existence stable qu'elle est en droit d'attendre. Lors même que nos accordailles seraient célébrées, je ne renoncerais pas à défendre la cause des Plantagenêts.

— Je l'escompte bien ! s'exclama sir Andrew. Tu n'as aucune raison de te tourmenter, mon ami. Les premiers temps seront certes difficiles, mais Anne finira par s'habituer à tes activités et aux contraintes qui en découlent...

Sur cette optimiste prédiction, il repoussa sa chaise et dédia un sourire bienveillant à Richard.

— Nous en rediscuterons demain, annonça-t-il d'un air très satisfait. Pour l'heure, je vais te mener à ta chambre. Tu dois être recru de fatigue après ta longue expédition !

Richard se leva sans dire mot, il commençait effectivement à se ressentir du manque de sommeil. Il avait hâte de goûter le confort d'un vrai lit, lui qui dormait depuis une semaine sur les étroites paillasses d'auberges mal tenues ou d'abbayes glaciales.

Lorsqu'ils parvinrent à l'étage, cinq minutes plus tard, sir Andrew ouvrit une porte ogivale et s'effaça pour livrer passage à son visiteur.

— Je prierai constamment pour toi, murmura-t-il tandis que son ami s'apprêtait à franchir le seuil. Mais jure-moi que tu déploieras la plus grande prudence quand tu seras à Londres.

Richard acquiesça, touché par l'affection presque paternelle que sir Andrew lui témoignait depuis son arrivée.

— Je me suis toujours gardé de braver inutilement le péril. Et je puis vous assurer que je prendrai encore moins de risques maintenant que vous m'avez promis la demoiselle Anne... Bonne nuit, sir Andrew.

— Bonne nuit, Richard. Que Dieu te protège !

2.

Le lendemain, selon ses habitudes matinales, Anne fit une longue promenade dans les bois de Rushton Manor. Même si la vie campagnarde l'ennuyait au plus haut point, elle prenait toujours un vif plaisir à musarder le long des sentiers de ce havre de quiétude. Plus particulièrement en cette saison, où le feuillage des chênes et la mousse qui étoilait leurs cimes se panachaient d'éclatantes couleurs bistre ou mordorées...

Lorsqu'elle revint de sa flânerie sylvestre, peu avant l'heure du déjeuner, Anne fut étonnée d'apercevoir maître Allard dans les écuries. Il lui tournait le dos et ne semblait pas s'être avisé de sa présence, occupé qu'il était à examiner le fer flambant neuf de sa jument. Indécise sur la conduite à tenir, la jeune fille s'immobilisa au milieu de la cour, puis résolut finalement de faire acte de politesse.

— Bonjour, maître Allard, lança-t-elle en s'engageant sous la voûte d'entrée. Avez-vous bien dormi ?

Toujours penché sur le sabot de sa haquenée, il lui glissa un rapide coup d'œil par-dessus son épaule.

— Excellemment. Je ne m'étais pas autant reposé depuis que j'ai quitté le Yorkshire !

Anne l'observa avec curiosité quand il se redressa et flatta le chanfrein soyeux de son palefroi. Sa mise était toujours aussi peu élégante, mais il avait cependant troqué ses houseaux de la veille pour des bottes de cavalier à large revers.

— Avez-vous prévu de partir aujourd'hui ? s'enquit-elle sur une impulsion.

Richard fit volte-face et la contempla de pied en cap. Fraîche comme un fruit cueilli sous la rosée, elle était parée d'une robe en laine turquin, de même que d'une longue mante fourrée de menu-vair.

— Je m'en irai demain, répliqua-t-il, une fois son inspection terminée. Dois-je comprendre qu'il vous tarde d'être débarrassée de moi ?

— Bien sûr que non ! Vous êtes vêtu pour chevaucher, et j'en ai simplement déduit que vous envisagiez de nous quitter ce matin même. Cela dit, n'allez pas croire que je vous tiens pour indésirable ! Vous serez toujours le bienvenu au manoir, tant que vous ne troublerez pas la tranquillité de ma famille...

Le visage de Richard se figea en une expression de sévérité.

— Craignez-vous que ma présence ne vous vaille des ennuis ?

— Eh bien, vous ne vous cachez pas de mépriser la Couronne, rétorqua Anne sans y aller par quatre chemins. Et je ne voudrais pas que vous attisiez la rancœur de mon père, ou le poussiez à commettre quelque trahison...

Nullement froissé, Richard prit à charge de dissiper ses légitimes suspicions.

— N'ayez aucune crainte. Je ne ferai rien qui puisse mettre sir Andrew et les siens en danger.

— J'espère que vous tiendrez parole, maître Allard.

— Est-ce à dire que vous doutez de ma sincérité ?

L'arrivée de Ned interrompit leur conversation, qui menaçait de tourner à la passe d'armes. Peu désireuse d'être prise en flagrant délit d'insolence, Anne dut ravaler la repartie cinglante qu'elle s'apprêtait à décocher. Ce qui, tout bien réfléchi, était peut-être plus opportun !

— Je suis bienheureux de vous voir, maître Allard ! s'exclama l'adolescent, béat d'admiration. Aimeriez-vous que nous fassions une promenade après le déjeuner ? Nous pourrions galoper à travers les prairies et...

Il écarquilla les yeux quand Richard, l'oreille aux aguets, lui fit soudain signe de se taire. Des chevaux venaient de passer le portail, leurs sabots martelant les pavés moussus de la cour.

— Qui peut bien nous rendre visite ? chuchota Anne, intriguée. Père n'attend personne, que je sache !

Elle s'avança vers la porte, mais Richard lui agrippa fermement le bras pour la retenir.

— Un instant, demoiselle. Il me semble plus raisonnable que vous demeuriez ici.

Indignée, Anne dégagea son poignet d'une secousse.

— Je n'ai point d'ordres à recevoir de vous, maître Allard ! Je vous prierai de...

— Parlez moins fort, s'insurgea Richard à mi-voix. Tenez-vous donc à ce que l'on vous entende ?

Il avait égrené ces mots avec tant de réprobation qu'Anne — soudain impressionnée — renonça provisoirement à lui tenir tête. De toute évidence, maître Allard était de ces hommes dont il valait mieux ne pas susciter la colère ! Se soumettant sans plus broncher à ses instructions, elle observa un silence prudent, et le suivit à pas de loup lorsqu'il s'approcha de la porte entrouverte.

Deux cavaliers s'étaient arrêtés devant le perron, qui avaient abandonné les brides de leurs montures au palefrenier de sir Andrew. Pendant que le serviteur menait les chevaux jusqu'à l'autre écurie, située près du poulailler, les nouveaux venus gravirent les degrés du porche, puis disparurent dans l'étroit vestibule.

— Ce sont des gardes d'Henry, chuchota Anne, éberluée. Ils arborent l'emblème royal de la rose rouge !

— Je l'ai remarqué, demoiselle, et je vais vous prier de ne pas sortir jusqu'à ce que nous soyons fixés sur le motif de leur venue. Toi aussi, Ned, ajouta-t-il à l'adresse du blond jouvenceau. L'expérience m'a enseigné que nul n'est jamais assez vigilant !

Le frère d'Anne opina du chef, puis s'installa docilement sur une botte de foin.

— Croyez-vous que ces cavaliers vont... appréhender mon père ? s'inquiéta-t-il d'une voix basse et hésitante.

— C'est peu probable, petit. Si l'on avait prescrit son arrestation, ce ne serait pas deux officiers que l'on aurait envoyés, mais une escorte de dix soldats dûment armés ! Il m'est plutôt avis que ces hommes sont des messagers, ou des émissaires venus interroger sir Andrew sur quelque affaire dont on a référé aux conseillers du roi.

— Peut-être veulent-ils le questionner à votre sujet, fit remarquer Ned. Si tel est le cas, père leur indiquera sûrement que vous séjournez au manoir !

Un sourire au coin des lèvres, Richard secoua la tête en signe de désaccord.

— J'ai foi en la discrétion de tes parents et je sais qu'ils tiendront leur langue. Mais je ne pourrais pas en dire autant de ta sœur et de toi ! Si vous aviez assisté à l'entretien, vous auriez pu révéler incidemment ma présence...

Piquée au vif, Anne lui lança un coup d'œil glacial.

— Est-ce la raison pour laquelle vous nous avez interdit de sortir ?

— En effet. J'ai préféré ne courir aucun risque.

— Nous sommes très flattés de la confiance que vous nous témoignez ! jeta Anne d'une voix farouche. Mais pourquoi prendre un tel luxe de précautions, maître Allard ? Seriez-vous recherché par les sbires de Sa Majesté ?

— Pas à ma connaissance. Néanmoins, j'use toujours de circonspection quand je me rends chez certains de mes amis dont la loyauté envers les Tudor est sérieusement mise en doute. Je ne veux pas compromettre leur sécurité, ni leur valoir d'être espionnés par les informateurs de la Couronne. Dès lors, acheva Richard d'un ton sans réplique, nous patienterons ici jusqu'au départ des officiers. Il s'agit de la meilleure solution, à mon sens !

Anne baissa le front, consciente que c'était tout à l'honneur de maître Allard de vouloir protéger ses parents. Quinaude, elle vint s'asseoir sur la botte de foin, et se prit à espérer que les gardes repartiraient avant peu. Il n'aurait plus manqué que Ned et elle soient confinés toute la journée dans l'écurie !

L'attente, cependant, se révéla moins longue qu'elle ne le redoutait. Vingt minutes à peine s'étaient écoulées que Richard se tourna vers eux, un sourire de bon augure éclairant son visage.

— Ils s'en vont déjà, indiqua-t-il dans un murmure.

Anne dressa l'oreille, tentant d'identifier les bruits qui lui parvenaient de la cour. Elle entendait les deux hommes bavarder, mais ne distinguait toutefois pas leurs propos qui étaient étouffés par la lourde porte en lancette. L'instant d'après, le palefrenier ramena leurs montures aux visiteurs, lesquels sautèrent immédiatement en selle et s'éloignèrent au trot enlevé.

Quand le silence fut revenu, Anne bondit sur ses pieds et toisa maître Allard avec froideur.

— Avons-nous enfin la permission de rentrer ?

— Rien ne s'y oppose, désormais.

— A la bonne heure ! Je commençais à perdre patience !

Et, soulevant crânement le bas de sa mante, Anne se dirigea en toute hâte vers le manoir.

Lorsqu'elle s'engouffra dans la grande salle, un moment plus tard, elle eut tôt fait de constater que son père était en proie à l'un de ces homériques accès de fureur. Il brandissait rageusement un parchemin, les yeux rivés sur son impassible épouse qui avait pris place à côté de la cheminée.

— Je ne me plierai pas aux injonctions de cet usurpateur ! criait-il en tapant du poing sur la table à tréteaux. Plutôt mourir que d'infliger pareil camouflet à Anne ! Croyez-moi, Margaret, ce n'est certainement pas un Tudor qui me forcera la main !

Effarée, la jeune fille vint se réfugier près de lady Jarvis.

— Que se passe-t-il, mon père ? demanda-t-elle d'une voix mal assurée.

— L'on vient de me remettre l'épître la plus stupéfiante que j'aie jamais lue ! Ah, Richard, continua sir Andrew comme Ned et le Yorkiste entraient à leur tour, je suppose que tu as vu les messagers d'Henry ?

L'interpellé répondit d'un signe du menton.

— Etaient-ils porteurs de mauvaises nouvelles pour que vous soyez à ce point offensé ?

— Pis que mauvaises, mon ami : dramatiques ! Je suis instamment prié d'envoyer Anne à Westminster !

— C'est la reine Elizabeth en personne qui nous écrit, précisa Margaret avec placidité. Elle désire qu'Anne se rende à la Cour, et fasse office de chaperon à lady Philippa Telford, la fille de lord Wroxeter, qui arrivera bientôt de Malines pour servir Sa Grâce. Sachant que Wroxeter et mon époux entretenaient d'excellentes relations, jadis, Elizabeth souhaite que les deux demoiselles partagent le même appartement et rejoignent les rangs de la suite royale. Peut-être savez-vous que Philippa est encore très jeune, ajouta lady Jarvis sans quitter Richard des yeux. Aussi Anne sera-t-elle chargée de veiller sur elle et de la réconforter au cas où elle souffrirait de l'absence des siens.

Droit comme un cierge, sir Andrew se remit à fulminer de plus belle.

— A-t-on jamais ouï requête aussi absurde ? Certes, la reine est une Plantagenêt et je suppose qu'elle est animée des meilleures intentions. Mais comment peut-elle imaginer que Wroxeter, un des plus fidèles alliés de Marguerite de Bourgogne, acceptera que sa fille vienne vivre à la Cour ?

Un pli songeur barrant son front, Richard s'assit sur un coin de la table.

— Pourrais-je lire cette épître, sir Andrew ?

Le maître des lieux la lui lança en affichant une mine dégoûtée. Pendant que Richard déroulait le vélin, Anne — qui avait écouté les explications de lady Jarvis avec incrédulité — fut incapable de réprimer plus longtemps le fol enthousiasme qui l'avait submergée.

— Ma mère, vous devez m'accorder cette chance inespérée de...

— Tu n'as pas voix au chapitre, jeune fille ! coupa sir Andrew en la foudroyant du regard. Aie la décence de ne pas interrompre tes aînés quand ils délibèrent sur le meilleur parti à prendre !

Ainsi sommée de se taire, Anne esquissa une moue désappointée et reporta son attention sur maître Allard. Visiblement perplexe, ce dernier parcourait le contenu de la missive en passant la main dans ses boucles brunes indisciplinées.

— Je conçois que la demande d'Elizabeth vous paraisse étrange, déclara-t-il enfin, mais le ton de sa lettre est sincère et fort affable. Ma mère m'a dit un jour que notre souveraine et la comtesse de Wroxeter étaient très proches à l'époque de l'ancienne dynastie. Peut-être Elizabeth s'est-elle souvenue de cette amitié passée et veut-elle offrir à la fille de son ancienne compagne une place à la Cour, de même que la possibilité de contracter une alliance digne de son rang.

— Lord Wroxeter s'y opposera ! prédit sir Andrew entre ses dents serrées.

— Rien n'est moins sûr ! La rumeur affirme qu'il est au plus mal et, comme nous tous, il se débat dans de sérieuses difficultés matérielles depuis Redmoor.

Gageons qu'il serait soulagé de savoir Philippa mariée avec quelque gentilhomme nanti ! De la sorte, lady Wroxeter n'aurait pas à assumer la charge de leur fille s'il devait rendre l'âme... Oui. Je suis persuadé qu'il n'hésitera pas à agréer l'offre de la reine lorsqu'il s'avisera des nombreux bienfaits qu'elle procurerait à Philippa. Quant à demoiselle Anne, conclut Richard non sans prudence, il serait aussi à son avantage de se rendre au palais. Pareille invitation ne se décline point !

— Maître Allard a raison, renchérit la jeune fille, déterminée à enlever l'agrément paternel. Vous n'avez pas le droit de me refuser cette chance unique d'intégrer la maison du roi !

Blême de colère, sir Andrew maugréa un juron et se prit à arpenter la pièce tel un fauve encagé.

— Je devrai donc plier l'échine et jeter ma fierté aux orties ?

— Vous n'avez pas d'autre ressource, fit observer Richard d'une voix apaisante. Bien qu'elle soit formulée avec la plus grande politesse, la requête d'Elizabeth n'en est pas moins un ordre royal auquel il serait très hasardeux de désobéir...

Sir Andrew interrompit son va-et-vient, concédant à regret que la remarque de son ami n'était pas dénuée de pertinence. Quelque peu apaisé, il revint près de la cheminée, puis il s'affala sur son faudesteuil et leva un regard penaud vers lady Jarvis.

— Je suis confus de m'être emporté, Margaret. Mais j'imagine que ma réaction ne vous surprend pas et que vous entendez ma répugnance à envoyer notre fille dans l'antre du dragon !

Anne comprit immédiatement l'allusion, teintée du plus farouche mépris. Son père faisait référence au Dragon Rouge, l'emblème personnel du roi Henry...

— Il n'y a pas lieu de vous mettre martel en tête, intervint Richard, devinant que sir Andrew était tout près d'abonder en sens. Anne ne verra jamais le roi, et il n'est pas même sûr qu'elle lui soit présentée ! On dit qu'Henry fréquente très peu les appartements de sa femme, pour laquelle il n'éprouve guère d'affection. A en croire ses proches, il ne s'intéresse qu'à ses livres de comptes et à son singe apprivoisé qu'il mène partout avec lui — y compris aux séances du Conseil ! L'un de nos espions rapporte que le petit animal provoque quantité de dégâts et n'aime rien tant que de déchirer rescrits ou missives diplomatiques !

L'anedocte ni ne dérida sir Andrew ni n'atténua l'inquiétude que reflétait son visage d'une pâleur alarmante. Après un silence qui parut démesurément long à Anne, il finit par exhaler un soupir, puis leva les mains en signe de capitulation.

— Je me range à tes vues, Richard. Il serait peu judicieux de faire affront à Tudor, et mon refus d'accéder aux instances d'Elizabeth serait perçu comme tel. Anne ira donc à Westminster, bien que cette seule pensée me tracasse autant qu'elle me révolte... Evidemment, son départ va occasionner maintes difficultés qu'il nous faudra souldre dans les plus brefs délais. Pour commencer, elle ne possède pas d'effets convenant à la position de suivante !

Lady Jarvis se redressa sur son escabelle, bien aise que Richard ait réussi à fléchir son impétueux époux.

— Je lui procurerai les atours appropriés, déclara-t-elle avec douceur. J'ai gardé la plupart des robes que mes parents m'ont offertes quand j'étais moi-même au service de la défunte reine. Elles sont certes un peu vieillottes, mais Mary Scroggins et ma chambrière m'aideront à les mettre au goût du jour. Non, Andrew. La mise d'Anne n'est assurément pas ma préoccupation majeure !

La bonne dame marqua un temps d'arrêt, les yeux baissés sur ses mains fines et diaphanes.

— En revanche, je ne vous cache pas que je crains

pour sa sécurité durant le voyage. Elle devra l'accomplir sans vous, car il n'est pas question que vous vous aventuriez en ville. Or, elle sera confrontée à d'innombrables périls sur les routes du royaume ! Tant de hors-la-loi sévissent à l'entour de Londres, détroussant les malheureux qui tombent dans leurs embuscades !

Sir Andrew s'appuya lassement au dossier sculpté de son siège.

— Le mieux est que je prévienne deux ou trois de mes vieux compagnons d'armes. J'ai l'assurance qu'ils consentiront à escorter Anne si je les prie de me rendre ce service. Et puis, il ne faut pas oublier que Mary Scroggins la chaperonnera ! C'est une brave petite en qui nous pouvons avoir toute confiance.

Margaret, dont le visage avait perdu ses délicates couleurs, hocha la tête sans conviction. Peu surpris de sa réticence, Richard s'éclaircit la voix et lui exposa l'idée qui venait de se présenter à son esprit.

— Seriez-vous plus tranquille, lady Jarvis, si j'étais moi aussi du voyage ? Je dois régler certaines affaires en ville et je ne verrais aucun inconvénient à conduire maîtresse Anne au palais.

La jeune fille manqua s'étrangler de stupeur. Les poings sur les hanches, elle se disposait à protester vigoureusement quand elle s'aperçut, non sans contrariété, que l'offre de Richard semblait recueillir l'approbation parentale...

— Tu me soulagerais d'un grand poids en t'engageant à veiller sur Anne, confia sir Andrew, ragaillardi. Mais ton détour par Westminster ne risque-t-il pas de te retarder ou, pis encore, de te mettre en danger ?

— Bien sûr que non ! Voilà vingt ans que je ne suis pas allé à la Cour, et il ne doit plus s'y trouver personne qui se souvienne du petit page que j'étais alors. Point n'est besoin de vous tourmenter, mon cher. Je verrai à ce que votre fille soit bien logée, et je demeurerai à Londres le temps de m'assurer qu'on la traite avec les égards qui lui sont dus. Etant sur place, il me sera possible de prendre les mesures nécessaires si la moindre difficulté surgissait...

Anne cingla le visiteur d'un coup d'œil offusqué. Elle n'avait aucune envie qu'on lui impose la présence de ce colosse impérieux ! D'un autre côté, il était manifeste que ses parents n'assentiraient jamais à son départ si elle déclinait la suggestion de leur ami... Elle allait donc être obligée de s'accommoder de ce Yorkiste, qui la mènerait à la baguette et ne se priverait pas de lui tenir la bride courte !

Toutefois, se rappela-t-elle dans un regain d'optimisme, elle serait vite délivrée de cette fâcheuse entrave. Richard avait lui-même signalé qu'il ne resterait pas longtemps en ville ; et lorsqu'il s'en serait retourné, elle pourrait jouir en toute liberté de la fascinante aventure qui s'offrait à elle !

Résignée, elle prit une profonde inspiration et soutint le regard scrutateur de son père.

— Je serai, euh, ravie de voyager avec maître Allard si cet accord ne contrarie ses projets...

— Très bien, ma fille. Quelles que soient mes réserves quant à cette expédition, je dois admettre que tu ne trouveras pas meilleur guide que notre bon Richard !

— Certainement ! approuva lady Jarvis en fixant sur Anne ses yeux d'un vert de jade. Monte vite dans ta chambre, ma chérie, et fais savoir à Mary que j'ai à l'entretenir sur-le-champ. J'espère qu'elle ne refusera pas de te chaperonner durant ton séjour en ville. Si elle préfère rester à Rushton, nous devrons te trouver une autre camériste, et ce ne sera pas chose aisée !

— Oh, Mary m'accompagnera ! décréta Anne. Lors même qu'elle tergiverserait, je n'aurais aucune peine à la convaincre !

Sur cette allègre promesse, elle s'élança vers sir Andrew pour l'embrasser avec effusion.

— Merci, mon père. Je vous jure d'être discrète et très docile à Westminster !

— Changer ou déguiser sa nature n'est pas aussi simple que tu sembles le croire... File, maintenant, car nous n'avons pas de temps à perdre. Les messagers ont spécifié que tu devrais être à Westminster avant la Saint-Michel, de façon à accueillir lady Philippa quand elle arrivera au palais. Aussi aurons-nous tous du pain sur la planche jusqu'à la fin de la semaine !

Le cœur en liesse, Anne fit volte-face et se précipita vers le vestibule. Son vœu le plus cher était enfin exaucé ! D'ici peu, elle connaîtrait les fastes de la Cour et assisterait aux banquets, bals et tournois que Dionysia lui avait souvent décrits dans ses missives. Mieux, elle aurait peut-être l'heur de lier connaissance avec quelque jouvenceau à la belle prestance qui la mènerait dévotement au pied de l'autel ! Oui. A n'en point douter, la vie à Westminster se révélerait fertile en surprises, et lui ouvrirait moult perspectives dont elle avait l'intention de tirer le meilleur parti !

Au matin subséquent, lady Jarvis, sa chambrière et Mary Scroggins — qui avait accepté très volontiers de suivre sa maîtresse à Londres — commencèrent à préparer les atours qu'Anne emporterait dans ses coffres de voyage.

D'abord dubitative, la future demoiselle de compagnie eut tôt fait d'être rassurée quant au résultat final. Sa mère recoupa entièrement ses velours et ses brocarts, s'inspirant des somptueuses robes que portaient les dames bourgeoises de Leicester et de Northampton. Durant les jours qui suivirent, elle continua de travailler d'arrache-pied, et n'hésita pas à négliger ses tâches domestiques pour que le trousseau d'Anne fût prêt en temps et en heure. Forte d'une patience inébranlable, elle surbroda les étoffes de perles fines, les agrémenta de martre, d'argentan, de valenciennes, et confectionna trois capuchons à la française qu'elle rehaussa de liserés en taffetas cramoisi.

Anne, qui se prêta avec ravissement aux nombreux essayages, subodorait qu'elle serait sûrement moins élégante que les autres suivantes de Sa Grâce. Mais personne ne serait étonné que la fille d'un gentilhomme en défaveur ne soit pas vêtue à la dernière mode ! Et puis, même s'ils n'étaient pas aussi richement ornés qu'elle l'aurait voulu, il fallait reconnaître que ses nouveaux effets lui seyaient à la perfection ! Sa préférence allait à une robe de samit bleu turquoise, très ajustée à la taille, qui découvrait sa gorge laiteuse et mettait en valeur l'ivoire pâle de son visage. Cette sobre parure la métamorphosait à tel point qu'elle s'était demandé, en s'étudiant dans le miroir vénitien de sa chambre, si la gracieuse nymphe qui lui retournait ses regards était bien la petite Anne Jarvis ! Mary elle-même n'en était pas revenue !

La veille de son départ, alors qu'une vive inquiétude se substituait à son excitation des jours précédents, la jeune fille gagna la salle basse peu après le déjeuner, et approcha silencieusement une escabelle du siège de sa mère. Celle-ci, assise à sa place habituelle, près de la fenêtre, achevait de marquer un mouchoir aux armes des Jarvis. Penchée sur son ouvrage, la bonne lady engagea bientôt la conversation, qui entendait profiter de ce tête-à-tête pour renouveler ses consignes de prudence.

— Anne, dit-elle avec gravité, j'espère que tu as bien compris ce que l'on attendra de toi à la Cour. Tu devras respecter scrupuleusement le protocole, te garder d'exprimer tes opinions et te plier sans protester aux ordres que t'intimeront les dames d'honneur de Sa Grâce. Il faudra aussi te montrer très prévenante à l'endroit de lady Philippa qui, comme tu le sais, est de trois ans ta cadette. Elle se sentira perdue à Westminster car elle est native des Flandres et n'est jamais venue en Angleterre. Il est à prévoir qu'elle parlera mal notre langue, aussi insisté-je pour que tu fasses preuve de la plus grande patience si elle ne parvient pas à s'exprimer correctement.

— Bien sûr, ma mère. Mais peut-être ne m'appréciera-t-elle pas ou me traitera-t-elle de haut... Elle est fille d'un comte, après tout !

Lady Jarvis balaya ces considérations d'un geste apaisant de la main.

— Connaissant la bonté de lord Wroxeter et de son épouse, je suis certaine que Philippa possède également une excellente nature. Mais souviens-toi que tu auras la responsabilité d'une très jeune personne, encore fragile et influençable. Tu devras lui donner l'exemple, et ne pas l'amener à commettre de ces tours pendables dont tu as le secret !

Anne ne releva pas la pique — un rien vexée, néanmoins, que sa mère lui parle comme à une gamine turbulente.

— Je ne vous ferai point honte, répondit-elle d'un ton égal. Soyez assurée que je m'emploierai à ce que vous soyez fière de ma conduite.

— Voilà qui est sagement parlé ! Mais j'escompte que tes bonnes résolutions ne s'appliqueront pas à la seule lady Philippa ! Ton père désire que tu manifestes une politesse exemplaire vis-à-vis de ce cher Richard. Toi qui as la repartie frondeuse, tu devras modérer ton impertinence car...

Rougissante, lady Jarvis marqua une courte hésitation.

— Oui ? la pressa Anne. Que vouliez-vous dire ?

Margaret tira pensivement une longue aiguillée de fil.

— Bah, autant te l'apprendre maintenant... Nous avons décidé de te marier avec maître Allard. Il ne s'agit que d'un accord verbal, pour l'heure, mais Richard nous demandera officiellement ta main à son retour de Londres.

Les yeux d'Anne s'agrandirent de colère et d'incrédulité.

— Moi, épouser cet homme ? Vous n'y songez pas, voyons !

— Tu ferais un brillant mariage, argua lady Jarvis dont le pragmatisme ne pouvait être pris en défaut. Malgré les amendes qui leur furent infligées, les Allard ont de la fortune et des terres infiniment plus étendues que les nôtres.

Anne haussa les épaules, révoltée que l'on attachât si peu d'importance à son point de vue.

— Il n'empêche que leur fils est trop vieux pour moi !

— Balivernes ! Ton père avait deux ans de plus quand mes parents ont agréé son offre.

— Qu'à cela ne tienne, je ne m'unirai jamais à lui ! Jamais, vous m'entendez !

Stupéfaite de se heurter à tant de véhémence, lady Jarvis appuya un regard inquisiteur sur sa fille.

— J'ai peine à comprendre tes motivations, ma petite. Il y a deux semaines encore, tu disais vouloir te marier avant ton dix-septième anniversaire. Et tu te plaignais de ce qu'aucun homme ne jette son dévolu sur toi, attendu que nous n'avons pas les moyens de te constituer une dot !

— Certes, ma mère. Mais de là à me jeter dans les bras de maître Allard...

— Qu'as-tu donc à lui reprocher ? Il est honorable et soucieux de montrer la qualité de son sang. En outre, il passe pour très respectueux des femmes. Il te témoignera de la sollicitude et ne te brutalisera pas, quand bien même aurais-tu le front de lui chercher querelle.

Anne fit un effort magistral pour recouvrer son sang-froid.

— Rien ne sert de me faire l'article de votre « cher Richard », répliqua-t-elle plus posément. Ses vertus, si nombreuses soient-elles, n'infléchiront pas ma décision :

je refuse de convoler avec un homme qui vise à la déchéance des Tudor. Je sais trop à quel point ces manigances peuvent mettre une épouse au supplice !

Margaret roula des yeux éberlués pendant que sa fille reprenait tout d'une traite :

— Depuis quatorze ans, vous tremblez à l'idée que père soit accusé de trahison et jeté dans un cachot de la Tour. Votre dévouement force l'admiration mais, en ce qui me concerne, je serais incapable de vivre dans cet état d'inquiétude permanente. J'aspire à couler des jours heureux, sans craindre à tout moment qu'une escouade de soldats ne vienne appréhender le père de mes enfants... Sachez que je ne démordrai pas de ma décision : je n'allierai jamais ma destinée à un séditieux de la Rose Blanche !

Confondue, lady Jarvis demeura silencieuse durant quelques secondes.

— Il est vrai que Richard a une piètre opinion du roi, reconnut-elle enfin. Cependant, rien ne te permet d'affirmer qu'il conjure sa déposition ! Je t'en prie, ma fille, garde-toi de tenir de semblables propos à l'avenir. Ils pourraient nuire gravement à ta famille ainsi qu'à celle de ton promis.

— Mon promis ? s'offusqua Anne. Je vous répète que...

Margaret leva la main pour lui ordonner le silence.

— Je comprends ta position, mais une jeune fille de ton âge ne doit pas discuter les exigences de ses aînés. Ton père souhaite que tu épouses Richard et il faudra te conformer à sa volonté, que cela te plaise ou non. Nous sommes toutes logées à la même enseigne, tu sais... Je n'étais pas plus heureuse que toi le jour où mes parents m'ont dit qu'ils m'avaient mariée à Andrew. L'amour est venu plus tard, quand j'ai appris à le connaître et à le respecter.

— Moi, je ne m'éprendrai pas de maître Allard ! objecta Anne, la voix vibrante d'indignation.

Un reflet ironique éclaira les prunelles de Margaret.

— Nous en reparlerons... D'ici là, profite des quelques mois que tu passeras à Westminster pour réfléchir mûrement à la situation. Sans doute t'apercevras-tu que ton avenir n'est pas aussi sombre que tu ne parais le croire !

Anne acquiesça du bout des lèvres, consciente qu'il était vain d'argumenter plus avant.

— Ne signale pas à ton père que je t'ai mise au fait, intima lady Jarvis en recommençant à pousser l'aiguille. Il m'en tiendrait rigueur, car il ne souhaitait pas t'instruire de nos projets dans l'immédiat. Mais j'ai préféré te les exposer, de façon que tu ne sois pas surprise lorsqu'il t'annoncera lui-même la nouvelle. Va, maintenant, et tâche d'appliquer mes conseils !

Les yeux embués de larmes, Anne se leva et quitta la pièce sans ajouter un mot. Tandis qu'elle se dirigeait vers sa chambre où l'on avait déjà monté les coffres de voyage, elle s'obligea à dominer ses préventions, puis se représenta le Goliath éclatant de vigueur que ses parents lui avaient choisi. Elle se remémora son visage aux traits puissants mais dénués d'arrogance, sa bouche qui n'exprimait ni cynisme ni cruauté, ses yeux que l'on devinait aussi prompts à étinceler d'une lueur taquine qu'à flamboyer de colère...

Sa personne n'était assurément pas déplaisante ! concéda-t-elle, le cœur chaviré. En outre, force était d'admettre qu'il avait d'excellentes manières et ne manquait pas de vivacité d'esprit ! Au lieu de se braquer, de prendre le mors aux dents et de vitupérer la résolution paternelle, ne devrait-elle pas s'estimer heureuse qu'un homme aussi recommandable ait accepté de l'épouser ?

Cette idée ne l'avait pas plus tôt effleurée qu'Anne la repoussa avec tout l'orgueil qu'elle put mobiliser. Non. C'était insensé ! Pour rien au monde, elle ne s'unirait avec un Yorkiste dont les agissements douteux menaceraient son bonheur. Elle attendait tout autre chose de la vie, et elle n'avait aucune intention de se résigner au sort peu enviable de lady Jarvis !

Nantie de cette certitude, Anne s'engouffra dans sa chambre et s'assit au bord de son lit à courtines. Par respect pour sa mère, elle ne ferait pas d'esclandre ce soir-là. Mais il en irait tout autrement quand sir Andrew lui révélerait qu'il entendait la marier de force ! Il aurait beau l'accabler de reproches, elle ne céderait pas d'un pouce et tiendrait ferme aussi longtemps que nécessaire. Quand sonnerait l'heure des explications, son intraitable père aurait tôt fait de comprendre que, s'il se montrait souvent obstiné, elle l'était encore plus que lui !

3.

Le jour se levait à peine, le lendemain, quand Anne et ses compagnons se rassemblèrent dans la cour du manoir. Alors que la jeune fille embrassait les siens, l'émotion prévalant à cette minute sur ses griefs de la veille, Richard procéda par acquit de conscience à d'ultimes vérifications. Il commença par inspecter les sous-ventrières des destriers, puis s'assura que les coffres étaient solidement amarrés sur le dos des mules de bât. Enfin, il examina les glaives des deux hommes d'armes que sir Andrew avait chargés d'escorter Anne jusqu'à la maison royale.

Cette formalité accomplie, il s'approcha de la future suivante et la souleva de terre pour l'aider à se mettre en selle.

— Que Dieu t'ait en Sa sainte garde, murmura Margaret pendant que sa fille chaussait ses étriers. Montre-toi digne de ton nom et n'oublie pas mes recommandations d'hier, promis ?

Anne hocha la tête, trop accablée pour formuler une réponse cohérente. Tandis que Richard et les autres enfourchaient leurs palefrois, elle lança un timide coup d'œil vers son père, qui n'avait pas encore soufflé mot. Il pinçait les lèvres et se retenait visiblement d'exprimer les doutes que lui inspirait l'issue éventuelle de cette expédition. Le visage blême, presque cendreux, il posa une main affectueuse sur l'épaule d'Anne, puis s'écarta d'un pas quand la petite troupe s'ébranla, les clochettes des brides tintinnabulant dans l'air du matin.

Au moment de franchir le portail, la jeune fille adressa un dernier geste d'au revoir à ses parents et à Ned, lequel serrait Réginald dans ses bras. Après quoi, elle réprima bravement ses larmes et concentra son attention sur la petite route trouée d'ornières. Elle chevauchait au milieu du groupe, à côté d'un maître Allard bien campé sur sa fringante jument. Mary allait en tête, montée derrière le moins âgé des hommes d'armes, un certain Simpkin Cooper. L'autre, Walter Glazier, fermait la marche sur son vieux genet d'Espagne. Taillés tels des lutteurs de foire, les anciens soldats tenaient chacun la bride d'une des deux mules qui battaient paisiblement l'amble.

La journée promettait d'être radieuse, bien que des volutes de brume s'accrochent encore aux branches des chênes en cette heure matinale. Un soleil laiteux commençait à réchauffer l'atmosphère, baignant les essarts de sa douce lueur argentée.

Cet apaisant tableau procura quelque réconfort à Anne, et l'arracha peu à peu à sa lancinante mélancolie. Le cœur plus léger, elle chassa le manoir familial de son esprit pour essayer d'imaginer son existence à Westminster. Allait-elle réussir à se concilier l'amitié de lady Philippa Telford ? Aurait-elle l'insigne privilège d'être présentée au roi Henry ? Mieux, lui ferait-on l'honneur de la convier à Richmond, où se déroulaient les fameuses parties de chasse auxquelles prenaient part les courtisans jouissant de la faveur royale ?

La voix plaisante de Richard, qui trottait toujours à son côté, la ramena soudain à la réalité.

— Je suis heureux de voir que vous avez retrouvé vos belles couleurs, maîtresse Anne...

La jeune fille cligna des yeux et se surprit à lui rendre son sourire.

— J'étais un peu... attristée quand nous sommes partis, avoua-t-elle sans détour. Jusque-là, je ne m'étais pas rendu compte à quel point il me serait difficile d'être séparée des miens pour une période indéterminée.

— Oh, je ne pense pas que vous resterez longtemps à la Cour !

— Qu'est-ce à dire ? s'inquiéta Anne. Croyez-vous que je ne complairai point à Sa Grâce ?

— Bien sûr que si ! Mais il me semble que vous serez bientôt fiancée, et Elizabeth vous renverra sûrement là où vous devez être : auprès de votre futur mari.

Ce rappel malvenu plongea la jeune fille dans une farouche indignation.

— Encore faudrait-il que j'aie un prétendant sérieux, maître Allard. Et j'ai beau chercher, je n'en vois pas l'ombre d'un ! Cela dit, j'aurai sans doute la chance de rencontrer l'âme sœur à Londres, acheva-t-elle avec une pointe de perfidie.

— Peut-être l'avez-vous déjà trouvée.

— Vraiment ? L'on ne m'a pourtant présentée à aucun homme digne d'intérêt ces derniers temps...

Et, lassée de ces piques allusives, Anne fit mine d'observer les haies parsemées de roses sauvages qui bordaient la route poussiéreuse. Sa colère désarma rapidement, qui céda la place à un curieux mélange d'embarras et d'incertitude. N'avait-elle pas grand tort de battre froid à Richard ? Ainsi que lady Jarvis l'avait affirmé, il était prévenant et lui témoignait une indéniable accortise. Qui plus est, elle était finalement soulagée qu'il ait proposé de se joindre à son escorte ! Pour une raison qu'elle n'aurait pu définir, elle avait la lumineuse conviction qu'elle pouvait s'en remettre à lui et que rien de fâcheux n'adviendrait tant qu'elle cheminerait auprès de lui...

Ces troublantes réflexions la poursuivaient encore, une demi-heure plus tard, quand ils franchirent les remparts crénelés de Northampton. Bien qu'habituée à se rendre dans cette bourgade marchande, Anne ne se lassait toutefois du spectacle de la vie citadine. Une foule bruyante parcourait les venelles, au milieu des poules et des canards qui pataugeaient dans les caniveaux. Nombre de maraîchers, poussant de pleines charretées de légumes, tentaient de se frayer un passage parmi la cohue des chalands, toucheurs de bœufs et autres bergers menant leurs moutons pâturer sur les prés communaux...

La place du marché s'étendait un peu plus loin, qui était comme toujours envahie par une véritable marée humaine. Les camelots y exhibaient leurs fanfreluches tandis que bouchers, volaillers et marchands d'épices s'activaient fébrilement autour de leurs étals. Quant aux tisserands, ils interpellaient les passantes à tue-tête pour leur proposer des longueurs de drap, de peigné, de ruban, ou de somptueuses soieries portugaises que ces dames palpaient avec des mines admiratives.

Les voyageurs traversèrent la ville non sans difficulté, qui durent se ranger sur le bas-côté de la voie centrale pour céder le passage à un ecclésiastique arrivant en grand arroi. Au bout d'une heure, enfin, ils parvinrent à s'extraire du lacis de ruelles obscures et s'engagèrent sur la vieille route romaine qu'ils suivraient jusqu'à Londres.

Comme ils chevauchaient sous le tiède soleil de l'automne, Anne vit maître Allard jeter un coup d'œil méfiant par-dessus son épaule. Ce n'était pas la première fois, au demeurant ! Depuis leur départ, elle avait noté qu'il scrutait souvent ses entours avec une extrême prudence. Et son intuition lui soufflait que ce n'était pas pour repérer d'éventuels brigands tapis dans les fourrés...

— Craignez-vous que l'on ne vous suive ? s'enquit-elle à brûle-pourpoint.

Déconcerté, Richard riva sur elle ses yeux gris.

— Vous posez trop de questions, maîtresse Anne.

— J'aimerais simplement savoir ce qui vous préoccupe tant !

Richard exhala un soupir, ses mains se resserrant sur les rênes de sa jument. A quoi bon cacher la vérité à cette belle enfant ? s'interrogea-t-il sans cesser de la dévisager. Vu qu'ils seraient bientôt mari et femme — pour peu que Dieu le veuille —, autant lui révéler dès maintenant de quoi il retournait...

— Il m'arrive d'être surveillé par les espions du roi, admit-il enfin. Du reste, l'un d'eux me suivait quand je suis parti, mais j'ai réussi à le semer avant d'arriver à Sheffield. Nul doute qu'il a perdu ma trace et que je serai tranquille pour quelque temps !

Anne, voyant ses pires craintes se confirmer, déglutit avec effort.

— Si cet homme vous avait à l'œil, c'est que l'on vous soupçonne d'activités... illégales, non ?

— Vous pensez donc que je suis un conspirateur ?

— Je n'en serais pas surprise outre mesure ! rétorqua Anne sans se démonter. Ma mère prétend que vous allez à Londres pour vous occuper d'affaires ayant trait au cheptel de votre famille. Mais je suis sûre qu'il ne s'agit pas de la seule raison.

— Ah ? Pour quel motif dois-je me rendre en ville, selon vous ?

— Comment le saurais-je, maître Allard ? J'espère seulement que vous ne nourrissez pas de desseins criminels !

Richard rejeta la tête en arrière et partit d'un grand éclat de rire.

— Rassurez-vous, demoiselle. Je n'ai pas l'intention de tuer Henry Tudor, ni qui que ce soit d'autre. Au contraire, je vais m'employer à sauver la vie d'un innocent... Inutile de m'assaillir de questions : je ne vous en dirai pas davantage !

Sur ces précisions qui laissèrent la jeune fille pantoise, Richard piqua des deux et prit la tête de la petite cohorte. Anne Jarvis n'avait pas la langue dans sa poche, songea-t-il avec un sourire en coin, et elle se montrait un peu trop curieuse à son gré. Mais ces imperfections mineures n'entamaient nullement l'incontestable attrait qu'elle exerçait sur lui ! En réalité, plus il la connaissait, plus il appréciait sa société pleine d'agrément. Ses façons hautaines l'amusaient, et son insolente beauté éveillait en lui un désir qu'aucune femme n'avait su lui inspirer...

Tandis que Mary et Simpkin bavardaient gaiement derrière lui, Richard s'absorba dans la contemplation des houblonnières qui s'étendaient de part et d'autre de la route. A dire le vrai, il avait encore peine à croire qu'il ait accepté si aisément l'offre de sir Andrew ! Son mariage avec Anne induirait de nombreuses contraintes et l'obligerait à modifier la plupart de ses habitudes — la vie familiale et l'œuvre à laquelle il se vouait étant difficilement conciliables. Bien sûr, il aurait pu se rétracter et suggérer à Jarvis de marier son aînée à un autre gentilhomme. Or, il n'en avait rien fait, persuadé que sa décision était la meilleure qu'il puisse arrêter. Ses parents le pressaient de contracter des épousailles, et Anne incarnait à maints égards la compagne idéale ! Non seulement leurs familles étaient très liées mais, durant les quelques jours qu'il avait passés au manoir, il avait décelé en elle des qualités qui l'avaient impressionné au plus haut point. Cette ingénue au cœur fier avait l'étoffe d'une femme de tête, et il était prêt à gager qu'elle réunirait toujours assez de force morale pour affronter posément les vicissitudes du destin. Certes, elle n'était encore qu'une enfant mue par la naïveté et l'intransigeance propres à son âge. Néanmoins, il avait la conviction que ce solide arbrisseau promettait une floraison des mieux superbes !

Arrivé à ce point de ses réflexions, Richard se remémora soudain la mise en garde de sir Andrew : les premiers temps risquaient d'être difficiles... Cela tombait sous le sens ! se dit-il en détournant les yeux droit devant lui. Mais il avait cependant foi en l'avenir, et pressentait qu'Anne et lui aplaniraient sans heurt ces inévitables tracas. Quel heureux hasard, tout de même ! Si sa mission se déroulait comme il l'espérait, il jouirait avant peu d'une félicité conjugale qu'il s'était jusqu'alors défendue. Le plus étonnant, peut-être, c'était qu'il devait cette réjouissante perspective à sa haquenée ! Assurément, celle-ci avait été bien inspirée de perdre un fer à quelques miles de Rushton !

Le lendemain soir, après une journée de voyage aussi paisible que la précédente, Anne et son escorte firent halte à l'Hostellerie du Lion Noir, dans la bonne ville de Dunstable.

La chambre que la jeune fille devrait partager avec Mary était sommairement meublée, mais plus spacieuse que la cellule d'hôte mise à sa disposition par la supérieure du couvent de Poor Clares, où ils s'étaient arrêtés la nuit passée. Toujours aussi attentif envers sa protégée, Richard insista pour voir la pièce lui-même, avant d'ordonner à une soubrette de bassiner les draps et d'apporter des brocs d'eau chaude afin que les dames procèdent à leurs ablutions vespérales. Curieusement, Anne ne put se défendre d'une franche irritation quand elle surprit les œillades que la petite bonne glissait au Yorkiste... D'évidence, elle n'était pas la seule que sa prestance et sa virilité troublaient grandement !

Le souper, qui se composait d'une miche de pain, de bouilli de mouton et d'une écuelle de blandissoire, fut servi dans la chambre. A la fin du repas, tandis que Mary était descendue lui chercher une coupe de lait parfumée aux épices, Anne quitta la chambre à son tour et se dirigea vers la salle commune du rez-de-chaussée. Richard s'y trouvait sûrement, qu'elle tenait à remercier de ses bons offices. C'était, lui semblait-il, la moindre des politesses ! Il veillait à ce que le trajet se déroule sans anicroche et choisissait les endroits les plus respectables pour leurs haltes nocturnes. Elle éprouvait par ailleurs l'irrésistible envie de bavarder tête à tête avec lui, de contempler tout à loisir son noble visage et ses yeux rayonnants d'humour qui hantaient souvent ses rêves depuis deux ou trois nuits...

Parvenue dans l'étroit corridor, Anne poussa la porte de la salle commune, et découvrit Richard près de l'imposante cheminée au manteau de chêne sculpté. Le dos tourné vers elle, il était en pleine conversation avec un gentilhomme assis à l'autre extrémité de la table de style flamand. Ce dernier, plutôt frêle, arborait un pourpoint et une houppelande dont la coupe irréprochable dénotait une certaine aisance matérielle.

L'inconnu choisit cet instant pour redresser la tête, qui examina Anne avec un intérêt non déguisé. S'avisant que son compagnon ne l'écoutait plus, Richard pivota vivement, puis il se leva d'un bond et s'avança vers la gracieuse brunette qu'on avait placée sous sa protection.

— Que se passe-t-il, maîtresse Jarvis ? Un problème aurait-il surgi ?

— Oh, non, fit Anne, marrie qu'il ne fût pas seul. Je... désirais simplement vous souhaiter bonne nuit.

— C'est très aimable de votre part, mais il n'était pas nécessaire de vous donner cette peine. Vous devez être fourbue après notre rude journée !

Là-dessus, Richard tira un tabouret vers l'âtre et attendit qu'Anne ait pris place pour désigner l'étranger.

— Permettez-moi de vous présenter Rodger Needham, un vieil ami de ma famille qui est lui aussi descendu au Lion Noir. Rodger, voici maîtresse Anne Jarvis, ma fiancée et future épouse.

Au comble de la stupeur, la jeune fille ouvrit des yeux démesurés. Quel incroyable toupet ! Elle n'avait pas consenti à épouser maître Allard — ils n'avaient même jamais ouvertement abordé la question ! Et pourtant, le bougre criait la nouvelle sur les toits, comme si l'affaire était déjà entendue !

A l'évidence, une mise au point s'imposait, songea-t-elle en cinglant le Yorkiste d'un regard embrasé par la colère. Dès qu'elle pourrait l'entretenir en privé, elle lui conseillerait de ne pas se réjouir trop vite et le rappellerait à l'ordre sans prendre de précautions oratoires... Douce Vierge ! Et dire qu'elle était venue le remercier de son obligeance !

Le feu au visage, elle s'exhorta au calme lorsque le dénommé Rodger lui adressa un sourire bienveillant.

— Toutes mes félications, chère demoiselle. Maître Allard et vous formez un couple des plus charmants !

— Je souscris entièrement à ton point de vue, renchérit Richard non sans malice. A mon grand regret, toutefois, je vais être séparé d'Anne durant les prochains mois. Elle doit se rendre à Westminster où Sa Grâce en personne l'a conviée.

Une subite mélancolie se peignit sur le visage de Needham.

— Vous êtes bien chanceuse, maîtresse Jarvis. Elizabeth est la plus charitable des femmes, qui vous accueillera avec toute la douceur de son excellente nature.

— Vous connaissez donc la souveraine? demanda Anne en appuyant un regard plein de curiosité sur le vieux Rodger.

— Je l'ai rencontrée à la Cour de son oncle, le défunt roi. Elle est certes mal aimée d'Henry, mais l'on affirme que l'indifférence maritale n'a altéré ni sa mansuétude ni son égalité d'humeur.

Richard approuva chaleureusement cet élogieux portrait, avant d'amener la conversation sur un sujet plus prosaïque : le prix de la laine à Londres et dans les ports de la côte orientale. Peu intéressée par cet assommant débat, Anne se leva au bout de quelque dix minutes et salua Rodger d'une courtoise inclination.

— Je suis enchantée d'avoir fait votre connaissance, maître Needham. Peut-être nous reverrons-nous puisque vous semblez être un intime de... mon très aimé Richard.

Imperturbable, ce dernier la rejoignit d'un pas vif et s'empara d'autorité de son délicat poignet.

— Je te prie de m'excuser, dit-il à son ami. Je reviendrai dès que j'aurai raccompagné maîtresse Jarvis.

— Il n'est pas besoin de vous déranger, protesta la jeune fille. Ma chambre est à deux pas d'ici !

Richard ne l'entendait point de cette oreille et le fit savoir d'un ton sans appel.

— Non. Mieux vaut que je vous escorte. Vous pourriez croiser un gaillard malintentionné dans l'escalier.

Anne capitula à regret, que la pudeur prévenait de s'offrir en spectacle à maître Needham. Pinçant les lèvres, elle s'appliqua à présenter un masque impassible et regagna le corridor brillamment éclairé au bras de Richard.

Lorsqu'ils arrivèrent devant la porte de sa chambre, un moment plus tard, elle lui arracha brusquement sa main, puis donna enfin carrière à son indignation.

— Je devrais vous gifler pour votre arrogance ! Comment avez-vous osé dire à cet homme que nous étions fiancés ?

— C'est l'entière vérité, rétorqua Richard sans se départir de son assurance. Sir Andrew vous a promise à moi, et je vous tiens dorénavant pour ma femme, que cela vous plaise ou non.

Proprement offusquée, Anne se mit à frémir de tout son être.

— Vous oubliez un détail, maître Allard : je n'ai aucune envie d'unir mon sort au vôtre !

— Me trouvez-vous donc si repoussant ?

— Bien sûr que non ! Vous êtes séduisant en diable et vous le savez pertinemment, du reste !

— Mais je suis trop impécunieux pour trouver grâce à vos yeux ?

Désarçonnée par le calme qu'il affichait, Anne se raidit et tenta de réorganiser ses pensées.

— Qu'importe si mon mari est sans sou ni maille, déclara-t-elle avec une placidité qui tranchait sur ses précédents propos. Apprenez que je ne cherche pas le confort et l'opulence, mais... la tranquillité. Toute sa vie durant, ma mère fut assiégée de tracas et soumise à une insupportable anxiété. Et j'imagine qu'il en a été de même pour la vôtre. Mais moi, je refuse de sacrifier mon calme et mon bonheur au nom des convictions de mon époux. Quoi que les miens en disent, je n'agréerai jamais un homme qui est lié à la Maison d'York et court sans cesse le risque d'être emprisonné, torturé ou exécuté à Tyburn !

Les yeux de Richard exprimaient une telle intensité qu'Anne détourna la tête avec malaise. Il se tenait si près d'elle, la dominant de sa haute taille, que son souffle effleurait sa joue par instants... Les tempes battantes, elle émit une faible plainte et s'employa à réprimer la fébrilité qui l'investissait peu à peu. Elle devait se ressaisir de toute urgence ! Au fil des jours, Richard suscitait en elle un émoi de plus en plus violent — et il lui fallait absolument venir à bout de cette agitation malvenue !

— Même si j'étais entichée de vous, insista-t-elle en marquant un léger recul, je ne consentirais à vous épouser pour autant. Ce serait hautement déraisonnable attendu que vos... menées ne sont guère propices à l'harmonie domestique.

Les yeux attachés aux siens, Richard lui prit la main et l'étreignit avec une délicatesse infinie.

— Peut-être changerez-vous d'avis, Anne. Mais sachez que, pour ma part, je n'ai nulle intention de renoncer à vous !

Tout près de perdre contenance, la jeune fille inspira à fond et dévisagea maître Allard d'un air perplexe.

— Très franchement, je ne comprends pas votre obstination. Ce mariage est un simple accord entre nos familles, et rien ne vous oblige à le respecter. Vous feriez mieux de reprendre votre liberté au lieu d'épouser une femme que vous n'aimez pas !

Un sourire presque imperceptible effleura les lèvres de Richard.

— Vous avez tort de mésestimer votre beauté et votre nature pétulante, ma chère. Elles pourraient conquérir un gentilhomme en peu de temps. Je suis bien placé pour le savoir, croyez-moi !

Anne demeura coite pendant quelques secondes.

— Est-ce à dire que... vous nourrissez de l'inclination à mon égard ? C'est inconcevable, voyons !

— Si vous aviez plus d'expérience amoureuse, vous sauriez que rien n'est impossible dans le domaine des sentiments !

Sur cette repartie qui accrut la confusion de la jeune fille, Richard se pencha vers elle et embrassa furtivement sa joue. Ensuite de quoi, il s'inclina avec élégance, puis se dirigea vers l'escalier sans ajouter un mot.

Tandis qu'il dévalait les marches en sifflotant, Anne s'adossa à la porte et fit un effort considérable pour maîtriser les frissons qui secouaient ses épaules. Peut-être maître Allard lui avait-il donné un chaste baiser, mais elle n'en était pas moins pantelante et remuée jusqu'au tréfonds de son âme ! Etait-ce possible qu'il fût déjà épris d'elle, ainsi qu'il l'avait signalé à mots couverts, ou bien avait-il simplement voulu la taquiner ? Il était si matois et insaisissable qu'elle était bien en peine de se prononcer !

La main sur sa joue brûlante, Anne fit subitement volte-face, souleva le loquet, puis s'élança dans sa chambre comme si elle avait le diable à ses trousses. Elle n'avait plus envie de s'interroger sur Richard, ni de peser les implications de ses paroles tant flatteuses qu'ambiguës. A cette minute, elle n'aspirait qu'à une seule chose : rassembler ses esprits et offrir quelque répit à son cœur bouleversé...

4.

Une brume grisâtre flottait sur Dunstable, le lendemain, quand les voyageurs quittèrent l'hostellerie et poursuivirent leur traversée du Hertfordshire. Chevauchant près de Richard, ainsi qu'elle en avait l'habitude, Anne ne fit aucune allusion à leur échange de la veille, ni au sage baiser qu'il avait déposé sur sa joue... A dire le vrai, elle n'avait guère envie de bavarder ce matin-là. Ils touchaient au terme de leur voyage, et plus ils approchaient de leur destination, plus l'inquiétude lui enserrait la gorge telle une main de fer. Pour la énième fois depuis leur départ, elle tentait de définir les motifs qui avaient amené Elizabeth à la convier au palais. Nul n'ignorait que le roi Richard l'avait traitée de façon particulièrement odieuse, aussi devait-elle avoir une bien piètre opinion des alliés de son ancien tourmenteur... Pourquoi, connaissant la fidélité de sir Andrew au défunt monarque, avait-elle néanmoins exigé qu'Anne fût envoyée à Londres ? Son épître stipulait que la jeune fille serait chargée de tenir compagnie à la petite lady Telford ; mais Philippa était également issue d'une famille de Yorkistes convaincus, qui vivaient de surcroît à la Cour de Marguerite de Bourgogne — une ennemie acharnée des Tudor ! Cette double invitation était décidément singulière, et Anne priait le ciel pour que la généreuse requête d'Elizabeth ne cache pas des desseins moins louables...

Un soupir s'échappant de ses lèvres, elle contempla pensivement maître Allard dans la lumière cendrée que répandait ce matin nébuleux. C'était grand dommage, songea-t-elle, que leurs chemins dussent bientôt se séparer ! Lorsqu'ils auraient gagné le palais, en effet, il l'aiderait probablement à s'installer, puis il irait loger dans quelque auberge et elle ne le reverrait plus que de temps à autre. Certes, il l'agaçait au plus haut point en insistant pour que leur mariage soit célébré. Et cependant, force était d'admettre qu'elle aurait été ravie de le garder à ses côtés durant les jours à venir ! Nul doute que la perspective de rencontrer la reine et ses dames d'honneur lui paraîtrait moins impressionnante s'il continuait à veiller dévotement sur elle...

La fin du voyage se déroula sans anicroche, et ce fut au milieu de l'après-midi qu'Anne et ses compagnons passèrent les imposantes murailles de Londres. Tandis qu'ils cheminaient vers Westminster, la jeune fille oublia provisoirement ses craintes et promena des regards pleins de curiosité à l'entour. L'immense cité et son dédale de venelles obscures se révélaient bien différentes de ce qu'elle se figurait ! Plus insalubre encore que Northampton, la capitale offrait un mélange déroutant d'architectures, les somptueux hôtels des seigneurs jouxtant des entrepôts de brique ou de véritables taudis aux façades noircies par l'humidité. Une foule effrayante se massait en tous lieux — sur les quais, le parvis des églises, dans les tavernes, les édifices municipaux, les échoppes des drapiers, orfèvres et autres merciers... En outre, une odeur putride régnait dans l'air, qui émanait des eaux fangeuses de la Tamise et des immondices entassées à l'entrée des ruelles. Cette pestilence était si suffocante qu'Anne fut secouée plusieurs fois par de violents haut-le-cœur. Mais elle s'obligea fièrement à réprimer son dégoût lorsqu'elle s'avisa des œillades amusées que Richard et les deux hommes d'armes coulaient vers elle...

Après avoir longé les résidences des évêques, au sud du Strand, les voyageurs parvinrent enfin à Westminster et se fondirent dans le lent cortège des carrioles livrant toute espèce de provisions aux cuisines royales. Ils progressèrent très difficilement, les fournisseurs d'une rare muflerie rechignant à leur livrer passage. Anne, dont la jument commençait à s'affoler, espérait vivement qu'ils mettraient bientôt pied à terre. Mais quand ils atteignirent le milieu de la colonne vociférante, elle fut déçue de constater qu'ils n'étaient pas au bout de leurs peines ! Immobilisé près des portes de la première enceinte, le haquet d'un jeune laitier avait perdu une de ses roues et bloquait par là même l'accès à la cour du palais. Plutôt que d'épauler leur infortuné congénère, les charretiers le regardaient se démener en l'abreuvant d'insultes et lui ordonnant de déplacer son véhicule...

Indignée par la grossièreté de la foule, Anne flatta l'encolure de son palefroi, puis jeta un coup d'œil soucieux du côté de maître Allard.

— Ne devrions-nous pas rebrousser chemin ? suggéra-t-elle. Peut-être existe-t-il une autre entrée, moins encombrée que celle-ci.

Richard pivota sur sa selle pour tenter d'évaluer leurs chances de s'extirper de la cohue. Les marchands étaient dans un tel état d'exaspération qu'ils les empêcheraient sûrement de passer s'ils faisaient demi-tour ! Non. La meilleure solution consistait à persuader ces hommes de prêter main-forte au malheureux laitier. Et tout portait à croire que ce ne serait pas une mince affaire !

Mais Richard n'eut cependant pas besoin de s'entremettre : à cette minute-là, une escouade de cavaliers se fraya un chemin dans la masse grondante. Un élégant jeune homme galopait en tête, vêtu d'un pourpoint noir doublé de zibeline, de chausses à rubans assorties et d'une casaque en velours fauve qui soulignait l'équilibre harmonieux de ses proportions. Crânement campé sur sa tête, son chaperon à bord plat était lui aussi de couleur noire et garni d'ondoyantes plumes de cygne.

Dès qu'il aperçut Anne et son escorte, le nouveau venu tira doucement sur ses rênes pour mettre sa monture au pas. Il observa un instant le haquet du laitier, puis tourna son regard limpide vers la jeune fille dont il s'approcha sans plus tarder.

— Bonjour, demoiselle, fit-il en s'inclinant galamment. Peut-être pourrais-je vous offrir mon assistance ?

Intimidée, Anne attendit que maître Allard prenne la parole, mais ce dernier se contenta de hausser les épaules.

— Permettez-moi de me présenter, ajouta le séduisant cavalier, qui descendit souplement de son cheval. Je suis John Hilyard, écuyer du Corps de Sa Majesté. Je ne crois pas avoir l'heur de vous connaître...

Anne secoua la tête, fort impressionnée par la superbe de l'officier.

— Je m'appelle Anne Jarvis et je viens au palais afin de servir Sa Grâce, la reine Elizabeth. Voici ma camériste et les trois messieurs de mon escorte, poursuivit-elle en désignant ses compagnons d'une main tremblante.

Le regard impérieux de l'écuyer s'attarda sur maître Allard.

— Cet homme est... euh, Richard Allsop, le palefrenier de mon père, continua Anne tout à trac. Il va s'assurer que je suis confortablement installée avant de s'en retourner dans le Northamptonshire.

A ces mots, Mary gratifia sa maîtresse d'un coup d'œil qui traduisait sa stupéfaction. Richard, lui, serra les mâchoires avec une contrariété manifeste tandis que Walter et Simpkin s'abstenaient prudemment de toute remarque.

Détachant son attention du prétendu palefrenier, Hilyard intima aux soldats de sa propre escorte de dégager le passage séance tenante. Ceux-ci mirent aussitôt pied à terre et entreprirent de tracer un chemin dans la foule, usant de leurs cravaches pour rappeler à l'ordre les moins coopérants des charretiers. Les esprits ne tardèrent pas à s'apaiser, et la carriole brimbalante fut poussée en un rien de temps sur le bas-côté.

Satisfait d'avoir rondement résolu le problème, Hilyard remonta alors sur son destrier, puis franchit le premier portail au côté d'Anne. Richard les suivait sans dire mot, ainsi qu'il seyait à un simple serviteur...

La jeune fille se garda bien de lui adresser la parole, honteuse et déconcertée qu'elle était d'avoir cédé à la soudaine impulsion de le faire passer pour le domestique de son père. Plaquant un sourire de commande sur ses lèvres, elle écouta distraitement les propos de son nouveau compagnon, lequel l'examinait avec une insistance aussi flatteuse qu'embarrassante. Il était patent que le bel officier la trouvait à son goût, et ce constat décuplait la fébrilité qui mettait ses nerfs à rude épreuve.

Lorsqu'ils atteignirent les portes principales de Westminster, un instant plus tard, une nuée de valets se matérialisa comme par magie auprès d'eux. Visiblement habitué à ce qu'on lui obéisse au plus vite, Hilyard leur enjoignit de prendre grand soin du cheval d'Anne et de signaler l'arrivée de ses hommes au maître-palefrenier pour qu'icelui leur procure une chambre. Après quoi, il bondit au sol, aida la voyageuse à descendre de sa monture et l'entraîna immédiatement à l'intérieur du palais.

Mary courant derrière elle, Anne fut guidée le long d'innombrables corridors dont certains étaient obscurs, d'autres brillamment éclairés par des flambeaux. Un vrai labyrinthe de galeries, d'antichambres et de pièces de réception où il devait être très aisé de se perdre !

Au détour d'un énième couloir, Hilyard la fit enfin entrer dans un vaste cabinet de travail au plancher recouvert de chatoyants tapis de Turquie. Un homme d'âge mûr, installé face à une escritoire en ébène, se leva à leur entrée et s'inclina profondément devant eux.

— Gentilhomme huissier, dit Hilyard, je vous amène la demoiselle Anne Jarvis. Il semble que Sa Grâce l'ait mandée à son service.

Le gardien s'empressa de venir au-devant d'Anne.

— Nous vous attendions, maîtresse Jarvis. J'ai donné l'ordre que l'on vous prépare une chambre, et j'informerai la reine de votre présence dès qu'elle aura fini de s'entretenir avec son chapelain, qu'elle reçoit en ce moment.

Tant d'autorité émanait de sa personne qu'Anne faillit accomplir une révérence. Par bonheur, elle se souvint tout à coup de la position qu'elle occupait dorénavant et du respect que les serviteurs royaux étaient tenus de lui témoigner. Relevant fièrement le menton, elle accorda un sourire au majestueux huissier avant de tendre sa main gantée à John Hilyard.

— Je vous remercie d'être venu à ma rescousse, murmura-t-elle, et de vous être donné la peine de me conduire jusqu'ici.

L'écuyer baisa avidement le bout de ses doigts.

— Ce fut un véritable honneur, répondit-il avec suavité. Au plaisir de vous revoir, maîtresse Jarvis...

Rougissante, Anne le salua poliment de la tête et emboîta le pas au gardien qui se dirigeait déjà vers la porte.

Dix minutes plus tard — après avoir emprunté force nouveaux couloirs —, elle fut introduite dans les appartements aux murs chaulés qu'elle devrait partager avec lady Philippa. L'endroit comprenait deux pièces dont la plus petite serait réservée aux caméristes de ces demoiselles. Quant à la chambre principale, elle était meublée d'un lit assez grand pour accueillir deux personnes, d'un coffre à habits finement sculpté et d'un cabinet en chêne supportant une aiguière d'eau, une cuvette et des candélabres d'étain à six branches. Deux escabelles, un prie-dieu et un banc à orbevoie complétaient le mobilier plus banal et usagé qu'Anne l'avait imaginé... Mais cela ne tirait nullement à conséquence, songea-t-elle en notant que les joncs du sol avaient été changés de fraîche date. L'essentiel était qu'on lui ait attribué une chambre indépendante ! Nombre de jeunes courtisanes n'avaient pas cette chance, qui devaient se contenter d'une simple couche dans les dortoirs bondés du palais.

Son examen des lieux terminé, elle glissa un timide regard vers l'huissier.

— Auriez-vous la bonté d'indiquer où je loge à mon... domestique, Richard Allsop ? De la sorte, il verra à ce que l'on monte mes malles.

— Je vais tout de suite le prévenir, rétorqua le vieil homme. Si vous avez besoin de quoi que ce soit, n'hésitez pas à m'envoyer quérir ou à vous adresser aux pages de fonction. Rappelez-vous qu'ils sont là pour exécuter vos ordres.

Une fois l'huissier parti, Anne — tout ébaubie de l'accueil déférent qu'on lui avait réservé — retira ses gants et son capuchon pendant que Mary allait inspecter ses propres quartiers. Richard ne tarderait pas à la rejoindre, songea-t-elle en se prenant à arpenter la pièce, et il était prévisible qu'elle devrait essuyer ses foudres ! Nul doute qu'il lui ferait grief de l'avoir ainsi mis au pied du mur !

La jeune fille marchait toujours de long en large, dix minutes plus tard, quand Walter et maître Allard parurent enfin avec ses coffres de voyage. Dès qu'ils eurent posé les malles près du lit, le Yorkiste fit signe à son compagnon de se retirer, et attendit qu'il ait disparu dans le corridor pour darder un regard glacial sur sa promise.

— Je crois que vous me devez des explications, ma petite !

Anne exhala un soupir et commença à battre sa coulpe d'un air contrit.

— Veuillez me pardonner, Richard. Je suis navrée d'avoir prétendu que vous étiez...

— Je n'ai cure de vos excuses, coupa-t-il avec impatience. J'aimerais simplement savoir pourquoi vous avez forgé ce mensonge.

— Eh bien, je... tenais à vous garder près de moi, et j'ai pensé qu'il serait imprudent de dévoiler votre identité.

— Me garder près de vous ? répéta Richard en arquant un sourcil interrogateur. Qu'est-ce à dire ?

Anne étendit les mains au-dessus du brasero rougeoyant qui diffusait une chaleur bienvenue dans la chambre. Il y faisait fort froid, les fenêtres n'étant pas pourvues de vitres, mais de simples vantaux de bois ajourés.

— J'étais effrayée à l'idée de me retrouver seule au palais, confia-t-elle enfin. Vous savez, c'est la première fois que je quitte les miens, et je ne connais absolument personne à Londres. Dès lors, j'ai allégué que vous étiez mon serviteur pour que nous demeurions ensemble durant les prochains jours. Cette ruse est puérile, j'en conviens, mais je ne voulais pas que nous nous séparions tant je suis... dépassée par les événements.

— Cela n'a rien de surprenant, Anne. Mais n'aurait-il pas mieux valu m'en parler plus tôt ?

— Je... je redoutais de passer pour une gamine timorée à vos yeux.

Sa colère envolée, Richard esquissa un sourire indulgent.

— N'ayez crainte : je resterai quelque temps à vos côtés. Bien sûr, ce séjour à Westminster va bouleverser mes projets, mais je ne peux décemment pas refuser de vous obliger !

Anne redressa la tête, lui offrant la pleine faveur de son regard lumineux comme un ciel d'été.

— Vous ne me tenez donc pas rigueur d'avoir menti ?

— Eh bien, votre supercherie me causera moult difficultés, répondit Richard d'un ton où l'ironie se mêlait à la froideur. Mais la situation présentera également des avantages non négligeables. Attendu que je résiderai ici, j'aurai la possibilité de vous surveiller... Vous semblez grandement complaire à John Hilyard, et il serait fâcheux que ce blanc-bec me souffle la demoiselle que j'entends épouser !

Anne, à ces mots, leva les yeux au plafond.

— Je n'ai pas accepté de vous épouser, que je sache ! En outre, je suis parfaitement libre de fréquenter qui je veux. Apprenez que je choisirai peut-être d'encourager les avances de maître Hilyard s'il dépose son cœur à mes pieds !

Richard étrécit les paupières, un pli d'amertume creusant le coin de sa bouche.

— Vous auriez tort de jouer avec le feu, Anne. Je ne suis pas aussi attrayant que ce gandin, mais du moins mes intentions à votre égard sont-elles honorables. J'ai longtemps vécu à la Cour, et je sais de quoi sont capables les ambitieux de cet acabit...

Sur cette recommandation, Richard fit une petite courbette à la manière d'un valet obséquieux.

— Puis-je disposer, à présent, ou bien avez-vous encore besoin de l'aide de votre palefrenier ?

Anne se colora vivement à ce rappel de son stratagème.

— Tâchez de revenir demain si... euh... vous le pouvez.

— Oh, je suis à votre service, ma bonne maîtresse !

Sa rougeur s'accentuant encore, la jeune fille observa Richard tandis qu'il s'avançait vers la porte. Il avait déjà poussé le loquet quand elle se surprit à hasarder, la voix vibrante d'inquiétude :

— Vous ne ferez rien... d'inconsidéré, maintenant que vous êtes à la Cour de votre ennemi ?

— Est-ce à dire que vous vous inquiétez pour moi ? ironisa Richard avec un sourire en coin. Voilà qui est prometteur, ma mie !

Tandis qu'il refermait le battant derrière lui, Anne se

détourna brusquement et pressa ses mains sur ses pommettes brûlantes. Elle avait agi de façon très égoïste en retenant Richard à Westminster ! Il serait exposé à maints dangers, ici, et devrait jouer très serré s'il ne voulait pas éveiller les soupçons des domestiques royaux. Certes, elle était toujours aussi déterminée à l'éconduire, mais elle le tenait néanmoins en haute estime et espérait sincèrement qu'il ne lui arriverait pas malheur.

A ce stade de ses réflexions, Anne se rappela soudain l'affreux spectacle qu'elle et son escorte avaient découvert en passant près du Mémorial de Temple Bar. Sur les piques d'une barrière en fer forgé, les bourreaux du roi avaient fiché les têtes tranchées de plusieurs malheureux — « des conspirateurs décapités pour trahison », avait commenté Walter.

Le sang d'Anne se glaça subitement à la pensée que Richard risquait de subir le même sort. Horrifiée, elle joignit ses mains tremblantes et pria silencieusement la Madone pour qu'il ne soit pas emprisonné ou, pire, envoyé à l'échafaud...

5.

Anne s'attendait à être convoquée le jour même de son arrivée, mais ce fut seulement le lcndemain après-midi qu'eut lieu sa première entrevue avec la reine. Lasse de ronger son frein, elle venait de terminer la longue épître qu'elle destinait à ses parents quand un page fit soudain irruption et annonça de sa voix grêle :

— Sa Majesté souhaite vous recevoir, maîtresse Jarvis.

Le cœur battant d'une sourde appréhension, Anne se leva d'un bond et lança un regard affolé à Mary avant de quitter la pièce sur les pas du fier adolescent. Alors qu'ils s'engageaient dans le lacis des couloirs palatiaux, elle s'appliqua à mémoriser leur parcours, de manière à ne pas se perdre la prochaine fois que l'on exigerait sa présence. Cette tâche s'avéra moins difficile qu'elle ne le supposait, les appartements d'Elizabeth étant situés à petite distance de sa propre chambre. Cinq minutes plus tard, en effet, son guide s'immobilisa devant une porte à triple battant, au fond d'un corridor orné de tapisseries dont les couleurs rutilaient tels des joyaux. Manifestement informées de sa visite, les sentinelles de faction décroisèrent aussitôt leurs hallebardes et s'écartèrent d'un pas pour qu'elle puisse accéder au salon royal.

Mobilisant tout son courage, Anne inspira à fond et pénétra dans la somptueuse pièce au mobilier délicatement incrusté d'ivoire et d'électre. La reine avait pris place sur un faudesteuil revêtu de brocart, non loin d'un imposant oriel d'où l'on découvrait la roseraie de Wesminster. Derrière son siège se tenait une femme d'un certain âge, à la mise raffinée et aux sourcils entièrement épilés, ainsi que l'exigeait un récent caprice de la mode. Nul doute qu'il s'agissait de la première suivante et dame d'atour de Sa Grâce! pensa Anne qui plongea dans une humble révérence.

— Ah, maîtresse Jarvis, fit Elizabeth d'un ton chaleureux. Approchez-vous de la fenêtre, en sorte que je vous voie mieux.

La jeune fille se redressa et s'avança vers l'oriel en étudiant la souveraine du coin de l'œil. Coiffée d'un chaperon à voiles échafaudés, elle arborait une élégante robe en sarcenet bleu paon, dont le décolleté et les manches flottantes étaient soulignés d'une frise d'hermine. Sa taille épaisse était serrée par une ceinture à pendant d'émail, et un collier serti de splendides saphirs scintillait sur sa gorge d'albâtre. Peut-être avait-elle été ravissante dans le passé, conclut Anne en s'efforçant de sourire, mais son éclat s'était flétri maintenant qu'elle avait donné quatre héritiers au roi Henry. Ses yeux bruns exprimaient une immense lassitude, et elle offrait le visage résigné d'une femme qui avait renoncé à plaire...

De son côté, Elizabeth fixait toujours sa nouvelle suivante d'un air à la fois bienveillant et approbateur.

— Vous êtes d'une grande beauté, mon enfant, et vous ressemblez de façon frappante à votre mère. Peut-être vous a-t-elle confié que nous étions très proches à l'époque où la pauvre reine Anne souffrait des fièvres qui devaient l'emporter?

— En effet, Votre Grâce. Elle m'a très souvent parlé de vous.

— J'éprouvais beaucoup d'affection à l'endroit de Margaret, et je suis bien heureuse d'avoir sa fille auprès de moi ! Sûrement êtes-vous tant soit peu perdue pour l'instant, mais j'ai la conviction que vous vous habituerez très vite aux usages du palais. Tout au long de votre séjour, vous serez placée sous l'autorité de lady Hartley, ajouta Elizabeth en désignant sa dame d'atour d'un geste de la main. Elle vous tiendra l'étrier et vous éclairera de ses précieuses recommandations. Il est bien entendu que vous lui devrez une obéissance totale.

Tandis qu'Anne acquiesçait en silence, la reine lui fit signe de s'asseoir près d'elle, sur un tabouret d'orme sculpté.

— Dites-moi, mon petit, vous a-t-on appris à lire ?

— En anglais de même qu'en latin, Votre Grâce.

— Parfait ! Vous me ferez la lecture car mes yeux se fatiguent vite ces derniers temps. Savez-vous aussi broder ?

— Oui. Mais je n'ai ni la patience ni l'habileté de ma mère, qui me gronde fréquemment pour mon peu d'application !

Un sourire s'épanouit sur les lèvres de la souveraine.

— Peut-être préférez-vous la musique aux travaux d'aiguille ?

— Eh bien, je joue du luth et de la flûte allemande. Mon père affirme en outre que je chante de fort belle manière.

— Je suis persuadée que vous êtes très talentueuse, répondit la reine avec une bonté qui réchauffa le cœur d'Anne. Vos fonctions consisteront bien sûr à me divertir, mais vous devrez avant tout faire office de compagne à lady Philippa. J'insiste pour que vous lui prodiguiez l'affection d'une sœur et l'aidiez à améliorer son anglais si elle maîtrise mal notre langue.

— Très bien, Votre Majesté, rétorqua Anne d'un ton respectueux. Soyez assurée que Votre attente ne sera point déçue.

Elle n'avait pas plus tôt formulé cette promesse que les

portes du salon s'ouvrirent sur un homme en houppelande noire, qui entra sans cérémonie et se dirigea droit vers le fauteuil d'Elizabeth. La reine bondit immédiatement de son siège pendant que lady Hartley, elle, s'inclinait en signe de soumission. D'abord étonnée par la réaction des deux femmes, Anne ne put réprimer un sursaut quand elle s'avisa enfin de l'identité de leur visiteur. Juste ciel ! Il s'agissait du roi en personne ! Rougissant d'avoir été si longue à le deviner, elle baissa les yeux et accomplit à son tour une profonde révérence.

— Relevez-vous, mes dames, grommela le monarque en agitant une main dédaigneuse.

Et, sans plus se soucier d'elles, il appela l'attention d'Elizabeth sur le parchemin dont il s'était muni.

— J'ai examiné ces comptes durant plus d'une heure, gémit-il, et les nouvelles livrées des serviteurs nous ont coûté une véritable fortune cette année. Nous devons réduire ces dépenses superflues, ma femme !

Raide comme un piquet, lady Hartley choisit cet instant pour approcher un faudesteuil à l'intention de Tudor. Celui-ci la remercia distraitement, et haussa soudain les sourcils quand son regard s'arrêta sur Anne.

— Je ne crois pas connaître cette enfant, Elizabeth !

La reine, toujours debout, prit à tâche de lui rafraîchir la mémoire.

— Je vous présente Anne Jarvis, Sire. Vous avez accepté qu'elle rejoigne ma suite quand je vous ai proposé son nom voilà deux semaines. Peut-être vous souvient-il que je cherchais une remplaçante à lady Joan, qui se mariera à la Christ Roi.

— Je me le rappelle, en effet. Jarvis..., reprit le souverain de sa voix de fausset. Votre père habite les Midlands, n'est-ce pas ?

Vivement impressionnée, Anne s'inclina derechef.

— C'est exact, Votre Majesté. Ma famille est originaire du Northamptonshire.

Tudor s'était assis, à présent, et il braquait sur elle ses petits yeux noirs rayonnants d'intelligence. Voûté, le visage déjà strié de rides, il était aussi peu séduisant que la rumeur l'affirmait avec son menton pointu, sa mâchoire proéminente et son long nez courbé comme un cimeterre. En outre, sa mise était à ce point banale qu'il ressemblait davantage à un négociant tatillon qu'au roi du plus riche pays d'Europe !

Visiblement songeur, il détacha son regard d'Anne et fit signe à sa femme de prendre place.

— Pourrions-nous parler du problème qui m'amène, Elizabeth ?

Cet entretien ne les concernant point, lady Hartley s'avança aussitôt vers les portes et intima sèchement à sa nouvelle recrue de l'accompagner. Toutes deux effectuèrent une révérence avant de sortir à reculons, mais le couple royal ne leur prêtait déjà plus aucune attention.

Lorsqu'elle regagna le couloir sur les pas de la dame d'atour, la jeune fille fut surprise d'y découvrir John Hilyard, qui avait escorté le monarque et attendait manifestement qu'il reparaisse. Tout sourires, le bel écuyer se hâta de présenter ses devoirs à lady Hartley. Celle-ci lui répondit de la tête, pinça les lèvres, puis s'éloigna sans condescendre à souffler mot.

— Elle n'a même pas précisé quand je devrai revenir, se plaignit Anne, déçue que la première suivante se montre aussi distante.

— N'ayez peur, maîtresse Jarvis. Elle vous enverra un page si la reine a besoin de vos services.

Là-dessus, Hilyard lui offrit le bras et ajouta d'un ton plein de gaieté :

— Permettez-moi de vous conduire jusqu'à vos appartements. Le roi a précisé qu'il ne sortirait pas avant une heure, et je serai bien aise d'effectuer quelques pas en votre plaisante compagnie.

Troublée au point que ses lèvres trémulaient, Anne

accepta le bras de l'officier et le suivit dans la pénombre des corridors. Les événements s'enchaînaient à un rythme si incontrôlable qu'elle devait déployer d'immenses efforts pour dominer sa nervosité ! En très peu de temps, elle avait rencontré Elizabeth, lady Hartley ainsi qu'Henry Tudor lui-même. Et maintenant, elle était de nouveau seule avec ce gentilhomme au visage plaisant et distingué, qui lui témoignait des marques d'intérêt dont plus d'une femme se serait émue !

Lorsqu'ils parvinrent devant sa chambre, à quelques minutes de là, Anne s'inclina poliment afin de prendre congé. Mais d'évidence, le fringant écuyer n'avait nulle envie de se séparer d'elle... Les yeux attachés aux siens, il s'empara de ses mains et les pressa avec tendresse.

— Vous devez souffrir de la solitude, ici, susurra-t-il.

— Du tout, maître Hilyard. J'ai ma camériste et mon... fidèle serviteur

— Ah, oui ! Le dénommé Allsop. Curieux bougre, n'est-ce pas ?

Déconcertée, Anne étrécit les paupières et soutint sans faiblir le regard inquisiteur du courtisan.

— Richard est un homme d'une bonté et d'une intégrité exemplaires. Il est... hum ! très apprécié de mon père.

— Sir Andrew Jarvis. N'a-t-il pas prêté serment d'allégeance au défunt roi ?

Anne, sur ses gardes, dégagea fermement sa main.

— C'est exact, confirma-t-elle tout bas. Il l'a servi lors de la bataille d'East Stoke.

— Et il s'est battu pour lui à Redmoor, si je ne m'abuse ?

— Je vois que vous êtes fort bien renseigné, maître Hilyard... Sachez toutefois que mon père s'est acquitté de ses amendes pour obtenir le pardon de la présente dynastie. Il n'a rien à se reprocher — pas plus que moi, du reste !

Un sourire insondable se dessina sur les lèvres de l'écuyer.

— Je n'en doute pas un instant ! Peut-être me trouvez-vous indiscret, mais ma curiosité est motivée par le seul désir de mieux vous connaître. Je ne demande qu'à vous obliger, ma chère, et je me tiens à votre entière disposition.

Anne, qui ne savait trop sur quel pied danser, tenta non sans mal de se composer une mine sereine.

— Je... hum ! vous remercie de votre amabilité.

— C'est tout naturel, maîtresse Jarvis. J'ai été ravi de deviser avec vous et j'espère que nous aurons très bientôt l'occasion de nous revoir.

Ayant dit, John Hilyard s'inclina devant elle avec l'élégance inimitable des suborneurs patentés. Alors qu'il s'éloignait, la démarche altière et décidée, Anne tendit une main tremblante vers la porte, puis actionna la poignée de fer du loquet.

Elle n'avait pas plus tôt poussé le vantail qu'elle distingua un rire clair comme la clochette d'une bride. Intriguée, elle entra sans plus songer aux étranges questions d'Hilyard, et s'immobilisa à la vue de la demoiselle assise près du brasero.

Frêle créature aux allures d'elfe, la jeune personne était en pleine conversation avec Richard, dont les propos paraissaient grandement la divertir. Ce dernier s'était appuyé à une colonne du lit à baldaquin, près de deux vieilles malles de voyage qu'il avait semble-t-il montées lui-même.

Anne le salua de la tête et ramena son attention sur lady Philippa Telford — car ce ne pouvait être qu'elle, bien entendu ! Elle arborait une modeste mante en toile bise, qui exaltait la finesse de son cou de cygne et mettait en valeur les courbes délicates de sa silhouette. Sa capuche avait glissé sur ses épaules, révélant un flot de boucles dorées qui ondulaient jusqu'à sa taille en mèches scintillantes. « Une véritable petite fée ! » se dit Anne, un rien envieuse de sa grâce et de sa blondeur.

Au même instant, lady Philippa tourna vers elle son délicieux visage d'enfant sous lequel celui de l'adulte commençait à poindre. Ses traits étaient d'une grande pureté et sa bouche au pli déjà sensuel évoquait les pétales d'une rose à demi ouverte. Quant à ses yeux, sous l'arc expressif de ses sourcils, ils avaient une couleur inhabituelle d'aigue-marine : un étonnant bleu pâle délicatement nuancé de reflets émeraude.

Aussi vive qu'un chat, lady Telford sauta sur ses pieds et s'avança dans un bruit d'étoffes froissées.

— Vous êtes Anne Jarvis, n'est-ce pas ? J'avais une telle hâte de lier connaissance avec vous !

Elle parlait un anglais très correct et sa voix mélodieuse était empreinte d'un léger accent qui ajoutait à son charme sans apprêt. Assurément, songea Anne, les gentilshommes du palais seraient nombreux à se disputer ses faveurs !

Sa jalousie s'envolant aussi vite qu'elle avait surgi, elle accorda un chaleureux sourire à la nouvelle venue.

— Je suis très heureuse de vous rencontrer, milady. Mon père m'a souventefois parlé de Sa Seigneurie, le comte de Wroxeter.

— Oh, pas de civilités entre nous ! J'insiste pour que vous m'appeliez Philippa !

Anne acquiesça avec enthousiasme, puis indiqua du doigt les coffres recouverts de cuir craquelé.

— Je vois que mon domestique s'est rendu utile.

— En effet. Il a aidé le page qui m'escortait à monter mes malles.

— Très bien..., fit Anne en jetant un coup d'œil autour d'elle. Ma camériste s'est absentée, dirait-on, et je n'aperçois pas non plus la vôtre.

Une moue désappointée plissa les lèvres de Philippa.

— A mon grand regret, j'ai dû me séparer de Louise

avant d'embarquer au port de Damme. Elle était souffrante et n'avait aucune envie de venir en Angleterre, de toute façon... Aussi est-elle restée au couvent brugeois où nous avons fait halte deux jours durant. Je suppose qu'elle reprendra le chemin de Malines dès qu'elle sera rétablie.

Anne — devinant la contrariété de lady Telford — lui soumit spontanément la solution qui s'était présentée à son esprit.

— Ne vous tracassez pas, Philippa. Ma chambrière s'occupera de vous et je vous aiderai moi-même, si besoin est !

— Je vous en serai très reconnaissante, *ma chère*. Il vaudrait certes mieux que j'emploie une bonne résidant à Londres, mais elle exigera des gages que mon maigre viatique ne me permettra pas de payer. Les miens n'ont plus un sou vaillant, voyez-vous, et notre situation financière s'est encore dégradée depuis que mon père souffre de phtisie...

Philippa marqua un temps d'arrêt, qui considéra Anne et maître Allard avec un désarroi poignant.

— Je suis si inquiète pour sa santé que j'aurais préféré demeurer en Belgique. Toutefois, ma mère tenait à ce que je me plie aux exigences de la reine. Je n'ai pas eu le choix, en définitive !

Anne conçut un immense élan d'affection vis-à-vis de lady Telford, tant elle paraissait vulnérable et affligée d'avoir dû quitter les siens. Ses incertitudes sur leurs relations se dissipèrent subitement comme si elles n'avaient jamais existé. Philippa était à ce point modeste et adorable qu'elles deviendraient vite les meilleures amies du monde !

Sur ces entrefaites, Mary fit irruption sans se donner la peine de frapper. Elle étudia la visiteuse avec une curiosité manifeste, puis riva ses grands yeux noisette sur sa maîtresse.

— Vous êtes déjà de retour? s'ébahit-elle. Je pensais que Sa Grâce vous retiendrait plus longtemps et je...

Anne leva la main pour l'interrompre et entreprit de lui exposer brièvement la situation.

— Lady Telford n'a plus de femme de chambre, Mary. Aussi devras-tu l'aider à défaire ses malles.

— Oh, certainement, acquiesça l'employée.

Et, sans plus tarder, elle saisit les clés que Philippa lui tendait avec un timide sourire.

Alors que sa caméristе commençait à déverrouiller les coffres, Anne fit volte-face et s'approcha de maître Allard pour lui signaler tout bas qu'elle désirait l'entretenir dans le couloir.

— Je suppose que Philippa est convenablement escortée? chuchota-t-elle en refermant la porte derrière eux.

— Las, non! répliqua Richard. Lorsqu'elle a quitté Malines, sa protection était assurée par un homme d'armes attaché au service de la duchesse Marguerite de Bourgogne. Mais j'ai cru comprendre que le jouvenceau en question est coiffé de Louise, la chambrière. Et quand elle a dû garder le lit...

— Il a abandonné Philippa? s'offusqua Anne.

— Sans la moindre hésitation! Par bonheur, elle a rencontré deux carmélites londoniennes dans la bonne ville de Bruges. Ces dames s'apprêtaient à retourner en Angleterre et lui ont proposé de voyager en leur compagnie — si bien qu'elle fut dûment chaperonnée pendant la traversée de la Mer Etroite! Avant de regagner leur couvent d'Aldgate, les religieuses ont elles-mêmes conduit lady Telford à Westminster. Je me trouvais dans la cour quand elle s'est présentée avec tous ses bagages, et je lui ai immédiatement offert mon concours.

— C'est très aimable à vous, observa Anne à mi-voix. Philippa est donc seule en ville, sans amis ni domestiques...

— Oh, gageons qu'elle sera très entourée au palais! Il

suffit de la voir pour comprendre qu'une pléthore de messieurs vont jeter leur dévolu sur elle. Cette petite est saisissante de beauté, n'est-ce pas ?

Anne, à ces mots, ne put se défendre d'un regain de la jalousie incongrue qui l'avait momentanément submergée quand elle avait découvert Philippa riant aux éclats avec maître Allard. Et à en juger par son sourire goguenard, le Yorkiste avait deviné ce qu'elle s'appliquait pourtant à dissimuler ! Gênée qu'il puisse ainsi lire en son cœur, elle baissa le front et toussota pour se donner une contenance.

— La pauvre enfant, bredouilla-t-elle dans un souci de faire diversion. Il est patent qu'elle a déjà le mal du pays et qu'elle est très préoccupée par la maladie de son père.

Appuyé à la porte cloutée de fer, Richard frotta pensivement son menton.

— Elle a l'air plutôt fragile, c'est vrai, et elle aura grand besoin de notre soutien durant les prochains jours. Mais si elle a hérité de la force d'âme de ce cher Martin, elle n'aura aucun mal à s'accoutumer à la vie de suivante !

— Ce cher Martin ? releva Anne. Est-ce à dire que vous avez déjà rencontré lord Wroxeter ?

— Mon père le compte parmi ses plus chers amis, et je me suis très souvent rendu à la Cour de Bourgogne.

Stupéfaite, la jeune fille scruta le corridor pour s'assurer qu'aucun indiscret ne les écoutait.

— En ce cas, Philippa vous connaît, argua-t-elle d'une voix presque inaudible.

— Je ne l'ai vue qu'une seule fois, et cela remonte à si loin qu'elle a dû m'oublier depuis bien longtemps. Ceci dit, il serait peut-être plus prudent de continuer à lui dissimuler la vérité. Elle me causerait de sérieux ennuis si elle dévoilait mon identité par inadvertance !

Anne tressaillit à cette idée, qui se reprocha une fois encore la puérilité de son stratagème.

— Vous avez raison, Richard : il est préférable qu'elle

en sache le moins possible dans l'immédiat. En toute franchise, croyez-vous qu'elle ait déjà deviné que son père entretient des intelligences avec les ennemis du roi ?

— Je ne le saurais le dire. Mais elle est native de Malines et elle a certainement conscience que l'endroit fourmille d'exilés anglais qui trament toute espèce d'intrigues contre Tudor.

— La reine le sait aussi, fit observer Anne d'un air sombre. Et ce ne l'a pas empêchée de prier Philippa à son service. Pour ne rien vous cacher, je trouve de plus en plus étrange qu'elle nous ait conviées toutes les deux...

Une lueur de perplexité brasilla dans les yeux de Richard.

— Il ne fait aucun doute que Sa Grâce a simplement voulu se montrer agréable envers votre mère et celle de lady Telford. Non. Ce qui est plus préoccupant, en revanche, c'est que le roi ait consenti à votre venue... Je ne sais trop qu'en penser, mais une chose est certaine, en tout cas : il faudra nous tenir sur la défensive au cours des semaines à venir !

A ce moment-là, un piquier taillé en Hercule surgit au bout du corridor. Tandis qu'il passait près d'eux, le sourcil froncé et la mine martiale, Richard salua son accordée d'une brève inclination, puis se dirigea à la hâte vers le quartier des domestiques mâles.

Anne, de son côté, s'en revint dans les appartements où Mary finissait de ranger les effets de lady Telford. Attendu qu'il se faisait tard, elle intima à son employée d'allumer les candélabres et de descendre aux cuisines afin de leur apporter du pain, de la soupe et des galettes d'avoine. D'ordinaire, les courtisans prenaient leurs repas dans la grand-salle du palais, mais il eût été fort messéant que Philippa se montre en public avant d'avoir été présentée à la reine...

Le visage de la jeune étrangère accusant la fatigue, Anne insista pour qu'elles se couchent peu après leur collation vespérale. C'était la première fois qu'elle devait partager un lit avec quelqu'un, et elle n'était pas sûre d'arriver à s'accommoder d'une pareille promiscuité. Cependant, ses craintes s'évanouirent dès qu'elle s'étendit près de la blonde enfant — laquelle s'assoupit instantanément ! Loin de la mettre mal à l'aise, la présence de Philippa la rassérénait et lui inspirait une sorte de tendresse protectrice, semblable à celle qu'une mère éprouve à l'endroit de sa fille. Le cœur en gaieté, elle souffla la chandelle à mèche de jonc, remonta la courtepointe sur ses épaules et ne tarda pas à sombrer dans un profond sommeil — le meilleur qu'elle ait connu depuis son départ de Rushton...

Anne et Philippa furent mandées dans le salon royal le matin subséquent. Ainsi qu'il était prévisible, la nouvelle venue charma tout de suite Elizabeth, qui la reçut avec chaleur et lui prodigua force aménités. Cette réception cordiale fit grand plaisir à la petite Flamande dont la joie était si évidente que même lady Hartley la gratifia d'un sourire bienveillant !

Après s'être longuement entretenue avec ces demoiselles, la reine leur annonça qu'elles avaient quartier libre jusqu'au lendemain.

— Vous avez accompli l'une et l'autre un très long voyage, murmura-t-elle, le regard lointain. Dès lors, vous devriez profiter de cette journée pour vous reposer et visiter les environs du palais. Quant à moi, je vais envoyer des messagers dans vos familles afin qu'elles soient prévenues de votre arrivée.

Ravies de ce congé imprévu, les deux amies quittèrent peu après les salons d'Elizabeth et regagnèrent leur chambre en devisant avec animation. Là, elles entreprirent d'examiner leurs atours respectifs pour mettre de côté ceux qu'elles jugeaient trop démodés. Compte tenu des explications que lady Telford lui avait fournies, Anne subodorait que son trousseau se révélerait des plus modestes. Or, elle ne fut pas longue à constater qu'elle était en deçà de la vérité ! Non seulement Philippa ne possédait que quatre robes, mais toutes étaient défraîchies et de facture fort quelconque... A n'en pas douter, songea Anne, les méchantes langues allaient gloser à qui mieux mieux sur la médiocrité de sa mise !

— Je sais que mes effets ne sont guère élégants, soupira Philippa, comme si elle avait deviné les pensées de sa compagne. Mais je n'en ai pas d'autres, et il faudra bien que je prenne mon parti des réflexions désobligeantes !

Anne glissa un coup d'œil préoccupé vers Mary, qui ravaudait la doublure de la cape que lady Telford arborait la veille.

— Je suis disposée à retoucher vos robes, intervint la domestique, et je vous garantis que cela n'occasionnera pas de dépenses importantes. Il me suffira de les rebroder de fil d'or, d'ajouter ici quelques perles, là un peu de petit-gris ou de renard argenté... Qu'en dites-vous, milady ?

Philippa, aux anges, se précipita immédiatement vers elle pour l'embrasser avec effusion. Peu habituée à ce qu'on lui témoigne une telle familiarité, la chambrière devint écarlate et afficha une mine ébahie qui provoqua l'hilarité des deux jouvencelles.

— C'est une excellente idée, Mary ! approuva Anne d'un ton enjoué. Appelle vite un page et prie-le d'avertir maître Allsop que nous l'attendons. Il nous mènera au quartier des tisserands où nous achèterons tout ce dont il est besoin !

A peine Richard était-il passé sous le linteau de la porte, dix minutes plus tard, que la jeune fille lui exposa leurs projets tout d'une traite. Il ne put réprimer un sourire devant son impatience, et assura qu'il serait très honoré de leur servir de guide.

Fort aises de découvrir les échoppes de la grande cité, les demoiselles enfilèrent leurs mantes, puis sortirent de l'appartement à la suite de Mary et de maître Allard. Celui-ci les conduisit dans l'immense cour centrale avant de les précéder sur l'embarcadère du palais, non loin des portes de la première enceinte. Comme il s'éloignait pour héler un passeur — le bateau était de loin le moyen de transport le plus rapide dans la capitale —, Anne s'avisa non sans stupeur que la Tamise était encombrée au point de ressembler à une véritable forêt de beauprés et de grands mâts. Aux coches d'eau se mêlait en effet une multitude de navires de grain, d'allèges, de caraques et de superbes barges rehaussées d'or qui appartenaient aux riches seigneurs de la ville.

Quand un nautonier daigna enfin répondre aux appels de Richard, les promeneuses gagnèrent prudemment la rive pour s'installer à bord de la minuscule nacelle. Anne n'avait encore jamais voyagé sur l'onde, aussi le bref trajet lui parut-il très divertissant. Elle s'émerveilla à la vue des quais bourdonnants d'activité où l'on déchargeait les marchandises continentales les plus variées. De même, elle fut très impressionnée par l'habileté du batelier lorsqu'il souqua ferme dans les violents remous qui tourbillonnaient entre les piles du Pont.

La traversée s'acheva peu après, et tous quatre s'extirpèrent du canot pour céder la place à d'autres passagers qui attendaient d'embarquer. Maître Allard ouvrant la marche, ils cheminèrent alors vers la cathédrale St. Paul, puis s'engagèrent dans les ruelles grouillantes d'East Cheap.

Tandis qu'ils flânaient le long des étals regorgeant d'étoffes, Anne se félicita une fois de plus d'avoir l'indispensable Richard à ses côtés. D'évidence, le quartier des tisserands n'était pas un endroit où une femme pouvait s'aventurer seule ! Mendiants, coupe-bourses et tire-laine y pullulaient — le Yorkiste avait d'ailleurs conseillé aux dames de lui remettre leurs escarcelles par mesure de prudence. En outre, les commerçants faisaient preuve d'une audace surprenante, qui gratifiaient les demoiselles d'œillades appuyées et les pressaient d'entrer dans leurs boutiques avec une impertinence frisant la goujaterie...

Mais Richard ne se contenta cependant pas de les protéger. Marchandeur intraitable, il discuta âprement le prix de leurs achats sans se laisser amadouer par les boniments doucereux des mercantis. Ses efforts s'avérèrent profitables, car lady Philippa put acquérir de la martre, du fil d'or et une aune de valenciennes pour une véritable bouchée de pain !

Leurs emplettes terminées, Anne proposa à ses compagnons de regagner le palais sur l'instant. Toutefois, maître Allard ne l'entendait pas de cette oreille : il avait prévu de s'entretenir de sa mission avec Josh Aldred, un de ses plus fidèles amis londoniens. Partant, il insista pour emmener les dames déjeuner au Coq d'or, l'auberge que tenaient l'épouse et le beau-père de Josh.

Anne n'éleva pas d'objection, qui avait hâte de s'asseoir et de se sustenter après qu'ils eurent exploré les rues d'East Cheap durant plus de trois heures. Connaissant maître Allard, elle avait la certitude que la taverne en question se révélerait des plus recommandables. Et elle s'aperçut qu'elle avait deviné juste dès leur entrée dans la salle commune de l'hostellerie. La pièce aux tentures de bougran était si proprette qu'elle lui complut d'emblée ! Des nappes d'un blanc de neige recouvraient les tables à tréteaux, et les rameaux tout frais du sol avaient été parsemés d'herbes aromatiques dont la senteur revigorante embaumait l'air.

Pendant que les jouvencelles s'installaient près du foyer central, Richard alla saluer les aubergistes, Bess et son père Jake Garnet, qu'il avait toujours tenu en bonne estime. Il prit chaleureusement de leurs nouvelles, puis il les instruisit de son séjour forcé à Westminster et leur recommanda de l'appeler « maître Allsop » en présence de lady Philippa. Ensuite de quoi, il fit rouler la conversation sur l'objet de sa visite au Coq d'or.

— Il me faut rencontrer ton mari d'urgence, expliqua-t-il à Bess. Sais-tu où je pourrais le trouver ?

Debout derrière le comptoir immaculé, la brave femme le renseigna avec son affabilité coutumière.

— Josh est de service et il ne rentrera que tard dans la soirée. Mais si vous désirez le contacter maintenant, vous devriez vous rendre à la Taverne de la Batellerie. Il déjeune souvent là-bas avec ses collègues de la Tour.

— Bon, je vais y aller de ce pas, murmura Richard en reportant son attention sur Jake. Je te confie lady Telford et Anne Jarvis, dont tu as bien connu le père, me semble-t-il. Je leur ai vanté la qualité de ta table et j'escompte bien que tu te surpasseras !

Le vieillard à la barbe niellée d'argent lui assena une tape affectueuse sur l'épaule.

— Je serai aux petits soins pour elles, mon garçon. Pars sans crainte : ces dames sont en parfaite sécurité chez nous !

Persuadé qu'il pouvait s'en remettre au vieux Garnet, Richard le remercia cordialement avant de rejoindre les demoiselles et leur camériste.

— Me permettez-vous de disposer, maîtresse Jarvis ? demanda-t-il par manière d'acquit. Je vous ai signalé que je devais régler certaines affaires en ville, et je dois précisément voir quelqu'un à ce propos.

Sa belle humeur s'envolant tout à coup, Anne lui décocha un regard tant surpris qu'inquiet. Elle l'aurait volontiers exhorté à la plus grande circonspection, mais elle préféra s'abstenir de peur que ses conseils ne mettent la puce à l'oreille de Philippa.

— Quand pensez-vous être de retour ? s'enquit-elle.

— D'ici à une ou deux heures. Jake et sa fille s'occuperont de vous en mon absence. Ce sont d'excellentes gens, vous verrez !

Résignée, Anne hocha presque imperceptiblement la tête.

— Très bien, maître Allsop. Essayez de ne pas trop tarder...

Richard la salua d'une courbette, et quitta l'hostellerie sans autre forme de procès. Impatient de retrouver Josh, qu'il avait fait prévenir de son arrivée la veille, il remonta Budge Row en un rien de temps, puis entreprit de fendre la foule bruyante du Cheap.

Lorsqu'il arriva enfin dans le quartier de la Tour, il trouva immédiatement la Taverne de la Batellerie — une vétuste chaumière à colombages aux fenêtres grises de crasse. Il entra d'un pas alerte et ne fut guère surpris de noter que l'intérieur était à l'avenant. Une odeur rance flottait dans l'air et les tables, de chaque côté de la salle commune, étaient constellées de taches de vin, de reliefs de repas et probablement de vomissures.

Indifférent à la saleté des lieux, Richard scruta l'assistance braillarde dans l'espoir d'aviser le mari de Bess. A son immense satisfaction, il finit par le repérer près des tentures jaunâtres qui donnaient sur la cuisine. Josh l'aperçut au même instant, et se leva d'un bond à son approche.

— Je suis très heureux de vous voir ! lança-t-il avec un franc sourire. Asseyez-vous, je vous prie. Cette taverne n'est pas des plus propres, mais il n'y en a pas d'autre aux environs de la Tour !

Richard s'installa à la petite table et examina son compagnon pendant qu'icelui appelait une servante pour commander deux coupes d'ale. Nez puissant, tignasse hirsute et menton carré, Josh Aldred offrait la puissante carrure d'un homme habitué aux labeurs les plus exigeants. Ce fervent Yorkiste faisait partie des rares personnes que Richard investissait de sa confiance, et dont il écoutait volontiers les admonitions marquées au coin du bon sens. Tous deux s'étaient rencontrés treize années plus tôt, quand sir Dominick Allard — en mission très secrète à Londres — avait emmené son fils au Coq d'or pour lui présenter Jake Garnet.

Le retour de la servante arracha Richard à ces lointains souvenirs. Dès que la jeune femme eut pivoté sur ses talons, après avoir lassement posé les gobelets de cuir bouilli sur la table, il se pencha vers Josh et lui relata sa brève visite à l'auberge.

— Bess m'a dit que tu déjeunais souvent ici, conclut-il, aussi ai-je résolu de passer à tout hasard.

— Il n'était peut-être pas nécessaire de vous déranger, fit observer Josh d'un ton jovial. Nous nous serions vus ce soir, au Coq d'or. Je suppose que vous êtes descendu chez nous, comme à l'accoutumée ?

— Telle était mon intention, mais le hasard en a décidé autrement. Figure-toi que je loge à... Westminster !

Josh dévisagea son ami d'un air confondu.

— Westminster ? Comment diantre se fait-il ?

— Oh, c'est une longue histoire, soupira Richard. Sir Andrew Jarvis m'a chargé de protéger sa fille, qu'Elizabeth a priée à Londres. Pour des raisons qui lui sont propres, cette demoiselle a allégué que j'étais le palefrenier de son père, si bien que je suis forcé de résider dans le quartier des serviteurs mâles.

— Doux Jésus ! Combien de temps devrez-vous séjourner là-bas ?

Richard observa discrètement les tables voisines pour s'assurer que nul ne les observait. Mais les autres clients ne leur prêtaient aucune attention, occupés qu'ils étaient à jouer aux dés ou à converser avec les ribaudes assises sur leurs genoux.

— Je quitterai le palais dès que j'aurai accompli ma mission, rétorqua-t-il enfin. Et tu n'ignores pas que je vais avoir besoin de ton appui pour la mener à bien. Entre toi et moi, c'était réellement inespéré que tu obtiennes cette place de geôlier !

Josh but une gorgée de bière forte et essuya ses lèvres d'un revers de main.

— Une véritable aubaine, en effet ! Ainsi que je vous l'ai écrit, j'ai été engagé par l'entremise d'un habitué de l'auberge, lui-même gardien à la Tour.

— Cet homme ne se doute rien ? s'enquit Richard, méfiant.

— Heureusement, non ! Voilà deux mois que nous travaillons ensemble, ce qui me permet de voir lord Warwick tous les jours.

— Tu as beaucoup de chance, mon bon Josh ! T'arrive-t-il de rencontrer l'autre prisonnier, Perkin Warbeck ?

— J'ai très peu de contacts avec lui. Mais j'ai appris qu'on l'a changé de cellule la semaine dernière et qu'il occupe dorénavant le cachot situé sous les appartements du comte.

Les mâchoires crispées, Richard se retint de frapper du poing sur la table.

— Oh, bon sang ! J'espère qu'ils ne sont entrés en relation ?

— Pas pour le moment, répliqua Josh. Toutefois, lord Warwick se dit très impatient de lier connaissance avec son nouveau voisin.

— L'insensé ! Il compromettrait gravement sa sécurité s'il admettait Warbeck dans son amitié !

— Je le sais, maître Allard. C'est pourquoi je vous ai prévenu sitôt que le Flamand a été transféré à la Tour.

— Je te remercie d'avoir fait preuve d'une telle diligence, murmura Richard en s'efforçant au calme. A ton avis, le comte est-il au courant de la prétendue identité de Warbeck et de sa tentative de rébellion dans le Sud-Ouest ?

— Ça, je n'en ai pas la moindre idée ! Sa Seigneurie est comme un enfant, voyez-vous. Je ne dis pas qu'il est stupide, entendons-nous bien, mais il a l'esprit un peu...

lent et se montre d'une naïveté désarmante pour un homme de son âge. Il y a fort à parier que cette immaturité est imputable au fait qu'il a presque toujours vécu en captivité...

Un pli soucieux barrant son front, Richard étudia distraitement les profondeurs ambrées de son gobelet.

— Il n'en demeure pas moins que sa candeur risque de lui coûter cher, remarqua-t-il d'un ton âpre. Le temps presse, ce me semble, et nous allons devoir agir dans les meilleurs délais. Peux-tu me mener à la cellule du comte cet après-midi ?

— Ce serait trop périlleux. Le roi tient conseil à la Tour et l'endroit est encore plus surveillé qu'à l'ordinaire. Mieux vaut attendre la semaine prochaine, à mon sens. Ainsi aurai-je le loisir de vous procurer un uniforme de geôlier et de forger un quelconque prétexte pour que les sentinelles vous autorisent à entrer. Mais je vous préviens, maître Allard : il faudra peser chacun de vos mots quand vous entreprendrez lord Warwick. Il est si innocent qu'il pourrait parler et vous valoir de sérieux ennuis.

— Je suis conscient des dangers que j'encours, rétorqua Richard en se levant de son siège. Je reviendrai te voir d'ici peu pour que nous arrêtions un plan d'action. Cela dit, il m'est impossible de t'indiquer une date précise. Je peux difficilement me libérer, puisque je suis censé servir Anne Jarvis...

Un sourire éclaira le visage boucané de Josh.

— Son père venait souvent au Coq d'or il y a une vingtaine d'années. Et lady Jarvis passait à l'époque pour une des plus jolies femmes de Westminster ! La demoiselle Anne est-elle aussi ravissante ?

— Plus encore ! s'exclama Richard avec fierté. Sir Andrew m'a promis sa main, et je compte bien l'épouser sitôt que j'aurai achevé ma mission. Il y a de grandes chances pour que ce soit la dernière, au demeurant. Je songe à me retirer et à me consacrer uniquement au bonheur de ma future épousée.

— Par la Mort-Dieu ! Vous seriez donc prêt à mettre un terme à vos activités ?

— En douterais-tu, Josh ? Attends d'avoir vu la belle Anne, et tu me comprendras !

Abasourdi, le gendre de Jake demeura un moment coi.

— Eh bien ! Vous devez être bigrement coiffé pour envisager de renoncer à la cause !

— Il est vrai que j'aime Anne Jarvis, confia Richard après une brève hésitation. L'ennui, mon vieil ami, c'est qu'elle ne veut pas de moi ! Mais l'on dit les hommes du Yorkshire têtus comme des mules, et ma mie s'apercevra vite que cette réputation n'est pas usurpée. Sois certain que je la mènerai au pied de l'autel, quand bien même continuerait-elle à s'insurger et à m'envoyer à tous les diables !

6.

Si d'aucuns affirmaient que la vie à la Cour était assommante, Anne, elle, n'avait guère le temps de s'y ennuyer. Elle s'entendait à merveille avec la reine, qui manifestait une grande mansuétude et évitait d'imposer des fonctions trop pénibles à ses deux plus jeunes suivantes. Ainsi qu'elle l'avait signalé au préalable, leur rôle consistait surtout à la distraire durant ses rares moments de liberté. Très fières du privilège dont elles jouissaient, les demoiselles devaient alors lire contes et sonnets à Sa Grâce, Lui chanter de vieilles pastorales et Lui jouer du cistre, de l'allemande ou du virginal.

Les prestations d'Anne étaient plutôt honorables, mais elle ne soutenait cependant pas la comparaison avec Philippa. Musicienne accomplie, la petite Flamande excellait tout particulièrement au luth et possédait une voix aussi enchanteresse que sa personne. L'écouter était un pur bonheur, à tel point que la souveraine lui réclamait souvent trois ou quatre chansons d'affilée !

Elizabeth n'était évidemment pas la seule à se réjouir de la société de lady Philippa. Resplendissante dans les robes que Mary avait retouchées de fort belle façon, la jeune émigrée — comme il était prévisible — suscitait l'admiration de moult courtisans. Ceux-ci l'encensaient de compliments sucrés et faisaient assaut d'amabilités pour qu'elle accepte de souper à leur table, dans la grand-salle du palais. Anne, qui jouait très scrupuleusement les chaperons, s'asseyait toujours à côté de sa protégée afin d'avoir ces messieurs à l'œil et de rappeler à l'ordre les impudents qui s'autorisaient trop de privautés...

Moins réservée que lady Philippa, elle rencontra quantité de gens influents au cours de ces fastueux repas. Ainsi lia-t-elle connaissance avec les chevaliers bannerets du Corps, les hauts magistrats de la Chancellerie et les sergents-huissiers attachés à la Maison des Comptes. De même, elle retrouva d'anciens amis de son père tel sir Owen Lewis, longtemps écuyer du maître de Rushton Manor. Ces gentilshommes, voués aux gémonies par les irréductibles de la Rose Blanche, n'avaient pas hésité à rompre leur serment d'allégeance et à venir grossir les troupes d'Henry peu avant la bataille de Redmoor. Si contestable fût-il, leur ralliement tardif s'était avéré fructueux, puisqu'ils occupaient à présent des positions très élevées dans la hiérarchie de Westminster...

Il n'était pas rare que sir Owen et consorts invitent Anne à danser quand les musiciens du roi venaient divertir la suite à la fin de chaque souper. Mais son cavalier le plus assidu était de loin John Hilyard, qui continuait à se montrer aussi galant qu'empressé. Bien que flattée de ses attentions, la jeune fille ne pouvait se défendre d'une méfiance accrue à l'égard du fougueux écuyer. En effet, il l'interrogeait toujours sur son père dont les déplacements et les activités semblaient beaucoup l'intéresser. Pis encore, il l'assaillait souvent d'indiscrètes questions au sujet de Richard... Consciente qu'une extrême vigilance s'imposait, Anne lui fournissait des réponses aussi évasives que possible, et tentait la plupart du temps de détourner la conversation qu'elle maintenait dans le domaine des généralités sans danger... Il n'en demeurait pas moins que l'étrange curiosité d'Hilyard commençait sérieusement à la préoccuper !

Elle n'avait jamais confié ses craintes à Richard, de

manière à ne point l'alarmer. Et pourtant, elle tremblait à la seule pensée qu'il fût démasqué au palais ou à la Tour, puisqu'il chercherait certainement à s'y introduire. Lorsqu'ils cheminaient encore vers Londres, voilà une semaine, il lui avait expliqué qu'il se proposait de sauver un innocent. Après avoir mûrement médité ses paroles, Anne était parvenue à la conclusion que cette mystérieuse personne devait être lord Warwick, que bon nombre de Yorkistes espéraient voir accéder au trône. Mais comment Richard entendait-il « sauver » l'illustre captif ? Allait-il simplement l'aviser des périls qu'il courait, ou bien envisageait-il de mettre sur pied un plan d'évasion ?

Anne n'en avait pas la moindre idée, mais une chose était sûre, néanmoins : elle serait au supplice si maître Allard était découvert et appréhendé ! Car elle s'était enfin résolue à admettre la vérité : elle nourrissait une indubitable tendresse pour ce fier colosse que l'on ne pouvait pas juger à l'aune commune. Ses préventions initiales s'étaient définitivement envolées, cédant la place à un troublant mélange de respect, de gratitude et d'impérieuse attirance... Pour autant, était-ce d'amour qu'il s'agissait ? Anne préférait ne pas y réfléchir. Mue par l'orgueil des âmes intransigeantes, elle refusait de démêler l'écheveau de ses sentiments et encore plus d'évaluer leur profondeur. Mais tout au fond d'elle-même, elle avait la certitude qu'elle ne pourrait bientôt plus demeurer sourde à ce que son cœur lui soufflait avec insistance...

Un matin de la mi-octobre, la reine informa Anne et Philippa qu'elle les conviait au pavillon de chasse de Richmond. Les demoiselles accueillirent la nouvelle avec enthousiasme, ravies qu'elles étaient d'avoir l'occasion de quitter l'enceinte du palais. Le confinement commençait à leur peser, et toutes deux avaient hâte de chevaucher au grand air !

La famille royale, accompagnée de ses favoris et suivantes, prit la route de Sheen au surlendemain. Par bonheur, Richard et les hommes d'armes, Walter et Simpkin, avaient reçu la permission d'escorter les jeunes filles. Toujours aussi inquiète de la sécurité de maître Allard, Anne n'était pas peu soulagée qu'il fût du voyage : au moins ne risquerait-il pas sa vie pendant leur villégiature !

Le trajet se déroula sans incidents, et c'est en toute fin de journée que le cortège atteignit les étendues boisées de Richmond. Quand le pavillon s'offrit à ses regards, au détour d'une longue allée cavalière, Anne le trouva si minuscule qu'elle pressentit immédiatement que les cinquante invités y seraient serrés comme harengs en caque ! Mais si exiguë fût-elle, la noble demeure ne manquait pas d'attrait avec ses toitures coniques et son corps de logis d'un seul étage, dont les poutres sculptées s'avançaient en saillie au-dessus de la cour pavée. Ceint d'une imposante palissade en jonc, l'endroit était édifié au milieu d'une clairière, à deux pas d'une Tamise autrement plus limpide qu'à Londres.

A peine entrées, Anne et Philippa furent menées dans la modeste mansarde qu'on leur avait attribuée. Là, elles se changèrent, se rafraîchirent, puis se hâtèrent de gagner la haute salle afin de prendre part au festin qu'Henry avait prévu d'offrir à ses gens.

Le souper, qui se termina aux petites heures de la nuit, se révéla éminemment savoureux. Bière et hypocras coulèrent à flots pendant que les convives dégustaient de gigantesques platées de courlis, de bécassines et de cygne rôti. Les ménestrels royaux égayèrent le banquet de leurs ritournelles entraînantes, avant d'être relayés par une troupe de jongleurs dont les pitreries firent s'esclaffer les commensaux et les enfants de Tudor.

Cette soirée marqua le début d'une longue série de réjouissances, les membres de la Cour se livrant à de joyeuses parties de chasse entrecoupées de bals et de libations mémorables. Le divertissement le plus prisé était la fauconnerie puisque les dames pouvaient s'y adonner. Celles qui le désiraient se voyaient alors confier de jeunes émerillons à la tête encapuchonnée de cornettes de cuir bouilli. Naturellement suivies des hommes de leur escorte, Anne et lady Telford s'amusèrent beaucoup lors de ces expéditions sylvestres — même si leurs rapaces les effrayaient autant que les rongeurs qu'ils leur ramenaient !

Au troisième jour, Elizabeth annonça qu'elle ne pourrait pas accompagner son mari à la chasse. La petite princesse Mary Rose avait pris froid, et Sa Grâce souhaitait rester à son chevet avec lady Hartley. Aussi indulgente qu'à l'accoutumée, la reine congédia gentiment les deux amies et insista pour qu'elles se joignent aux autres courtisans. Les demoiselles ne se le firent pas répéter, bien aises de pouvoir échapper l'espace de quelques heures à la stricte surveillance de la dame d'atour...

Le cortège royal se mit en route peu après le déjeuner, qui s'engagea dans les profondeurs de la forêt de Richmond. L'après-midi était splendide, et le soleil illuminait les sous-bois au travers des branchages à demi dénudés. Ouvrant la marche à côté de son père, le prince Henry montait un superbe alezan dont la musculature luisait tel du bronze poli. Bien qu'encore très jeune, il était déjà un excellent cavalier et donnait l'envol à son épervier avec une habileté confondante.

L'ambiance était à l'allégresse au sein de la procession, et chacun semblait se gaudir de cette nouvelle équipée forestière. Mais, à la surprise générale, une intrusion malvenue du hasard voulut que subitement tout bascule...

Chevauchant à l'arrière du groupe avec Richard et lady Telford, Anne venait de remettre son émerillon à l'un des fauconniers quand les autres dames présentes se mirent soudain à pousser des cris terrifiés. La jeune fille dirigea aussitôt son regard vers la tête de la suite et demeura bouche bée lorsqu'elle comprit ce qui provoquait l'effroi de ses congénères.

Loin devant son père, le prince Henry avait étendu le bras pour chausser son oiseau de proie, qui venait de se poser dans l'herbe, les serres enfoncées dans le corps déchiqueté de sa dernière victime. Très fier des exploits de son émouchet, l'adolescent ne s'était manifestement pas aperçu qu'un énorme sanglier, affolé par l'odeur du sang, avait émergé des taillis... et fonçait droit sur son destrier, prêt à le frapper de ses défenses !

Blême d'inquiétude, le roi décida aussitôt d'intervenir et donna un vigoureux coup de talon dans les flancs de sa monture. Mais, terrorisée, celle-ci broncha au lieu d'avancer, l'empêchant momentanément de voler au secours du prince. Quant aux autres chasseurs, ils étaient à ce point pétrifiés qu'ils se contentèrent d'observer la scène avec une horreur croissante...

Plus prompt à réagir, Richard, lui, passa immédiatement à l'action. Il piqua des deux, puis se fraya un chemin dans la foule afin de s'élancer vers le jeune Henry. Ce faisant, il bouscula le cheval caparaçonné du roi — et le choc fut si violent que Sa Majesté faillit être désarçonnée ! Sans s'excuser pour autant, Richard continua de galoper à bride abattue. Le palefroi du prince s'était cabré, à présent, et il hennissait de peur à la vue du sanglier qui les chargeait, broches en avant. Livide, le garçon agrippa les guides de toutes ses forces, mais il ne put rester en selle et tomba à la renverse... ses pieds se prenant dans les rênes !

Les tempes battantes, Anne étouffa un cri de stupeur lorsqu'elle vit Richard arracher une dague galloise de la fonte d'un courtisan. Muni de son arme, il sauta alors à terre, se précipita vers le prince et trancha vivement le harnais qui l'emprisonnait. Ainsi désentravé, l'alezan d'Henry se réfugia de suite dans les sous-bois tandis que le Yorkiste, les yeux durs comme la pierre, faisait face à la créature dont les mâchoires claquaient avec un écho de sinistre augure.

Une seconde ne s'était pas plus tôt écoulée que le sanglier se jeta sur lui, déchirant ses chausses de ses longues dents acérées. Le visage crispé par la douleur, Richard tint cependant ferme, et cribla l'animal d'innombrables coups de poignard. Las ! S'il avait réussi à le blesser, force était de constater qu'il ne pourrait jamais l'achever à l'aide d'une simple dague !

La lutte se prolongea quelques minutes encore, et ce fut finalement la bête qui prit l'avantage. Les yeux flamboyants de fureur, elle fit soudain basculer Richard, lequel s'effondra de tout son long dans la boue des taillis. Mais, fort d'une résistance physique à toute épreuve, il n'avait pas encore dit son dernier mot ! Poignardant le solitaire de plus belle, il le saisit à la gorge pour maintenir sa gueule impressionnante à distance. L'animal épuisé essaya frénétiquement de se libérer pendant que le prince, en larmes, hurlait à pleins poumons...

Sur ces entrefaites, un courtisan moins timoré que les autres résolut de venir au secours de Richard. Il avait eu l'excellente idée de se munir d'une épée de vénerie et, tirant l'arme de son fourreau, il descendit prestement de cheval pour se ruer vers les deux adversaires. Sous le regard horrifié de l'assistance, il brandit alors sa lame, se fendit, puis embrocha le sanglier agonisant jusqu'à la garde. Tétanisé, ce dernier vacilla sur ses pattes et fit entendre une longue plainte stridente. Enfin il s'effondra lourdement à terre, ses soubresauts enfonçant davantage l'épée dans la plaie...

Comme la bête s'immobilisait sur une ultime convulsion, Richard se leva non sans mal et vint aider la jeune altesse à se remettre sur ses pieds. Tout danger étant désormais écarté, les membres de la procession se hâtèrent de les rejoindre pour s'assurer qu'Henry n'était pas blessé.

Anne bondit elle aussi au sol et riva un regard profondément inquiet sur Richard, que les messieurs du groupe félicitaient de sa bravoure. Quand elle le vit s'approcher, au bout d'un long moment, des larmes emplirent soudain ses yeux pendant qu'une lumineuse conviction s'insinuait en elle. Rien ne servait de se cacher la vérité ou de nier plus longtemps l'évidence : elle était éperdument éprise de Richard Allard ! Et bien que peu habituée aux élans de l'amour, elle était persuadée qu'il ne s'agissait pas d'un de ces feux de paille si fréquents à l'âge où le cœur s'emballe aussi vite qu'il se lasse... Non. Ce qui l'unissait à cet homme allait bien au-delà des liaisons ordinaires, des intermèdes provisoires et sans lendemain. Mais si intenses ses sentiments fussent-ils, le problème restait douloureusement entier : il était inconcevable qu'elle allie son destin à celui d'une tête brûlée !

Le cœur battant à grands coups désordonnés, elle releva le bas de ses jupes et courut devers Richard dans un élan spontané. Son bras gauche saignait abondamment, nota-t-elle avec effroi. De plus, ses chausses entièrement lacérées révélaient de multiples éraflures. Mais il ne semblait pas souffrir et marchait sans qu'il fût besoin de le soutenir — un signe plutôt encourageant !

Tremblante, lady Philippa venait de se glisser près d'Anne lorsqu'un cavalier envoyé par le roi se présenta avec un linge propre et une flasque d'eau-de-vie.

— Assieds-toi sur cette souche, intima-t-il au sauveur du prince. Je vais étancher le sang de ta plaie.

Dès que Richard eut pris place, l'homme déchira la manche de son pourpoint, et grimaça à la vue de la plaie violacée qui entamait son bras du coude jusqu'au poignet. Ses contusions aux jambes, elles, s'avérèrent moins profondes. Il était fort à parier qu'elles cicatriseraient sous peu, à moins qu'une éventuelle infection ne vienne compliquer les choses...

Le courtisan finissait de panser le bras de Richard, à dix minutes de là, quand Sa Majesté s'avança d'un pas alerte. Le Yorkiste voulut aussitôt se lever, mais Tudor lui intima sèchement de ne pas bouger.

— Repose-toi, mon brave, lança-t-il de sa voix gringalette. Nous te devons une fière chandelle, tu sais ! N'était ton intervention, le chasseur qui t'a prêté main-forte n'aurait jamais pu achever ce sanglier !

Encore essoufflé, Richard plongea ses yeux dans le regard chafouin et pénétrant du souverain.

— Veuillez me pardonner de Vous avoir bousculé, Sire, mais...

— C'était la seule solution ! interrompit Henry sans manifester la moindre colère. Si tu ne m'avais pas poussé, mon fils ne serait peut-être plus de ce monde à l'heure qu'il est.

— Le prince s'est-il blessé en tombant de sa monture ?

— Il en est quitte pour quelques égratignures mais, grâce à toi, il y eut plus de peur que de mal ! Dis-moi ton nom, vaillant homme, afin que je sache qui a si hardiment défendu la vie de mon cadet.

— Je m'appelle Richard Allsop, Sire. Je suis le serviteur de maîtresse Anne Jarvis.

Les paupières étrécies, le roi gratifia Anne d'un sourire à peine perceptible.

— Vous avez là un domestique des plus courageux, demoiselle. J'espère que vous verrez à ce qu'il soit dûment récompensé.

Tandis que la jeune fille acquiesçait en silence, le souverain retira la chevalière armoiriée qui ornait son majeur et se pencha vers Richard pour lui remettre ce gage de sa gratitude.

L'espace d'un instant, Anne se prit à redouter que maître Allard ne refuse la précieuse bague. Mais, à son immense soulagement, il finit par s'en saisir et remercia le souverain d'une respectueuse inclination de la tête.

— Tu as bien mérité cette offrande, décréta Tudor avec une affabilité dont il était peu coutumier. Nous allons retourner au pavillon, maintenant, et te laisser reprendre des forces. Que le Seigneur te bénisse, mon bon Allsop !

Là-dessus, il se dirigea vers son fringant palefroi que John Hilyard tenait par la bride. Comme tous les chasseurs sautaient en selle, le cavalier qui avait soigné Richard se redressa et s'inclina galamment devant Anne.

— Souhaitez-vous que je reste avec votre serviteur, maîtresse Jarvis ? De cette manière, vous pourrez suivre le cortège.

— Je vais m'occuper de lui moi-même, répliqua Anne, encore sous le choc. Mais si ce n'est point trop vous demander, j'aimerais que vous escortiez lady Philippa. Mieux vaudrait qu'elle rentre au pavillon...

La blonde enfant, toutefois, n'avait aucune envie de se séparer de sa compagne :

— Non, *ma chère amie*. Je tiens à demeurer près de vous !

Anne — qui voulait désespérément être seule avec Richard — ravala la repartie exaspérée qu'elle s'apprêtait à proférer.

— Très bien..., soupira-t-elle à contrecœur. Pourriez-vous aller trouver mes hommes d'armes et leur demander d'attacher nos chevaux. Sans doute devrons-nous attendre un certain temps avant que maître Allsop se sente assez reposé pour rebrousser chemin.

Même si cette requête lui parut étrange, Philippa s'abstint prudemment de tout commentaire. Alors qu'elle acceptait le bras du jeune courtisan, Richard leva les yeux vers ce dernier et lui adressa un sourire plein de reconnaissance.

— Auriez-vous la bonté de remercier le chasseur qui m'a tiré de ce mauvais pas ? suggéra-t-il, la voix raffermie. S'il ne s'était pas muni d'une épée de vénerie, Dieu seul sait où le prince et moi serions en ce moment !

L'interpellé lui assura qu'il transmettrait le message,

puis il le salua comme un égal et s'éloigna au côté de Philippa. Les gens du cortège, eux, s'étaient déjà enfoncés sous la voûte des chênes, si bien qu'Anne se retrouva provisoirement seule avec son aimé.

— Ne me causez plus de telles frayeurs, implora-t-elle, la gorge serrée d'émotion. J'ai bien cru que...

— Moi aussi, cette idée m'a traversé l'esprit. Mais je suis toujours là, sain et sauf !

Sur cet optimiste constat, Richard se mit sur ses pieds et rejoignit sa promise en deux enjambées. Remuée jusqu'au tréfonds de son être, la jeune fille ne se déroba pas lorsqu'il l'attira à lui avec une tendresse teintée d'urgence. De même, elle n'émit nulle protestation tandis qu'il l'étreignait fougueusement et s'emparait de ses lèvres pour le plus ardent des baisers... Il y avait si longtemps qu'elle appelait cet instant de tous ses vœux ! Frémissante, elle avait l'impression de tomber, en chute délicieuse, dans un abîme d'euphorie et d'indicible félicité. Mieux, une éclatante certitude s'imposait à son esprit telle une petite musique obsédante : sa tendresse et son affection étaient payées de retour !

Si ébranlée qu'elle n'était plus qu'abandon, Anne se cramponnait toujours aux solides épaules de Richard lorsqu'elle entendit soudain des pas derrière elle. Affolée, elle s'écarta aussitôt de son compagnon et fit volte-face pour découvrir... lady Telford, qui les observait d'un air abasourdi !

Tête haute, Anne soutint sans ciller le regard de son amie. Elle aurait voulu la détromper et justifier sa conduite, mais elle n'en eut cependant pas le temps. Aussi pâle que la craie, Philippa poussa une exclamation incrédule et s'enfuit dans un bruissement de jupons.

— Voilà qui risque d'être difficile à expliquer, fit remarquer Richard d'une voix très calme.

Anne se tourna vivement vers lui et repoussa une mèche qui s'était échappée de sa coiffe.

— Nous devons lui dire la vérité. Après tout, elle a le droit de savoir que...

— Que vous vous êtes avisée de votre penchant pour moi ?

Loin de se troubler, Anne leva le menton en signe de défi.

— Oui, Richard Allard. J'ai enfin compris que vous m'êtes très cher. Mais cela ne résout en rien mon dilemme, ajouta-t-elle fermement. Vous venez de me démontrer que je serais incapable de partager votre existence !

Cette pique ne parut pas le troubler outre mesure.

— Ne soyez pas si obstinée, plaida-t-il d'un ton apaisant. Je vous promets de me dévouer tout entier à votre bonheur quand... j'aurai accompli ce qui m'amène en ville. Croyez-moi, ma douce, ce ne sont pas là de vaines paroles.

Dubitative, Anne fit un magistral effort sur elle-même pour recouvrer un semblant de calme.

— Allons, Richard, vous savez pertinemment que vous aimez trop le danger pour vous en passer ! Du reste, quel besoin aviez-vous d'affronter ce sanglier et de sauver le fils d'un homme que vous exécrez ? D'autres chasseurs étaient présents, qui auraient pu...

— Aucun d'eux n'a eu le courage d'intervenir ! Eussé-je attendu une minute de plus, le sanglier aurait sauvagement chargé le prince Henry. Auriez-vous préféré que j'abandonne cet enfant à son sort ?

Anne pinça les lèvres, refusant d'admettre que ses objurgations étaient injustifiées.

— Il n'empêche que vous prenez plaisir à braver le péril, persista-t-elle avec véhémence. Je ne sais pas ce que vous tramez à Londres, toujours est-il que vous êtes prêt à hasarder votre vie pour lord Warwick. N'ayez pas le front d'affirmer que j'ai trop d'imagination. Il est bien le fameux « innocent » dont vous m'avez parlé, n'est-ce pas ?

Déconcerté, Richard resta un moment sans voix.

— Vous avez raison, murmura-t-il. J'ai reçu l'ordre d'entrer en contact avec Sa Seigneurie.

Anne marqua une courte hésitation avant de lui lancer un ultimatum :

— Et si je vous demandais de désobéir à ces consignes ?

— N'exige pas l'impossible, Anne. L'honneur me pousse à...

— A jouer les héros intrépides au lieu de tenir compte de mon avis ? Décidément, mon cher, il apparaît manifeste que vous n'êtes pas fait pour le mariage ! Comment voulez-vous que j'agrée votre demande dans ces conditions ?

Et, furieuse, la jeune fille pivota sur ses talons en refoulant les larmes qui voilaient ses yeux. Avant qu'elle ait pu s'éloigner, cependant, son aimé lui agrippa fermement le bras pour la retenir.

— Lâchez-moi ! intima-t-elle d'une voix suppliante.

Elle essaya de se dégager, mais Richard l'attira de nouveau à lui et pressa avidement ses lèvres sur les siennes. Le cœur battant à se rompre, elle résista un court instant, puis céda sans pudibonderie à l'émoi qui l'envahissait telle une vague de feu. Sa volonté ployait devant la violence de son désir, et les derniers vestiges de sa lucidité s'envolaient peu à peu, l'empêchant de raisonner ou d'agencer ses réflexions en plein tumulte. Mais, toute confuse qu'elle soit, il était pourtant une chose dont elle avait l'assurance : lors même qu'elle choisirait d'épouser un autre homme, elle ne l'aimerait jamais aussi intensément que Richard...

Ce soir-là, au pavillon de chasse, Anne attendit que lady Telford et elle fussent couchées pour l'instruire de la nature exacte de ses relations avec maître Allard. Adossée aux oreillers de leur modeste lit de plume, elle réfléchissait au meilleur moyen d'exposer les faits quand la petite étrangère, lasse de languir après des explications qui tardaient à venir, attaqua le sujet sans y aller par quatre chemins.

— Votre père ne congédierait-il pas Richard s'il découvrait que vous êtes... amants ?

Anne haussa les sourcils, qui ne fut profondément surprise de cette entrée en matière des plus directes.

— Je ne veux plus vous mentir, Philippa, chuchota-t-elle en la regardant droit dans les yeux. Cela dit, je vous conjure de ne répéter mes propos à personne, car vous mettriez Richard en très fâcheuse posture.

— Oh, j'ai l'habitude de tenir ma langue !

Un pâle sourire plissa les lèvres d'Anne.

— Pour ne rien vous cacher, Richard n'a jamais été mon domestique. Il est le fils d'un vieil ami de votre famille, sir Dominick Allard.

Et, persuadée que Philippa ne piperait mot, elle lui conta toute l'histoire, depuis sa première rencontre avec le Yorkiste jusqu'à leur arrivée au palais. La Flamande l'écouta sans l'interrompre et resta longuement silencieuse lorsqu'elle eut achevé son récit.

— Votre stratagème est discutable, remarqua-t-elle enfin, mais je comprends très bien que vous ayez voulu garder Richard à vos côtés. Vous devez être fort attachée à lui, n'est-ce pas ?

— Oui. Je ressens la plus grande affection à son endroit.

— Votre père vous en ferait-il grief s'il le savait ?

— Au contraire, il veut que nos épousailles soient célébrées !

— Dans ce cas, tout sera pour le mieux quand maître Allard et vous rentrerez à Rushton !

— Hélas, non, souffla Anne, accablée. Richard refuse de renoncer à ses agissements, et je ne commettrai pas la sottise de me marier avec un ennemi de la Couronne! Jamais je ne pourrais m'accommoder de la lancinante anxiété à laquelle ma mère et la vôtre aussi sont soumises depuis l'accession au trône du roi Henry. Ce n'est pas une vie, que de se ronger les sangs jour et nuit!

Touchée par le désarroi de sa compagne, Philippa prit à charge de l'aider à y voir plus clair.

— J'entends vos réticences, Anne, mais j'estime que vous feriez mieux d'épouser Richard. N'espérez pas trouver le bonheur auprès d'un autre, puisque c'est lui que votre cœur a élu! L'envoyer au diable ne vous avancerait à rien. Vous continuerez à l'aimer et regretterez toute votre vie de lui avoir rendu sa parole!

Le feu aux joues, Anne se prit à lisser la courtepointe.

— Je n'en disconviens pas, murmura-t-elle, la voix étranglée. Mais je crois que vous mésestimez quelque peu l'envers de la médaille : l'inquiétude et la terrible attente lorsqu'il partira en voyage secret...

— Ça, votre existence ne sera pas dénuée de soucis! Néanmoins, vous passerez d'excellents moments avec votre mari et, si le pire devait arriver, vous auriez de merveilleux souvenirs à vous remémorer. Du moins est-ce ce que ma mère dit toujours quand elle me parle de l'amour indéfectible qu'elle porte à mon père. Elle a tout abandonné pour le suivre à Malines et n'a jamais déploré d'avoir pris cette difficile décision.

— Très franchement, j'ignore si je serai capable d'une telle force d'âme!

— Vous ne manquez ni de courage, ni détermination, répondit Philippa. En outre, vous avez l'heur d'aimer l'homme à qui vos parents ont décidé de vous marier. Et il est si rare de rencontrer l'âme sœur, ma chère... Quand pareille chance se présente, il faut la saisir au vol, sans attacher trop d'importance aux sacrifices que l'on doit nécessairement accomplir.

Tout près de fondre en larmes, Anne étreignit doucement la main de sa jeune confidente.

— Vous êtes sage, Philippa, bien plus sage que moi ! Je ne saurais assez vous remercier de m'avoir ainsi dessillé les yeux.

Lady Telford ébaucha un sourire lumineux, avant de se tourner et de remonter l'épaisse ccourtepointe sur ses épaules.

Trop fébrile pour trouver le sommeil, Anne, elle, tenta de se concentrer sur son débat intérieur. Elle avait l'impression d'être délestée du poids qui oppressait sa poitrine depuis qu'elle s'était enfin aperçue de ses véritables sentiments pour Richard. Non pas que sa conversation avec Philippa ait tout résolu ; mais l'avenir lui paraissait soudain plus radieux, comme rayonnant de promesses jusqu'alors insoupçonnées...

A quoi bon ergoter, s'inventer des faux-fuyants et camper aveuglément sur ses positions ? Sa vie conjugale serait certes très différente de ce qu'elle avait imaginé. Toutefois, elle savait maintenant qu'il aurait été absurde, pour ne pas dire puéril, de gâcher la chance unique dont Philippa lui avait parlé. Oui. Le bonheur avait assurément un prix, et elle était désormais prête à le payer — qu'elles qu'en soient les conséquences...

7.

D'importantes affaires d'Etat rappelant Tudor en ville, le couple royal et leurs suivants s'en revinrent à Westminster trois jours plus tard. Les demoiselles retrouvèrent donc leurs vieux appartements et se réhabituèrent peu à peu aux rituels étouffants du palais, un rien marries d'être de nouveau confinées après cette semaine de relative liberté à Richmond.

A l'immense satisfaction d'Anne, lady Telford ne modifia nullement son attitude envers maître Allard. Elle continuait à le traiter en domestique, lui témoignant la courtoisie sans façon qu'elle manifestait à l'égard de tous les gens de rang inférieur. Mieux, elle était à ce point discrète qu'elle n'évoqua plus jamais avec son amie le secret qu'icelle lui avait livré. Malgré son jeune âge, elle se révélait décidément digne de foi, accoutumée qu'elle était à montrer retenue et extrême vigilance.

Si Anne se reposait sans crainte sur la jeune Flamande, il en allait tout autrement avec John Hilyard, qui lui faisait toujours des ronds de jambe et... continuait à la presser d'indiscrètes questions ! Ses flagorneries ne la divertissaient plus, et elle commençait même à croire qu'il avait été chargé de l'espionner afin de recueillir des renseignements sur sir Andrew. Lassée de ces pénibles interrogatoires, elle aurait préféré ne plus du tout adresser la parole à Hilyard. Mais elle avait néanmoins conscience qu'elle risquait de l'offenser ou de lui mettre la puce à l'oreille en fuyant son indésirable compagnie...

Dès lors, Anne ne put se résoudre à l'envoyer au diable quand, le surlendemain de leur retour, il vint la trouver dans la grand-salle et insista pour lui parler seul à seule.

Résignée, elle s'excusa auprès de Philippa, puis accepta à contrecœur le bras que l'écuyer lui tendait. Comme ils se dirigeaient vers les bancs disposés près des oriels, elle examina nerveusement les tables réservées aux domestiques des gens de suite. Walter et Simpkin étaient présents, nota-t-elle, mais Richard avait semble-t-il décidé de souper dans sa chambre...

Se munissant de patience, Anne s'installa sur un banc garni de coussins et acquiesça en silence quand l'élégant officier sollicita la permission de s'asseoir à son côté.

— Le roi m'a enjoint de prendre des nouvelles de votre palefrenier, expliqua-t-il sans préambule. Je crois que ce maudit sanglier l'a gravement blessé, et Sa Majesté souhaite savoir s'il est besoin de lui envoyer Son médecin personnel.

— Oh, ce n'est pas nécessaire, répliqua Anne. Maître Allsop est encore un peu faible, mais il se porte plutôt bien. La preuve : il a effectué le trajet de retour sans s'arrêter une seule fois ! En tout cas, c'est très aimable au roi de se soucier ainsi de la santé de Richard. Veuillez lui transmettre mes sincères remerciements.

Hilyard hocha la tête et s'appuya au dossier sculpté du banc.

— Pour tout avouer, ma chère, la bravoure d'Allsop et sa promptitude à agir m'ont hautement impressionné. L'on pourrait presque dire que sa réaction fut digne d'un vrai soldat, non ?

— Un soldat ? releva Anne avec une feinte ingénuité. Je pense que vous faites erreur, maître John. Richard est trop jeune pour avoir participé aux campagnes de la dernière guerre !

— Mais peut-être a-t-il reçu un entraînement militaire ? Il manie les armes avec force habileté...

Anne tressaillit, certaine qu'Hilyard cherchait à la piéger.

— Ce me paraît très improbable, répondit-elle d'une voix posée. Ses parents sont eux-mêmes gens de maison, et je doute qu'ils aient eu les moyens de lui offrir... euh... ce genre d'éducation.

— Ses manières ne sont pourtant pas celles d'un fils de valets ! Sans dire qu'il monte à cheval aussi fièrement qu'un gentilhomme. Mais il est possible que mon imagination me joue des tours, reprit Hilyard avec un rire contraint. En réalité, je vous interroge à la demande du roi, qui se montre très curieux du sauveur de son cadet. Allsop lui plaît grandement, et il lui est si reconnaissant qu'il désire le gratifier de façon plus substantielle.

Anxieuse, Anne fit mine d'arranger les plis de sa robe.

— Je suis sûre que Richard n'acceptera pas de nouvelle récompense. Son intervention était désintéressée, vous savez, et il estime avoir simplement fait son devoir en venant au secours du prince Henry. A ce propos, je suis bien heureuse de constater que l'attaque du sanglier n'a point trop ébranlé Son Altesse. C'est miracle qu'il s'en soit tiré à si bon compte, n'est-ce pas ?

L'écuyer lui décocha un regard glacial, comprenant qu'elle tentait de détourner la discussion.

— Il est exact qu'Henry fut très chanceux. Durant les années à venir, ses mentors devront lui apprendre à se défier du péril et à modérer son impétuosité de jeune lion !

Anne fut soulagée que la conversation roule ensuite sur des sujets plus anodins, telle la rapide guérison de la princesse Mary Rose. Cependant, elle avait peine à prêter attention aux oiseux bavardages de l'officier. Ses pensées étaient entièrement tournées vers Richard, à qui elle se promit de parler le plus vite possible. Elle n'avait que trop attendu ! Cette fois, elle devait le mettre en garde contre Hilyard et l'aviser que sa conduite héroïque avait dangereusement éveillé l'intérêt de Tudor...

Par bonheur, Anne put entreprendre son aimé dès le lendemain matin. La reine, en effet, la trouva si pâle qu'elle lui intima de regagner sa chambre et de s'étendre jusqu'à la fin de la matinée.

— Vous semblez avoir besoin de repos, observa-t-elle avec douceur. Revenez dans l'après-midi si vous vous sentez mieux.

Bien décidée à profiter de cette aubaine, Anne fit sa révérence, sortit du salon, et se dirigea incontinent vers le rez-de-chaussée.

Dix minutes plus tard, elle traversait la cour des écuries lorsqu'elle vit Walter et maître Allard sortir des imposantes bâtisses coiffées de chaume ; elle se précipita aussitôt vers eux, non sans s'être assurée qu'aucun indiscret ne les épiait.

— Je dois vous parler d'urgence, dit-elle à Richard. Y a-t-il quelqu'un dans les écuries ?

— Pas en ce moment, mais je...

Anne l'entraîna à l'intérieur, puis ferma la porte derrière eux.

— Que se passe-t-il ? s'étonna Richard tandis qu'elle le menait par-delà les stalles. Si vous souhaitiez me voir, il fallait envoyer un page me quérir, comme à l'accoutumée !

— Les murs ont des oreilles, au palais, et ce que j'ai à vous dire doit demeurer secret.

Une lueur inquiète fit étinceler les yeux de Richard.

— Qu'est-il advenu pour que vous preniez tant de précautions ?

— Hilyard m'a questionnée à votre sujet, et je suis convaincue que cet homme pourrait vous causer un tort considérable. Il faut absolument que vous quittiez Westminster, mon ami !

— Ce godulereau s'intéresse à moi ?

— Oui. Peut-être ai-je trop tardé à vous le dire, mais je craignais de vous alarmer, et j'avais scrupule à vous entretenir d'un homme dont vous semblez être un peu... jaloux. En vérité, Hilyard s'ingénie à me faire parler de vous et de mon père. Je suis prête à parier que c'est le roi en personne qui lui a commandé de m'arracher des confidences !

— Ce ne serait guère étonnant, rétorqua Richard après un long silence. Je pense toutefois que vous n'avez aucune raison de vous tracasser. De son propre aveu, sir Andrew se montre fort prudent depuis la tentative d'insurrection orchestrée par lord Lovell. Partant, je suppose qu'Hilyard et les espions de la Couronne ne détiennent pas de preuve formelle de son soutien à la Rose Blanche.

Non sans mal, Anne résista à sa soudaine envie de se blottir contre Richard. Ah ! Que n'eût-elle pas donné en cet instant pour qu'il la prenne dans ses bras !

— Je ne sais vraiment plus que penser, concéda-t-elle. Et cependant, je dois reconnaître que vous aviez vu juste sur un point : Tudor avait bien une idée derrière la tête quand il a autorisé la reine à nous convier, Philippa et moi !

Richard lui enserra la taille avec une tendresse infinie.

— Cet usurpateur ne cède rien au hasard... Cela dit, je vous répète que vous ne devez pas vous tourmenter. Sir Andrew est si circonspect qu'il ne court aucun risque.

— Vous, par contre, êtes en grand danger ! Hilyard commence à suspecter que vous n'êtes pas mon palefrenier !

— Bigre ! Que vous a-t-il dit, au juste ?

Anne lui relata rapidement sa discussion avec l'écuyer.

— Sa Majesté a donc demandé à Hilyard de se renseigner sur vous, acheva-t-elle d'une voix rendue rauque par l'émotion. Que se passera-t-il si ce fureteur découvre votre identité et apprend la raison de votre venue à Londres ?

— Tranquillisez-vous, Anne. La situation n'est sûrement pas aussi grave que vous le croyez !

— J'aimerais le croire ! Mais imaginez qu'Hilyard vous ait fait surveiller et se soit rendu compte que vous êtes ami avec les tenanciers du Coq d'or. Eux non plus ne portent pas le roi dans leur cœur, n'est-ce pas ?

L'expression de Richard s'assombrit tout à coup.

— C'est le moins que l'on puisse dire. J'ai beaucoup d'estime pour Jake et son gendre, et je ne me pardonnerais pas que ma présente mission leur vaille d'être inquiétés ou confondus.

Anne déglutit convulsivement, de plus en plus terrifiée par les périls qu'il se disposait à braver.

— Vous devez rentrer dans le Yorkshire, Richard ! De cette façon, vous ne jouerez votre vie ni ne menacerez la sécurité de vos relations. Si vous accédez à ma requête, j'écrirai à mon père pour lui dire que... j'accepte de vous épouser.

Abasourdi, il resta à quia durant quelques secondes.

— Si je comprends bien, vous êtes réellement éprise de moi ?

— Oui, mon cher. Je sais désormais que vous seul pourrez me rendre heureuse.

Incapable de refréner plus longtemps le désir qu'elle éveillait en lui, Richard se pencha pour capturer ses lèvres avec ivresse. La jeune fille lui rendit passionnément son baiser, comme emportée par un tourbillon de lumière et d'émotions enivrantes...

Eblouis par l'intensité de leurs sentiments, tous deux s'abandonnaient encore aux délices de l'instant lorsque la porte des écuries fut ouverte à pleine volée. Pantelants, ils s'écartèrent d'un bond et firent lentement face à l'intrus, qu'Anne reconnut avec un mélange d'effroi et d'embarras. Juste ciel ! Il s'agissait de sir Owen Lewis, l'ancien écuyer de son père !

— Quelle incroyable audace ! tonna ce dernier, vêtu pour chevaucher. Veuillez déguerpir sur-le-champ, jeunes délurés ! Les écuries royales ne sont pas un endroit pour batifoler !

Rouge d'indignation, il les rejoignit à grands pas et retint subitement son souffle.

— Maîtresse Jarvis ? Que dirait sir Andrew s'il savait que...

— Je vais tout vous expliquer, bredouilla Anne, consternée.

Mais Lewis ne l'écoutait déjà plus : il s'était tourné vers Richard et le considérait d'un air ahuri.

— Ventrebleu, mon garçon, vous ressemblez tant à l'auteur de vos jours que j'ai cru un moment avoir affaire à lui ! Vous êtes bien le rejeton d'Allard, n'est-ce pas ?

Richard glissa un bras protecteur autour des épaules d'Anne.

— Oui. Je suis le fils de sir Dominick. Et je ne vous permets pas de fustiger maîtresse Jarvis. Sachez que son père me l'a promise et que nos fiançailles seront très bientôt célébrées.

Les joues en feu, Anne profita du silence qui suivit pour faire les présentations.

— Richard, voici sir Owen Lewis. Sans doute les miens vous ont-ils déjà parlé de lui.

— En effet. Vous fûtes l'écuyer de sir Andrew, c'est cela ?

— Pendant près de vingt années, grommela le courtisan. Mais parlons plutôt de vous, Allard. Puis-je savoir ce que vous faites à la Cour d'Henry ? Ne devrais-je pas appeler une sentinelle afin que vous soyez interrogé séance tenante ?

Horrifiée, Anne s'élança vers le vieil homme.

— Non, je vous en prie ! Richard ne s'est pas introduit au palais dans le dessein d'attenter à la vie de Sa Majesté. C'est moi qui ai été assez imprévoyante pour le contraindre à séjourner ici.

Et, penaude, elle retraça une fois de plus son maladroit subterfuge.

— Il semble que vous soyez fort attachée à maître Allard, commenta Lewis, une fois mis au courant. Bien sûr, je ne souhaite pas vous discréditer auprès du roi, et nuire du même coup à sir Andrew auquel je porte toujours un profond respect. Mais vous devez comprendre qu'il est de mon devoir de protéger Henry et de le servir loyalement. Aussi me faut-il connaître les raisons qui ont poussé votre ami de cœur à se rendre dans la capitale...

Ayant parlé, le courtisan ramena son attention sur Richard.

— Dites-moi la vérité, Allard. Vous êtes ici pour appuyer la cause yorkiste ?

— Parfaitement. Apprenez cependant que je ne me propose pas de trahir la Couronne.

— Ça, j'en jugerai moi-même ! Expliquez-moi vos visées, et gardez-vous de me conter des fables !

Richard n'éleva pas d'objections, sachant qu'il était vain de s'insurger ou de tergiverser.

— J'ai été envoyé à Londres par la duchesse Marguerite de Bourgogne. Sa Grâce m'a demandé de rencontrer son neveu, lord Warwick, afin que je prenne de ses nouvelles et m'informe des conditions dans lesquelles il est détenu.

Le visage tavelé de sir Owen ne refléta aucun étonnement.

— De quelle façon espérez-vous mener cette tâche à bien ?

— Je ne puis vous l'apprendre. Mais, croyez-moi, ma démarche n'a rien de répréhensible. Je n'ai pas l'intention de déstabiliser le souverain, ni de menacer sa vie ou celle des membres de sa Maison.

— Me le jurez-vous sur l'honneur ?

— Sur l'honneur et sur ce que j'ai de plus cher : Anne Jarvis.

Pensif, sir Owen caressa sa barbe de ses longs doigts osseux.

— Le sort de Warwick me préoccupe autant que vous, murmura-t-il sur le ton de la confidence. Je l'ai connu lorsqu'il était encore jeune homme, et je déplore sincèrement qu'il soit engeôlé depuis si longtemps. D'un autre côté, je conçois très bien qu'Henry se refuse à le libérer ! Le comte a la réputation d'être un peu... innocent, et il serait à la merci d'individus sans scrupule qui le manipuleraient et réduiraient à néant les efforts que Sa Majesté déploie pour rétablir la paix en son royaume.

— La duchesse est consciente du problème, fit observer Richard. Elle sait que Perkin Warbeck est emprisonné à la Tour, et elle craint que cet homme n'incite son neveu à s'évader. En conséquence, elle tient à ce que je dissuade Warwick de frayer avec le Flamand.

Sir Owen fronça ses sourcils broussailleux.

— C'est une louable initiative... Mais soyez franc envers moi, jeune Allard. Est-ce uniquement pour mettre le comte en garde que vous entendez l'approcher ?

— Je vous le garantis. Mon seul but est d'exhorter Sa Seigneurie à la plus grande prudence.

— En ce cas, je vais vous offrir mon soutien ! déclara Lewis, certain qu'il pouvait avoir foi en Richard. Le roi m'a prié de faire porter un message à l'armurerie de la Tour demain matin. Je pensais confier cette épître à un de mes domestiques, mais c'est à vous que je la remettrai. Ainsi vous sera-t-il possible d'entrer sans que personne ne s'enquière de votre identité.

Incrédule, Anne ne put se défendre d'ajouter son grain de sel.

— Votre appui pourrait vous coûter cher, sir Owen. Vous ne devriez pas aider Richard, ni l'encourager à...

— Si risque il y a, ma petite, je suis prêt à le prendre en souvenir de mon ancienne allégeance. Mais au cas où des difficultés surgiraient, ajouta Lewis en braquant ses yeux d'aigle sur Richard, il est bien évident que je serais dans l'incapacité d'intercéder en votre faveur. Je nierais toute implication, et j'arguerais simplement que j'ai fourni un sauf-conduit à un serviteur qui me semblait fiable. Ai-je été assez clair ?

— Certainement, sir Owen. Je vous sais gré de me faciliter ainsi la tâche.

— C'est bien le moins ! Présentez-vous demain à mon cabinet de travail. Je vous donnerai les documents dont vous aurez besoin.

Sur cette ultime précision, le courtisan s'inclina devant Anne, puis se dirigea vers la stalle qu'occupait son palefroi. Richard le suivit un moment des yeux avant de pivoter vers la jeune fille et de se pencher à son oreille.

— Ne vous alarmez pas, mon cœur. Vous verrez que je n'encourrai aucun danger !

— Aucun danger ? s'indigna-t-elle, les yeux étincelants. Avez-vous seulement écouté mes admonestations ? Vous avez éveillé la curiosité d'Hilyard et du souverain. Dans ces conditions, vous rendre à la Tour serait pure folie. Renoncez à votre entreprise, Richard, et regagnez le Yorkshire dès aujourd'hui !

Les traits durcis par la colère, il s'empara si brusquement de ses poignets qu'un cri étranglé lui échappa.

— Je resterai à Londres tant que je n'aurai pas vu Warwick. C'est une question d'honneur, palsambleu !

— Mais vous pourriez être arrêté ! Je vous en conjure, ne...

— Il est vain de me supplier, coupa Richard d'un ton sans appel. Vous aurez beau argumenter, je ne céderai pas à vos instances.

Piquée au vif, Anne se dégagea d'une secousse.

— Soit, je n'insisterai pas. Agissez à votre guise, et jetez-vous dans la gueule du loup puisque l'honneur vous l'ordonne ! Si vous êtes envoyé au cachot, peut-être comprendrez-vous que je n'avais pas tout à fait tort !

Et, le cœur en berne, Anne se précipita vers la porte. Tant de détresse l'accaparait qu'elle n'aperçut même pas John Hilyard, qui s'était immobilisé au milieu de la cour afin de lui présenter ses devoirs. Ebranlée, elle releva le bas de ses jupes, puis courut à toutes jambes vers l'escalier menant au hall central.

L'écuyer, lui, s'approcha lentement des écuries, dont il avait vu surgir maîtresse Jarvis. A cet instant-là, sir Owen franchit le seuil en tenant son superbe destrier par la bride.

Hilyard le salua de la tête et l'observa tandis qu'il se hissait sur sa monture, qu'il lança peu après au trot cadencé. A peine Lewis s'était-il éloigné que... Richard Allsop sortit à son tour des écuries ! Visiblement contrarié, il referma la porte derrière lui et prit la direction du quartier des domestiques.

Hilyard étrécit les paupières avec perplexité. Selon toute évidence, Anne Jarvis était venue parler à son palefrenier ou à sir Owen Lewis — peut-être même aux deux ! D'ailleurs, il l'avait souvent vue bavarder avec le vieux gentilhomme qui, à en croire Sa Majesté, avait longtemps été au service de sir Andrew... Mais que diable était-il arrivé pour qu'Anne soit bouleversée au point de passer près de lui sans remarquer sa présence ?

Résolu à élucider ce mystère, l'officier accompagna Allsop du regard jusqu'à ce qu'il disparaisse de sa vue. Il s'agissait décidément d'un singulier personnage, qu'il aurait tout intérêt à faire suivre et à surveiller de près ! Le roi, en effet, se montrait désireux de mieux connaître le sauveur de son fils. Et nul doute que lui, l'ambitieux Hilyard, se concilierait la faveur du souverain s'il glanait des informations sur ce singulier valet qui semblait très lié à la demoiselle Jarvis...

8.

Le lendemain matin, exténuée par les émotions lancinantes qui l'assaillaient depuis la veille, Anne se fit excuser auprès de la reine et gagna le rez-de-chaussée en priant le ciel pour que Richard n'ait pas déjà quitté le palais.

A son extrême soulagement, elle le trouva dans les écuries, prêt à enfourcher sa monture sellée.

— Anne ? s'écria-t-il en la voyant se précipiter vers lui. Que faites-vous ici, pour l'amour du ciel ?

Hésitante, la jeune fille s'absorba dans la contemplation de son fier visage. A en juger par son air exaspéré, se dit-elle non sans malaise, il lui gardait rancune de leur passe d'armes de la veille !

— Eh bien, je... je souhaitais vous parler avant votre départ et savoir si vous déteniez les documents nécessaires.

— Sir Owen Lewis a tenu parole, répondit Richard, glacial. Il vient de me remettre le sauf-conduit et la missive destinée au maître armurier. Sachez que je ne peux plus reculer, aussi n'espérez pas me dissuader de...

— Je sais que ce serait inutile, coupa Anne. Pour dire le vrai, j'aimerais simplement vous... accompagner.

Richard fut ébaubi par l'incongruité de sa requête.

— Vous, à Tour Martin ? Il n'en est pas question !

— Souffrez que je m'explique plus avant, plaida la

jeune fille, s'enhardissant. J'ai réfléchi toute la nuit à notre désaccord, et je promets de ne plus essayer de vous fléchir. Même si je suis terriblement inquiète à votre sujet, je comprends que vous estimiez indispensable de prévenir lord Warwick des dangers qu'il devra affronter. Mais vous m'êtes très cher, Richard, et je ne pourrai pas supporter de rester toute la journée au palais, à me soucier et à compter les heures en attendant votre retour !

Les mâchoires serrées, le Yorkiste s'abstint de toute réponse et fit mine d'ajuster la sous-gorge de son destrier.

— Peut-être me tracasserais-je moins si vous acceptiez de me mener au Coq d'or, reprit Anne. Ainsi, je me trouverais plus près de vous et je saurais comment s'est déroulée votre mission dès que vous reviendriez à l'auberge. Et puis, personne ne s'étonnerait de nous voir partir ensemble : c'est chose normale que vous escortiez la fille de votre prétendu maître ! Par contre, les domestiques royaux risquent de s'interroger si vous quittez Westminster sans moi...

Songeur, Richard fronça les sourcils et flatta distraitement le chanfrein soyeux de son cheval. Au bout d'un long moment, il finit par hausser les épaules en signe de capitulation.

— Peut-être avez-vous raison, reconnut-il d'une voix nettement radoucie. Etant donné les circonstances, il serait fort malvenu que j'attire l'attention sur moi.

Ayant dit, il appela le valet qui se tenait près des portes, les mains enfoncées dans les poches de sa broigne.

— Desselle mon cheval, l'ami. Je prendrai finalement le bateau, car je dois accompagner ma maîtresse qui désire se rendre en ville. Ce sera plus pratique et plus confortable pour elle.

Tandis que le valet se mettait promptement à l'œuvre, Richard conduisit son accordée dans le hall principal, et la précéda sans dire mot sur le ponton du palais. Là, il héla le premier passeur qu'il avisa, puis s'installa au côté de la jeune fille après l'avoir aidée à monter à bord de l'esquif.

La traversée se fit dans le plus grand silence et, quelque dix minutes plus tard, ils atteignirent les quais grouillants du Pont. Alors qu'elle posait pied à terre, Anne glissa un coup d'œil anxieux vers la Tour, dont la masse écrasante se dressait au-dessus des toits de la cité. Frémissant de tout son être, elle déglutit nerveusement et adressa à part soi une prière à la Sainte Vierge, l'implorant avec ferveur de protéger l'homme qu'elle aimait.

Fort d'un stoïcisme qu'elle ne pouvait que lui envier, Richard l'entraîna fermement dans les obscures venelles du quartier de St. Paul. Comme tous deux se frayaient un chemin parmi la foule des mendiants, écrivains publics et autres vendeurs de parchemin, elle résolut de poser la question qui la tarabustait depuis qu'elle avait entendu son élu exposer l'enjeu de sa mission à sir Owen.

— Richard, j'aimerais comprendre pourquoi vous redoutez qu'il n'arrive malheur au comte de Warwick. Si Sa Majesté le trouvait réellement gênant, Elle se serait déjà... débarrassé de lui, non ?

— Ce n'est pas aussi simple, rétorqua-t-il avec amertume. Peut-être avez-vous ouï la rumeur selon laquelle Arthur, le fils aîné d'Henry, épousera bientôt l'infante Catherine d'Aragon ?

— En effet. La reine est, semble-t-il, enchantée à la perspective d'accueillir sa future bru à la Cour !

— Sa Grâce oublie un point d'importance : Ferdinand d'Espagne ne consentira pas à la venue de sa fille tant que Tudor sera menacé de destitution par les légitimistes de la Maison d'York.

— Le pouvoir d'Henry n'a jamais été ébranlé ! protesta Anne en même temps que le bourdon de St. Paul se mettait à tonner au-dessus d'eux. Les précédentes rébellions ont toutes été matées, et le dernier prétendant au trône, Perkin Warbeck, fut appréhendé et jeté en prison. D'ailleurs, ce séditieux a reconnu qu'il n'était pas un Plantagenêt !

— C'est exact, mais je doute que l'on puisse accorder crédit à une confession qui fut arrachée par les bourreaux de la Couronne. Si j'étais moi-même supplicié, je serais peut-être tenté d'admettre ce que l'on veut me forcer à dire !

Anne, à ces mots, ouvrit des yeux démesurés.

— Selon vous, Warbeck serait réellement le duc d'York et... le frère de la reine ?

— Je n'en ai pas la moindre idée, rétorqua Richard tandis qu'ils tournaient au coin de Budge Row. En revanche, lord Warwick est bel et bien un Plantagenêt... Il constitue donc un obstacle potentiel à la crédibilité de la dynastie en place — et à l'alliance que Tudor projette de fonder avec le roi Ferdinand.

— Alors, pour supprimer cet « obstacle », Sa Majesté envisagerait d'exécuter lord Warwick ? Ce serait très cruel, Richard ! Le comte a presque toujours vécu en prison et, comme sir Owen l'a rappelé hier, il ne jouit pas de toutes ses facultés !

— Assurément, sa mise à mort serait mal perçue par l'opinion. Aussi Tudor devra-t-il arguer d'un excellent prétexte pour accomplir ses sombres menées.

— La trahison, par exemple ?

— Sans aucun doute, acquiesça Richard, le front plissé. Ce n'est pas un hasard si le roi a choisi d'engeôler Warbeck dans le cachot situé sous celui du comte. Sûrement espère-t-il que les deux hommes se lieront d'amitié, ce qui lui donnera toute latitude de perpétrer son forfait sans susciter le courroux de la population...

Anne lui posa une main affectueuse sur le bras, qui comprenait de mieux en mieux sa détermination à approcher le reclus.

— Croyez-vous que Warwick tiendra compte de vos mises en garde ?

— Je l'espère, ma mie, mais je crains que mon intervention ne soit un coup d'épée dans l'eau. Peut-être est-il déjà trop tard pour changer le cours des événements...

Plongés dans leurs réflexions, tous deux arrivèrent peu après à l'auberge du Coq d'or. Bess vint immédiatement les saluer et leur ouvrit la porte de l'arrière-salle, où le vieux Jake était assis près du feu qui rugissait dans le foyer central.

Une fois informé de la situation, le tenancier se leva d'un bond et promit à Richard de prendre grand soin de sa fiancée.

— Je lui tiendrai compagnie jusqu'à ton retour, déclara-t-il avec un entrain tant soit peu affecté. Va sans peur, mon garçon, et que le Seigneur t'ait en Sa sainte protection !

Là-dessus, Jake s'éclipsa discrètement pour que les jeunes gens puissent se dire adieu en toute tranquillité.

— Munissez-vous de prudence, adjura Anne quand ils furent seuls, et défiez-vous de la candeur de lord Warwick. Il pourrait parler à ses geôliers après votre visite...

— Quand bien même, je serais déjà loin ! Sitôt que j'aurai vu Sa Seigneurie, je vous ramènerai au palais et je retournerai dans le Yorkshire, où j'attendrai que la reine vous donne la permission de quitter son service. D'autre part, je ne révélerai pas ma véritable identité à Warwick : je déclinerai le nom que vous m'avez forgé... Rassérénez-vous, ma très aimée, acheva Richard en la prenant dans ses bras. J'ai la certitude que tout se passera bien !

Sur cette prédiction faussement enjouée, il lui releva le menton et l'attira plus près de lui pour l'embrasser à en perdre haleine. Bouleversée par cette nouvelle preuve de son affection, la jeune fille s'agrippa tendrement à ses épaules, puis répondit à son ardent baiser avec une fougue presque désespérée.

— Je dois partir, maintenant, murmura Richard quand leurs lèvres se désunirent. Je reviendrai en milieu d'après-midi.

Le cœur empli d'une sourde anxiété, Anne lui dédia un pauvre sourire tandis qu'il ouvrait la porte de la salle commune. Mais à peine était-il sorti que sa contenance précaire vola subitement en éclats. Ployant sous le désarroi, elle s'effondra sur le siège de Jake et se mit à pleurer toutes les larmes de son corps...

Ainsi que sir Owen le lui avait prédit, Richard put accéder à la Tour sans la moindre difficulté. En effet, les sentinelles qui gardaient les portes de la citadelle ne lui posèrent aucune question : elles lui autorisèrent l'entrée après avoir simplement jeté un coup d'œil au sceau apposé sur son sauf-conduit...

Sa tâche accomplie — le maître armurier lui avait garanti qu'il enverrait très rapidement sa réponse à sir Owen —, Richard regagna le couloir central et s'en fut rejoindre Josh Aldred, qu'il avait averti de ses projets dans une missive que Walter avait portée la veille au Coq d'or. Il avait donné rendez-vous au gendre de Jake près des jardins de l'aumônerie, un endroit qu'il connaissait pour s'y être maintes fois rendu lorsqu'il était encore un jeune page attaché au service du défunt roi. Aussi bien, la Tour avait peu changé en vingt ans, et ce fut fort aisément qu'il trouva son chemin jusqu'à la cour intérieure, plantée d'arbustes décharnés et de simples déjà noircis par les premières gelées.

Josh l'attendait à l'endroit convenu, qui le salua avec respect et vint au fait sans s'encombrer de civilités :

— Le temps presse, maître Allard. Je vais tout de suite vous donner l'uniforme que j'ai réussi à subtiliser.

Richard emboîta aussitôt le pas à son ami, lequel l'entraîna dans une resserre située à faible distance des jardins. Au fond de l'appentis heureusement désert, un escalier en pente raide menait à une cave où étaient entreposés des tonneaux de vin, ainsi que des caques renfermant poisson et viandes salées.

Là, Josh remit à son complice l'austère tenue de drap brun qu'il avait dissimulée derrière une rangée de quartauts. Richard commença alors à se dévêtir et, ce faisant, il entretint Aldred du seul imprévu qu'il avait rencontré jusqu'ici.

— Anne Jarvis a insisté pour venir avec moi, et elle m'attend à l'auberge où je l'ai confiée aux bons soins de Jake. Si les choses tournent mal, il faudra la raccompagner toi-même à Westminster.

— Je vous le promets, maître Allard. Dépêchons-nous, je vous prie, car nous ne disposons plus que de dix minutes avant l'heure du déjeuner. Or, il nous faut passer aux cuisines afin d'y chercher le plateau que vous monterez à Sa Seigneurie !

Richard boutonna en hâte le col de sa tunique.

— Mieux vaudrait que tu quittes les lieux, Josh. Quand nous nous séparerons, va trouver le chef geôlier et explique-lui que tu es souffrant. De cette façon, tu pourras rentrer au Coq d'or.

— Vous n'y songez pas, voyons ! Je tiens à...

— Retourne à l'auberge ! persista Richard sur un ton péremptoire. Il serait trop risqué que nous restions ici tous les deux, et je ne voudrais pas que tu sois compromis ou, pis, appréhendé par ma faute. Tu dois penser à Bess, mon vieux, ainsi qu'à tous les braves qui ont besoin de toi pour que la cause survive.

Déçu d'être ainsi écarté, Aldred acquiesça à regret, puis tendit son trousseau de clés à Richard.

— La plus grande ouvre la porte de la Tour Martin, indiqua-t-il à mi-voix. Nous ferions bien de partir, à présent.

Un instant plus tard, ils gravissaient les marches de la cave, quand, soudain, Richard s'immobilisa et maugréa un juron.

— Par tous les saints, Josh ! J'ai failli oublier de retirer mes bagues. Un simple geôlier ne se pare pas de tels bijoux !

Il enleva sa propre chevalière, la remit à son compagnon, puis déposa dans la main de ce dernier le splendide anneau armoirié que le roi lui avait offert. Reconnaissant l'emblème des Tudor, Josh prit un air soupçonneux, mais il se garda de tout commentaire et glissa les bagues dans l'escarcelle suspendue à son ceinturon.

Une fois sortis de la resserre, les deux hommes se rendirent aux cuisines, d'où Aldred revint avec le plateau destiné à lord Warwick. Après quoi, ils se dirigèrent vers l'entrée de la Tour Martin — une des trois prisons qu'abritait la citadelle.

— N'oublie pas mes recommandations, souffla Richard pendant que son ami observait les alentours d'un air inquiet. File à l'auberge et préviens Anne que, jusqu'ici, tout s'est déroulé selon nos espérances. Nous nous reverrons plus tard — si Dieu le veut !

Comme Josh s'éloignait à contrecœur, Richard jucha adroitement le plateau sur sa hanche et introduisit la plus longue de ses clés dans la serrure de la haute porte cloutée de fer. Sitôt à l'intérieur, il répéta l'opération pour verrouiller derrière soi, puis commença à remonter le corridor aux murs suintants d'humidité.

Quelque peu fébrile maintenant qu'il touchait au but, Richard passa bientôt près d'une sentinelle qui bayait aux corneilles en attendant la relève. Etant donné que le jouvenceau lui décocha un coup d'œil vaguement surpris, il s'arrêta devant sa guérite et prit à tâche d'expliquer sa présence.

— Je suis le nouveau, affirma-t-il sans se démonter. Josh Aldred est souffrant et j'ai dû le remplacer au pied levé. Juste avant de partir, il m'a intimé de servir son déjeuner à lord Warwick.

Le hallebardier hocha la tête d'un air indifférent.

— Première porte à droite, au fond du couloir.

Dominant son impatience à grand-peine, Richard le remercia et se dirigea sans plus attendre vers la cellule du comte. Là, il tint son plateau d'une seule main pour frapper doucement à l'huis.

— Entrez, répondit une voix haut perchée.

La porte n'étant pas fermée à clé, Richard la poussa de l'épaule et s'immobilisa un instant sur le seuil. Les appartements d'Edward de Warwick ne ressemblaient en rien à un cachot traditionnel, même si l'unique fenêtre était pourvue d'imposants barreaux. Des tapis de Perse recouvraient le sol, et les rares meubles qui garnissaient l'endroit — une table en chêne poli, deux escabelles, un fauteuil sculpté et un lit à courtines de serge — suffisaient à créer une certaine impression de confort. Un belle flambée brûlait dans l'âtre, à côté duquel Sa Seigneurie Soi-même avait pris place.

Son inspection des lieux terminée, Richard ferma prudemment le loquet, puis s'empressa de poser le plateau sur la petite table. Le captif, lui, le détaillait de pied en cap, un sourire de sincère bienvenue étirant le coin de ses lèvres. Tous deux étaient à peu près du même âge, mais la peau claire et lisse de Warwick, la finesse de son ossature et l'extrême innocence qu'exprimaient ses yeux bleu pâle lui donnaient l'air d'un adolescent.

Emu jusqu'au plus profond de son âme, Richard s'avança vers le reclus et tomba révérencieusement sur un genou.

— Je suis votre dévoué, milord, murmura-t-il en lui baisant la main, et je rends grâce au Tout-Puissant de m'avoir permis de vous rencontrer. Voilà de nombreuses années que je me bats dans l'ombre pour venger l'honneur de votre famille.

Interloqué, Warwick haussa ses sourcils blonds alors que Richard se remettait sur ses pieds et poursuivait en ces termes :

— J'ai apporté votre collation, milord, et peut-être devriez-vous déjeuner pendant que j'exposerai la raison de ma venue.

Ayant parlé, il revint près de la table, et la souleva sans effort pour l'installer devant le faudesteuil du comte.

— Je ne crois pas te connaître, fit remarquer ce dernier tandis que Richard lui servait une coupe de vin de Chypre.

— Mon nom est Allsop, milord. Je suis un ami de maître Aldred, mais je ne fais pas partie du personnel de la Tour.

Warwick but une gorgée de vin et reposa sa coupe délicatement orfévrée sans quitter son visiteur des yeux.

— Est-ce mon cousin Tudor qui t'envoie ?

— Certes, non ! Je me suis introduit ici à l'insu de Sa Majesté, et je vous supplie de ne pas parler de moi à vos gardiens, et de ne pas leur répéter le message qu'on m'a chargé de vous transmettre.

Lord Warwick se saisit de sa fourchette, puis commença à déguster son bouilli de venaison.

— Sois tranquille, Allsop. Je n'ai pas l'habitude de divulguer ce que l'on me prie de tenir secret !

Richard eut un fugace sourire, qui commençait à croire que le comte n'était pas aussi sot que d'aucuns le prétendaient.

— En vérité, milord, je viens vous entretenir à la demande de la duchesse douairière de Bourgogne.

A ces mots, le prisonnier leva les yeux de son assiette.

— Ma tante Marguerite ? Il me plairait grandement de la voir et de retrouver ceux des miens qui se sont réfugiés à Malines !

Préoccupé au point d'oublier son devoir de bienséance, Richard posa une main tremblante sur l'épaule du comte.

— Au nom du ciel, milord, gardez-vous de tenir pareils discours ! Votre souhait, tout légitime qu'il soit, pourrait être interprété comme une volonté de vous échapper des geôles royales.

— De m'échapper ? releva Warwick, bouche bée.

— Ne prononcez plus ce mot, je vous en conjure !

Une subite mélancolie assombrit les yeux du détenu.

— Pourquoi donc, Allsop ? Est-ce réellement un mal que d'aspirer à fuir cette sinistre cellule, à voyager de par le royaume et à revoir les landes et les plages du Yorkshire ?

— Bien sûr que non, répondit Richard en s'employant à garder son calme. Je sais à quel point vous aimeriez quitter la Tour, mais il serait extrêmement périlleux, dans les circonstances présentes, de vous compromettre dans une tentative d'évasion. J'espère que nul n'a eu le front de vous soumettre un tel projet ?

Un sourire impénétrable s'épanouit sur les lèvres du comte, qui rappela immédiatement à Richard celui de l'ancien monarque.

— En fait, nous évoquons parfois notre liberté d'antan, mais il est manifeste que nous avons peu de chances de la recouvrer...

Richard ouvrit de grands yeux incrédules.

— « Nous », milord ? A qui faites-vous allusion ?

— A Perkin et à moi, pardi ! Il me régale souvent du récit de ses périples sur le Continent. Grâce à lui, je...

Warwick s'interrompit tout à trac quand le loquet fut agité de l'extérieur et qu'une voix masculine, empreinte d'une légère trace d'accent, se fit soudain entendre.

— Ned ? Pourquoi votre porte est-elle close ?

Sa morosité soudain envolée, le reclus se redressa sur son siège et désigna le battant de sa main richement baguée d'or.

— C'est Perkin ! s'exclama-t-il avec l'enthousiasme d'un enfant ravi d'une heureuse surprise. Va lui ouvrir, je te prie !

Ses pires craintes se confirmant, Richard obtempéra la mort dans l'âme, puis s'effaça pour livrer passage au visiteur.

Le jeune homme qui entra était de fort belle tournure, avec des traits d'une indéniable distinction, des boucles blondes jusqu'aux épaules et des yeux perçants du même bleu limpide que ceux de lord Warwick. C'était la première fois que Richard le voyait de près, et il resta proprement confondu par son étonnante ressemblance avec la reine. Bonté divine ! Il avait même le nez busqué des Plantagenêts ! Etait-il possible, bien qu'il eût avoué être un imposteur, que Warbeck fût le frère cadet d'Elizabeth ?

De son côté, le nouveau venu poussa le loquet, puis fit face à Richard qu'il dévisagea d'un air suspicieux.

— Qui es-tu ? Je ne t'ai jamais vu, ce me semble !

— Je ne suis pas geôlier, milord. Je m'appelle Allsop, et c'est par l'entremise d'un ami que je me suis procuré cet uniforme.

— Soit, mais cela ne m'explique pas ce que tu veux à Ned !

— J'ai à l'instruire d'une question de prime importance.

La démarche altière, Warbeck s'approcha du comte et s'installa près de lui, sur une escabelle d'ébène sculpté.

— Vous devriez être plus prudent, mon bon Edward, et éviter d'adresser la parole à de parfaits inconnus ! J'espère que vous n'avez rien dit à cet homme qui soit susceptible de vous nuire ?

Aussi penaud qu'un garnement pris en faute, lord Warwick se recroquevilla dans son faudesteuil.

— Vous n'avez pas lieu de vous méfier de moi, intervint Richard, les yeux rivés sur Warbeck. Comme je l'ai signalé à Sa Seigneurie, je suis l'envoyé de la duchesse Marguerite de Bourgogne.

Le Flamand lui décocha un coup d'œil scrutateur.

— La duchesse, dis-tu ? Si tu lui fais office de messager, c'est donc que tu soutiens notre cause ?

— Voici vingt ans que j'ai juré fidélité à l'ancienne dynastie, répondit Richard en se plantant face à Warbeck. Puisque vous êtes ici, milord, je vous suggère de prêter une oreille très attentive aux avertissements que Sa Grâce m'a prié d'adresser à Son neveu. Après tout, vous aussi êtes concerné !

Le jeune homme acquiesça après un temps d'hésitation.

— Parle, Allsop. Ned et moi t'écoutons.

— La duchesse se déclare très préoccupée par le devenir de lord Warwick, expliqua Richard avec fermeté. A dire le vrai, elle craint que vous ne l'encouragiez à s'évader de la Tour Martin... Si telle était votre intention, Sa Grâce vous demande instamment de renoncer à vos périlleux desseins. De même, si certaines gens vous proposent d'organiser votre fuite, vous devez refuser catégoriquement de vous prêter à leurs manigances. Si séduisante soit-elle, une pareille offre pourrait être un piège, un habile stratagème ourdi par le roi et ses conseillers afin de se débarrasser de vous deux...

Une vive agitation s'afficha sur le visage du jeune Perkin.

— Je puis te jurer que Ned et moi n'entendons pas nous échapper, Allsop ! Une semblable tentative serait vouée à l'échec, car les geôles du roi sont une véritable forteresse ! Par ailleurs, j'avoue ne pas bien comprendre l'inquiétude de Sa Grâce Marguerite. Tudor s'est montré miséricordieux envers moi et, s'il comptait réellement envoyer lord Warwick à l'échafaud, il n'aurait pas attendu aussi longtemps pour mettre sa sinistre visée à exécution !

Richard s'appuya au piédroit de l'âtre, soucieux de présenter la situation avec autant de diplomatie que possible.

— N'avez-vous pas appris que le roi désire s'allier à la cour d'Espagne ? Pour sceller cette entente, il se propose de marier son fils aîné avec l'infante Catherine d'Aragon.

— Je l'ignorais, grommela Warbeck, la mine sombre. N'oublie pas que nous sommes coupés du monde, ici...

Lord Warwick, lui, frottait son menton avec perplexité.

— Lors même qu'Arthur épouserait l'infante, je ne vois en quoi ses noces constitueraient un danger pour nous !

Le Flamand se décomposa subitement, comme s'il avait enfin pris la mesure des terribles menaces qui pesaient sur eux.

— Las, Ned, j'ai bien peur qu'Allsop ne dise vrai et que nous ne soyons dans de vilains draps ! Le roi va probablement chercher à se débarrasser des Plantagenêts encore vivants pour rassurer Ferdinand d'Espagne quant au sort de sa fille. Si toute opposition aux Tudor est éradiquée, l'infante ne courra pas le risque d'être détrônée lorsqu'elle aura accédé au titre de reine d'Angleterre...

Les yeux agrandis par l'effroi, le comte porta une main à sa gorge et exhala une plainte presque inaudible.

— Ainsi, on va... nous trancher la tête ?

— Je ne le pense pas, milord. Votre cousin est trop intelligent pour se mettre le peuple à dos, et il vous laissera sans doute la vie sauve si vous redoublez de vigilance et n'entreprenez rien qui puisse être tenu pour préjudiciable à sa personne. Par conséquent, ajouta Richard en ramenant son attention sur Warbeck, il me paraît plus sage que vous ne rendiez plus visite au comte... Y a-t-il longtemps qu'on vous autorise l'accès à sa cellule ?

— Une dizaine de jours, rétorqua le Flamand sur le ton de la confidence. Un garde engagé voilà peu laisse ma porte ouverte et ferme obligeamment les yeux sur mes allées et venues.

Richard ne commenta pas cette singularité, mais il devina à la subite pâleur de Warbeck que la même conclusion s'était imposée à eux : l'étonnante complaisance du garde procédait moins du hasard que d'un calcul mûri de longue main...

— Si je comprends bien, je ne verrai plus Perkin ? se désola lord Warwick. Il est le seul véritable ami que j'aie jamais eu...

Warbeck lui posa une main rassurante sur l'épaule.

— Votre sécurité doit primer sur toute autre considération, Ned. Et puis, nous ne couperons pas les ponts du jour au lendemain, car nous susciterions les soupçons du roi ! Je viendrai vous trouver de temps à autre, mais il nous faudra appliquer très scrupuleusement les conseils de la duchesse. A savoir, rester sur le qui-vive et décliner toute proposition... suspecte, même si elle émane d'une personne apparemment digne de foi.

Les lèvres tremblantes, Warwick eut un geste d'approbation. Il paraissait terrifié, songea Richard en l'observant avec indulgence, et, à moult égards, il se conduisait encore comme un enfant. Mais son immaturité ne l'avait toutefois pas empêché d'appréhender les périls qu'il encourait — et de se préparer à les contrer ! Non. Edward de Warwick n'était assurément pas le simple d'esprit que d'aucuns se plaisaient à décrire. S'il était libéré et confié à des mentors tant patients qu'attentifs, il rattraperait vite le temps perdu, et se révélerait aussi capable que ses congénères !

Richard en était là de ses réflexions quand Warbeck se leva d'un bond, les yeux fixés sur la fenêtre percée tout en haut du mur.

— J'entends des gardiens approcher, remarqua-t-il tout bas. Tu devrais filer sur-le-champ, Allsop ! Si un geôlier vient récupérer le plateau d'Edward et te découvre en notre compagnie, tu risques d'avoir de sérieux ennuis !

Le sang battant à ses tempes, Richard salua dévotement le comte avant de s'approcher du jeune Flamand, qui lui souriait d'un air de sincère gratitude. Impulsivement, il se pencha sur la main d'icelui et baisa ses doigts effilés avec déférence.

— Nous te savons gré de ta venue, chuchota Warbeck, et nous te promettons de suivre tes recommandations à la lettre. Lorsque tu feras ton rapport à la bonne duchesse Marguerite, n'oublie pas de lui transmettre mes plus chaleureux remerciements. Va, maintenant, et que le Très-Haut te protège !

Pressé de déguerpir, Richard s'était emparé du plateau de lord Warwick, quand, soudain, des pas résonnèrent dans le couloir. Une seconde plus tard, un coup impatient fut frappé à la porte.

— Ouvrez, au nom du roi !

Richard étouffa un juron lorsqu'il reconnut la voix masculine et lourde de mépris qui avait jeté cette injonction. Reposant le plateau sur la table, il échangea un coup d'œil résigné avec Warbeck, lequel s'avançait lentement vers le battant.

— Revenez plus tard, hasarda le jeune homme dans un effort dérisoire de gagner du temps. Nous sommes en prières et...

— Ouvrez cette porte, ou je la fais enfoncer !

Comme le Flamand actionnait le loquet d'une main tremblante, Richard se tourna brièvement vers le comte, qui avait bondi de son fauteuil et roulait des yeux hagards. Les véhémentes protestations d'Anne lui revinrent tout à coup à la mémoire, tandis qu'un constat affligeant s'imposait à lui : tous trois étaient pris au piège et, sans le vouloir, il avait peut-être fait le jeu de Tudor !

La porte de la cellule s'ouvrit bientôt sur... John Hilyard, qui était escorté de deux sentinelles à la carrure impressionnante. Un insondable sourire retroussant ses lèvres, il considéra les détenus avec morgue, puis pointa un index accusateur vers Richard.

— Gardes, cria-t-il, arrêtez ce traître !

9.

Assise dans l'arrière-salle déserte du Coq d'or, Anne accordait une attention polie aux bavardages de Jake Garnet, qui déployait de louables efforts pour lui verser du baume au cœur. Il y avait déjà trois heures que Richard était parti, et son absence commençait à la mettre au supplice... Certes, elle aurait voulu garder l'espoir, s'accrocher à l'idée que sa mission serait un succès mais, tout au fond de soi, elle ne pouvait se défendre d'imaginer le pire...

Non moins préoccupé qu'elle, le vieux Jake venait de lui servir une écuelle de blandissoire, quand, soudain, un grand gaillard brun fit irruption, Bess sur ses talons.

— Etes-vous maîtresse Jarvis, la fiancée de Richard? demanda-t-il, essoufflé comme s'il avait couru ventre à terre.

Anne — devinant aussitôt qu'il s'agissait de Josh — se leva si brusquement que les pieds de son tabouret raclèrent le sol.

— Oui, c'est bien moi. Que... que se passe-t-il?

Le gendre de Jake jugea superflu de tergiverser.

— Richard a été appréhendé. Je me disposais à regagner l'auberge quand je l'ai vu sortir de la Tour Martin entre deux hallebardiers. Lord Warwick le suivait sous bonne garde, de même que maître Perkin Warbeck. Apparemment, les sentinelles obéissaient aux ordres d'un arrogant freluquet, que j'ai déjà aperçu en compagnie de Tudor.

— John Hilyard ! s'exclama Anne, horrifiée. Douce Vierge, il a dû nous suivre depuis Westminster !

— Vous le connaissez ? s'étonna Jake, pâle comme un linge.

— Las, oui ! Cet intrigant est écuyer du Corps, et j'ai l'intime conviction que le roi lui a enjoint de m'espionner. Je savais qu'il pourrait être dangereux, mais je...

Trop attristée pour terminer sa phrase, Anne enfouit son visage dans ses mains, puis se laissa choir sur son escabelle.

— Séchez vos larmes, mon petit, la consola Jake. Vous n'êtes pas responsable de l'arrestation de Richard.

Au prix d'un suprême effort de volonté, la jeune fille tenta de maîtriser les sanglots qui secouaient son corps.

— Peut-être pas, mais j'aurais dû prévoir que John Hilyard nous surveillerait ! Voici plusieurs jours qu'il s'intéresse de très près à Richard. Je ne crois pas qu'il sache sa véritable identité, mais je suis prête à gager qu'il finira par la découvrir !

Le visage crispé, Josh la prit doucement aux épaules.

— Pensez-vous qu'il vous ait suivie jusqu'ici ?

— Je ne saurais le dire, souffla Anne au désespoir. Mais il n'est pas impossible que ses sbires soient postés dans les environs !

Une lueur soucieuse fit brasiller les yeux de Josh.

— Si tel était le cas, je les aurais remarqués en arrivant. Veuillez venir avec moi, maintenant, ajouta-t-il fermement. J'ai promis à Richard de vous raccompagner au palais, et nous ferions mieux de nous mettre en chemin sur l'heure.

Anne ne souleva aucune objection. Tandis qu'elle revêtait sa mante, Jake s'avança et prit ses mains glacées.

— Tâchez de ne pas trop vous tourmenter. Ce n'est pas la première fois que Richard est confronté à une situation aussi critique, et il s'est toujours tiré d'affaire sans coup férir !

Anne le remercia d'un sourire à peine perceptible.

— Vos encouragements me vont droit au cœur, maître Jake. Soyez très prudent de votre côté, car John Hilyard viendra peut-être vous interroger. Cela dit, j'espère qu'il ne remontera pas jusqu'à vous.

— Puisse Notre-Dame vous entendre, ma chère !

Après avoir lassé les galons de sa mante, Anne fit ses adieux à la brave Bess et sortit de l'hostellerie à la suite de Josh. Celui-ci ouvrant la marche, ils s'engagèrent alors dans Budge Row, puis cheminèrent en silence vers l'embarcadère du Pont.

Affligée au-delà de toute mesure — les bourreaux du roi étaient peut-être en train de torturer Richard à cet instant —, la jeune fille prit la parole à quelque dix minutes seulement de là, quand Josh et elle furent installés dans la petite barque qui les emmenait vers Westminster.

— Comptez-vous rester à Londres, maître Aldred ? demanda-t-elle tandis que le passeur souquait vigoureusement.

— Je ne le puis, demoiselle, car je dois mettre Bess et son père à l'abri. Dès mon retour, nous fermerons l'auberge et filerons à Blackheath, où Jake possède un petit cottage qu'il tient de ses parents. Nous séjournerons là-bas le temps que les choses se décantent et que tout péril soit écarté.

Anne opina distraitement, les mains croisées sur ses genoux et le regard perdu sur les eaux fangeuses de la Tamise.

— Avant de partir, hasarda-t-elle dans un murmure, ne pourriez-vous pas aider Richard à... s'évader ? Vous devez être en relation avec d'autres conspirateurs yorkistes, n'est-ce pas ?

— Certes, maîtresse Anne. Mais sauf à bénéficier de complicités internes, il est impossible de faire échapper qui que ce soit de la Tour ! En l'occurrence, ce serait d'autant plus difficile que Richard est probablement placé sous haute surveillance... Peut-être vous a-t-il dit que Sa Majesté entend éliminer lord Warwick. Or, maintenant que Richard est son prisonnier, le roi arguera sans doute de son arrestation pour étayer la thèse selon laquelle Warwick complote dans le but de s'échapper...

— Mais il n'y a pas de complot ! objecta Anne à mi-voix.

— Je le sais. Toutefois, il est dans l'intérêt du monarque de démontrer que Warwick nourrit un tel dessein...

Un frisson d'anxiété ébranla la jeune fille de part en part. Tout portait à croire que son aimé n'avait aucune chance d'échapper au terrible piège qui s'était refermé sur lui ! Comment pouvait-elle lui éviter la prison ou, pire, l'infamie du billot ?

Refusant de baisser les bras, elle cherchait toujours une solution quand la voix de Josh la ramena au présent.

— J'allais oublier..., marmonna-t-il en desserrant les cordons de son escarcelle. Richard m'a remis ceci avant de s'introduire dans la Tour Martin. Une pièce de grande valeur, à mon avis.

Anne écarquilla les yeux à la vue de la splendide chevalière que Josh lui tendait. Elle avait complètement oublié l'existence de ce bijou ! Pantoise, elle la saisit sans dire mot, puis contempla les armoiries figurant un dragon et une rose rouge entrelacés.

— C'est la bague que Tudor lui a donnée, dit-elle enfin.

Josh manqua s'étrangler de stupeur.

— Il s'agit d'un don de Sa Majesté ?

— Oui, aussi incroyable que cela puisse paraître... La semaine dernière, à Sheen, Richard a sauvé la vie du prince Henry, qui fut sauvagement attaqué par un sanglier lors d'une partie de chasse. Le roi lui a offert sa chevalière pour lui signifier sa gratitude. Du reste, Richard a bien failli refuser ce présent...

Aldred fronça les sourcils et riva ses yeux sur le fond de la barque, comme s'il était plongé dans d'intenses réflexions.

— Ce n'est guère étonnant, grommela-t-il avant de reprendre le fil de ses pensées. Vous savez, maîtresse Anne, cette bague pourrait s'avérer providentielle si vous en faites bon usage...

La jeune fille cligna des yeux, vivement intriguée.

— En quoi me serait-elle utile, selon vous ?

— Je ne puis rien vous promettre, bien sûr, mais vous devriez tenter votre chance auprès de la reine. Si la fortune nous sourit, elle acceptera peut-être d'intercéder en faveur de votre élu.

— La reine ? répéta Anne, qui n'en croyait pas ses oreilles. Vous estimez sérieusement qu'elle consentirait à... demander la grâce de Richard ? Mais pourquoi ferait-elle preuve d'une telle clémence envers un ennemi de la Couronne ?

Josh leva un regard songeur vers le palais, dont la silhouette massive émergeait de la brume qui flottait sur le fleuve.

— N'oubliez pas que Richard a secouru le prince, maîtresse Anne. En outre, Sa Grâce a ses propres convictions politiques, et je puis même affirmer de source sûre qu'elle entretient une correspondance secrète avec la duchesse de Bourgogne...

Tandis qu'Anne, bouche bée, soupesait les perspectives que lui ouvraient ces révélations, Aldred pivota à demi sur le banc de la nacelle et lui étreignit la main sur une soudaine impulsion.

— Il n'y a pas à hésiter, assura-t-il, la voix raffermie. Vous devriez implorer la miséricorde d'Elizabeth, et lui montrer cette chevalière pour lui rappeler qu'elle est redevable à Richard. Je ne peux pas vous garantir le succès de cette démarche, mais je crois qu'il s'agit là de notre seul et dernier espoir !

Dès son arrivée au palais, Anne se précipita vers les appartements royaux, où elle trouva Sa Grâce en pleine conversation avec deux de ses dames d'honneur préférées. Assise aux pieds d'Elizabeth, lady Telford, elle, chantait une romance normande, tout en pinçant les cordes de son luth orné de rubans de soie.

Un peu confuse de troubler cette atmosphère paisible, Anne fit sa révérence, puis sollicita humblement une audience privée.

La reine perçut aussitôt son désarroi, et congédia ses suivantes d'un geste impérieux de la main. Philippa et ses compagnes se retirèrent sans discuter, mais lady Hartley, pour sa part, manifesta plus de réticence. Toutefois, elle finit par obtempérer devant le regard sévère qu'Elizabeth lui décocha, et s'inclina profondément avant de quitter la pièce à reculons.

— Que se passe-t-il, mon petit ? s'inquiéta la souveraine quand elles furent seules. Seriez-vous souffrante ?

Livide, Anne s'approcha en se tordant les mains.

— J'ai de très graves ennuis, Votre Grâce, et Vous seule êtes à même de m'aider à les souldre.

Le trouble de la reine s'accrut soudainement lorsqu'elle vit des larmes perler aux cils joliment recourbés d'Anne.

— J'espère que... vous n'attendez pas un enfant ?

— Non point, ma souveraine ! Je n'ai rien fait qui puisse altérer la bonne opinion que vous avez de moi.

— Dans ce cas, que vous arrive-t-il ?

L'estomac noué et les jambes flageolantes, Anne marqua un long silence avant de se jeter à l'eau.

— L'homme que j'aime risque de subir le châtiment des traîtres. Il a été arrêté cet après-midi, et engeôlé dans un cachot de la Tour. Je crains que les bourreaux du roi ne le soumettent bientôt à la question, si... ce n'est déjà fait !

Abasourdie, Elizabeth demeura un moment sans voix.

— Que me chantez-vous là ? Et d'abord, qui est le gentilhomme dont vous me parlez ? Le jeune John Hilyard ?

Anne ne put réprimer un frisson de dégoût.

— Certainement pas ! protesta-t-elle avec virulence. Il s'agit de Richard Allsop, mon palefrenier. Nous sommes... fiancés.

Un tel saisissement s'afficha sur le visage de la reine qu'Anne s'empressa de lui fournir de plus amples explications :

— Ce n'est pas son vrai nom, Votre Majesté. Il s'appelle Richard Allard, et mon père a déjà agréé sa demande.

— Richard Allard, dites-vous ? Le fils de sir Dominick ?

— En effet, soupira Anne. Il a consenti à m'escorter quand vous m'avez fait l'honneur de me mander, et j'ai été assez... sotte pour dire à Hilyard qu'il était mon serviteur. Par la suite, il m'a été impossible de retirer cet absurde mensonge.

— Maître Allard s'est prêté à cette imposture ?

— Dans le seul but de m'être agréable. Je vous jure au nom du Christ qu'il ne s'est pas introduit à la Cour afin d'attenter à la vie du roi !

Perplexe au plus haut point, Elizabeth désigna un ployant près du fauteuil à appuis-bras qu'elle occupait.

— Asseyez-vous, Anne, et expliquez-moi plus précisément de quoi il retourne. J'avoue ne pas comprendre pourquoi maître Allard serait accusé d'avoir trahi la personne de mon mari !

Epuisée par les tourments qui l'assiégeaient, Anne prit place et narra toute l'histoire en veillant à n'omettre aucun détail. Quand il lui fallut évoquer la mission de Richard, elle insista sur le fait que l'unique propos de son élu était d'avertir lord Warwick que l'on conjurait sa mise à mort en haut lieu.

— Il ne cherchait pas à nuire au roi, conclut-elle en toute sincérité. En fait, il désirait seulement sauver le comte, qu'il...

— Qu'il tient pour son véritable monarque, acheva la reine. Oui. Je conçois très bien les motivations de maître Allard. Mais comment se fait-il qu'Hilyard se soit trouvé sur place ?

— Sans doute nous a-t-il suivis. Depuis mon arrivée à la maison royale, il m'épie et m'interroge très souvent sur... les liens éventuels qui unissent mon père à la Rose Blanche.

Un pli d'amertume creusa la bouche d'Elizabeth.

— Je vois, rétorqua-t-elle sobrement. Votre Richard se trouve, en effet, dans un fort mauvais pas et je me demande comment nous pourrions le tirer d'un pareil imbroglio !

Incrédule, la jeune fille bondit de son ployant.

— Dois-je comprendre que vous acceptez de m'épauler ?

— C'est bien le moins, attendu que maître Allard n'a pas hésité à exposer sa vie pour mon cousin. Bien sûr, venir à sa rescousse ne sera pas une mince affaire, continua la reine, offrant toujours un masque indéchiffrable. Mais, à supposer qu'il soit libéré, y a-t-il un endroit où il pourrait se réfugier ? En toute franchise, il sera en danger tant qu'il n'aura pas quitté l'Angleterre !

Anne s'employa fébrilement à rassembler ses esprits.

— Il a des amis à Cheapside, chuchota-t-elle, et j'ai cru saisir que l'un d'eux possède une demeure près de Blackheath.

— Ce serait idéal, Anne, car cette ville est proche de Bishop's Lynn où il vous sera possible d'embarquer pour le Continent.

Là-dessus, Elizabeth agita la clochette d'argent posée près de son siège, sur un coffre orné d'arabesques de porphyre. Les portes du salon s'ouvrirent presque aussitôt, et l'impériale lady Hartley fit son entrée.

— Jane, dit la reine, notre précédent visiteur s'en est-il allé ?

— Je crois qu'il est parti héler un batelier, Votre Grâce. Avez-vous encore besoin de ses services ?

— Oui. Envoyez-le-moi s'il n'est pas trop tard.

La dame d'atour s'inclina, puis ressortit sur-le-champ.

Tandis qu'Anne reprenait place sans souffler mot, Elizabeth se leva et se prit à arpenter le salon, les jonchées du sol craquant sous ses pieds délicatement chaussés de velours.

— Ainsi donc, déclara-t-elle d'une voix hésitante, maître Allard pense que le roi entend sacrifier mon cousin et Perkin Warbeck ? Est-il tout à fait sûr de ce qu'il avance ?

— Oui, Votre Majesté. A l'évidence, il tient cette information de la duchesse douairière de Bourgogne...

Et, suivant la souveraine des yeux, Anne remua nerveusement sur son siège. Il ne fallait pas être grand clerc, songea-t-elle, pour comprendre que les odieuses manœuvres de Tudor mettaient Sa Grâce dans une situation extrêmement délicate... D'une part, sa position l'obligeait à appuyer les projets d'alliance de son époux, qui assureraient une stabilité bienvenue au royaume d'Angleterre. D'autre part, les liens du sang lui commandaient de tout mettre en œuvre pour arracher Edward de Warwick à une mort annoncée ; sans parler de l'énigmatique Perkin Warbeck, son prétendu frère cadet, que Tudor ne l'avait jamais autorisée à rencontrer...

Anne méditait toujours le dilemme de la reine quand celle-ci cessa enfin son va-et-vient et annonça d'un ton pincé :

— En somme, je n'ai pas d'autre choix que de demander audience à mon mari pour essayer d'obtenir la grâce de maître Allard. Reste à savoir s'il daignera écouter ma supplique... Appelez un page, mon enfant, et dites-lui de prévenir Sa Majesté que j'ai à l'entretenir dans les plus brefs délais.

Eperdue de gratitude, la jeune fille s'exécuta sans attendre.

Lorsqu'elle revint dans les salons, une fois sa tâche accomplie, elle découvrit la reine près de l'imposant oriel, le regard fixé sur la Tour que le crépuscule commençait à noyer dans sa grisaille. Après une brève hésitation, elle la rejoignit à pas lents, et tira la chevalière d'une poche de sa cape.

— J'ignore si cela aura une quelconque influence, bredouilla-t-elle, mais le roi a offert cette bague à Richard.

Elizabeth s'empara du bijou sans cacher sa stupeur.

— Sa Majesté l'a remise à maître Allard, dites-vous ?

Anne confirma de la tête, puis retraça succinctement l'incident du sanglier, se rappelant que la reine était restée au pavillon de chasse ce jour-là. Cette dernière l'écouta sans l'interrompre, et esquissa un pâle sourire lorsqu'elle eut terminé son récit.

— Mon fils m'a instruit de sa mésaventure, confia-t-elle, mais j'ignorais que maître Allard fût son sauveur ! Quoi qu'il en soit, votre accordé a dû faire forte impression au roi, car il n'est pas aussi généreux en temps ordinaire ! A n'en point douter, cette bague conférera plus de poids à ma requête. Mais je vous préviens : il est probable que je me heurte à un refus catégorique. Si louables ses intentions fussent-elles, votre Richard n'en a pas moins commis un acte de trahison à l'égard de Sa Majesté...

Incapable de se maîtriser plus longtemps, Anne donna derechef libre cours à ses larmes. Touchée par sa détresse, la reine fit un pas vers elle et lui caressa la joue d'un revers de main.

— Gardez espoir, l'encouragea-t-elle avec douceur. Nos chances sont minces, il est vrai, mais point inexistantes !

Anne acquiesça, s'obligeant à endiguer le flot de ses pleurs.

— Loin de moi l'idée d'accroître vos peines, enchaîna Elizabeth, revenant à des considérations plus pragmatiques, mais si maître Allard est libéré, il ne sera peut-être pas en état de voyager à cheval. Aussi faudra-t-il vous procurer un chariot pour le conduire à Blackheath. De même, vous aurez besoin de l'appui d'une ou de plusieurs personnes de confiance.

— J'ai deux hommes d'armes, Votre Majesté. Ils sont entièrement dévoués à mon père, et je sais que je puis m'en remettre à eux.

— Parfait ! De mon côté, je tâcherai de...

Elizabeth s'interrompit tout à trac lorsqu'un coup discret fut frappé à la porte. Ayant reçu l'ordre d'entrer, le page qu'Anne avait dépêché auprès de Tudor s'avança timidement dans les salons.

— Le roi vous attend, Votre Grâce.

Relevant le bas de ses jupes, Elizabeth pointa un menton résolu, puis précéda l'adolescent dans la pénombre du corridor.

Anne, quant à elle, attendit que les battants se fussent fermés pour s'agenouiller sur le prie-Dieu de la reine. Le cœur cognant à se rompre, elle s'adressa dévotement à la Vierge, qu'elle implora d'épargner Richard et d'insuffler quelque indugence à Tudor.

Elle disait encore son chapelet, un long moment plus tard, quand les portes se rouvrirent sur lady Hartley. Elle était accompagnée d'un homme de haute stature, âgé d'une cinquantaine d'années, qui arborait une longue cape noire au col d'hermine.

Les lèvres pincées, la dame d'atour appuya un regard glacial sur Anne, laquelle s'était précipitamment redressée.

— Savez-vous où est la reine ? demanda-t-elle d'un ton sec.

— En audience avec Sa Majesté, milady.

— Je vois... Veuillez attendre ici, suggéra l'austère suivante en pivotant vers son compagnon. Cette jeune personne est maîtresse Anne Jarvis, dont vous connaissez sûrement le père.

Tandis que lady Hartley s'éclipsait sans autre forme de procès, le nouveau venu s'approcha de la cheminée et se débarrassa de sa cape, qu'il jeta distraitement dans un fauteuil.

— Vous êtes donc la fille d'Andrew et de Margaret, commenta-t-il avec l'ombre d'un sourire. Permettez-moi de me présenter : je suis sir Adam Westlake, à votre entière disposition.

Ebaubie, Anne ouvrit des yeux démesurés.

— Les miens m'ont maintes fois parlé de vous, mais je croyais que vous étiez à Malines, au service de la duchesse Marguerite.

— C'est exact. Toutefois, il m'arrive de venir à Westminster en tant que... courrier spécial de Sa Grâce de Bourgogne.

— Est-ce à dire que vous portez ses messages à la reine ?

Pour toute réponse, sir Adam inclina la tête.

Anne, elle, resta proprement confondue. D'évidence, Josh Aldred disait l'entière vérité ! Quoi qu'elle se fût officiellement ralliée aux couleurs des Tudor, Elizabeth n'avait pourtant pas rompu les ponts avec les membres de sa Maison natale. A l'insu de son mari, elle entretenait bel et bien des relations épistolaires avec la plus farouche ennemie de la Rose Rouge... Et tout indiquait que lady Hartley était dans la confidence ! Juste ciel ! Combien de hauts personnages de la Cour jouaient-ils ainsi double jeu ?

Sir Adam, qui s'était nonchalamment accoudé à la

tablette de la cheminée, choisit cet instant pour reprendre la parole.

— Peut-être allez-vous me trouver indiscret, mais je devine à vos yeux rougis que vous avez pleuré. Auriez-vous des ennuis ?

Les lèvres trémulantes, Anne soutint le franc regard du messager et conçut immédiatement l'assurance qu'elle pouvait s'ouvrir à lui en toute quiétude. Tels son père et Richard, il était un ardent partisan du défunt monarque. Dès lors, il ne trahirait pas !

— Aldred souhaite donc mener Jake et Bess à Blackheath ? murmura-t-il quand elle lui eut rendu compte de la situation.

— Vous les connaissez tous les trois ?

— Depuis une éternité !

— Si le roi est assez clément pour donner quartier à Richard, expliqua Anne, je l'accompagnerai au cottage de maître Garnet. Il pourra s'y reposer avant que nous poursuivions notre voyage.

— Ce me paraît être une excellente idée, approuva sir Adam, très sombre. Où irez-vous, ensuite ?

— Je n'en ai aucune idée. Mais la reine pense que Richard devra quitter l'Angleterre pendant quelque temps, et elle m'a conseillé de gagner le port de Bishop's Lynn aussi vite que possible.

A cet instant précis, Elizabeth reparut enfin dans ses salons. Sir Adam se leva aussitôt et s'approcha à grandes enjambées pour baiser la main pâle qu'elle lui abandonna.

— Je suis heureuse que Jane ait réussi à vous rattraper, dit-elle, le visage de marbre. Il semble que je vais devoir, une fois de plus, recourir à vos bons offices.

Ayant parlé, elle pivota lassement vers Anne.

— J'ai réussi à obtenir le pardon de maître... Allsop, déclara-t-elle, marquant ce temps d'arrêt pour signifier qu'elle n'avait pas dévoilé l'identité de Richard. J'ai là un mandat de remise en liberté, signé de Sa Majesté en personne, que vous devrez présenter au constable de la Tour quand vous irez chercher votre futur mari.

A ces mots, l'anxiété d'Anne se volatilisa pour céder la place à un intense sentiment d'euphorie. Richard était libre ! Elle aurait voulu se confondre en remerciements, s'agenouiller devant la bonne souveraine et embrasser l'ourlet de ses jupes pour lui exprimer sa reconnaissance... Cependant, la tristesse que reflétait le visage de sa bienfaitrice l'incita à refréner son enthousiasme. Partant, elle prit sans dire mot le mandat que Sa Grâce lui tendait, puis s'inclina pour baiser sobrement ses doigts glacés.

Sans même gratifier sa suivante d'un sourire, Elizabeth revint alors s'asseoir et détourna ses insondables yeux bruns vers sir Adam. Lequel, surpris par la magnanimité du roi, avait arqué un sourcil interrogateur dans l'attente d'explications.

— Je vois que la bonté de Sa Majesté vous laisse pantois, nota la reine d'un ton neutre. A vrai dire, il veut accorder l'immunité à tous ceux qui, volontairement ou non, sont impliqués dans cette navrante... affaire. Aussi fut-ce sans la moindre difficulté que je l'ai convaincu de libérer maître Allard. Sans doute Anne vous a-t-elle déjà mis au courant de son arrestation ?

— Nous en parlions quand vous êtes arrivée.

— Très bien. J'ai deux grandes faveurs à vous demander, mon cher Adam. Veuillez d'abord apprendre à ma tante Marguerite que... je n'ai pas pu sauver les deux prisonniers.

L'affable sourire du messager s'envola tout à coup, même si la nouvelle ne parut pas l'étonner outre mesure.

— Je souhaite aussi que vous rameniez lady Telford à la Cour de Malines, continua Elizabeth. La mort de mon cousin risque d'induire une légitime indignation dans les rangs yorkistes, et je ne voudrais pas que Philippa fasse les frais de ces inévitables flambées de violence. Si elle reste à Westminster, elle deviendra l'otage d'Henry, qui se servira d'elle pour rétablir le calme et prévenir toute tentative de soulèvement de la part de ses ennemis.

Sir Adam, la mine grave, fit signe qu'il comprenait.

— Lady Hartley est allée l'avertir qu'il lui faudra se mettre en route dans moins de une heure, précisa la reine. Cela dit, elle devra faire halte quelque part pour la nuit...

Sur ce constat pragmatique, elle adressa un coup d'œil songeur à Anne. Celle-ci bouillait d'impatience et avait hâte d'envoyer ses hommes acheter un chariot pour transporter Richard...

— Peut-être Philippa pourrait-elle séjourner chez vos amis de Blackheath ? suggéra Sa Grâce.

Sir Adam intervint avant que la jeune fille ait pu répondre.

— Je connais bien ces personnes, et je puis vous garantir que Philippa ne trouvera pas d'hôtes plus attentionnés !

— C'est parfait, répondit Elizabeth en s'adossant au damas brodé de son siège. Naturellement, ma chère Anne, vous avez la permission de quitter mon service ce soir même. Je suppose que vous entendez suivre votre Richard, où qu'il aille. Et puisqu'il serait dans son intérêt de se faire provisoirement oublier, je vous engage l'un et à autre à accompagner lady Telford dans les Flandres. Gageons que ma tante vous accueillera à bras ouverts.

Anne s'inclina avec déférence, tout à la fois émue et flattée que la reine se montre si soucieuse de leur devenir.

— Il s'agit certainement de la meilleure solution, convint-elle. Du moins Richard ne courra-t-il aucun péril à Malines !

Un pâle sourire vint effleurer les lèvres de la reine.

— Allez sans plus tarder, mon petit. Votre société me ravissait, et vous allez beaucoup me manquer.

La gorge nouée, Anne esquissa une nouvelle révérence.

— Adieu, Votre Grâce. Je ne saurai jamais assez vous remercier de la bienveillance que vous m'avez prodiguée.

Elizabeth se redressa dans un chuintement soyeux, la lueur du crépuscule accusant la pâleur de son visage défait.

— Adieu, Anne. Je prierai pour vous.

10.

Sitôt qu'ils eurent quitté les salons de la reine, sir Adam prit le bras d'Anne et la mena dans une antichambre déserte pour lui fournir d'ultimes instructions avant leur départ.

— Munissez-vous du strict nécessaire, recommanda-t-il tout bas. Sûrement Sa Grâce veillera-t-elle à ce que vos effets et ceux de lady Telford soient rapportés à vos familles respectives. Pour ma part, je vous attendrai dans la remise d'un batelier de ma connaissance, à un demi-mile en amont du fleuve. Cet homme soutient ardemment notre cause, et je puis vous assurer de sa totale discrétion.

Anne, cependant, nourrissait d'autres projets.

— Je vous saurai gré d'escorter Philippa, mais sachez que je ne ferai pas le voyage en votre compagnie. Je resterai avec mes hommes, qui m'emmèneront quérir Richard à la Tour.

— Voyons, maîtresse Jarvis, il serait plus prudent de...

— Ma place est auprès de lui, persista Anne d'un ton sans appel. Mary Scroggins, ma camériste, se joindra à vous, de sorte que lady Telford soit dûment chaperonnée durant le trajet.

Sir Adam devina qu'il était inutile d'argumenter.

— Agissez à votre guise... Veuillez cependant dire à ces dames qu'elles doivent se rendre aux écuries, où un valet prénommé Hugh viendra les rejoindre. Lui aussi est un fidèle de la Rose Blanche, et je lui demanderai de conduire lady Philippa et votre chambrière à la resserre de mon ami passeur.

— C'est entendu, sir Adam. Je vais les prévenir de suite.

— Partez la première, car mieux vaudrait que nous ne soyons pas aperçus ensemble. Nous nous reverrons demain matin, à Blackheath.

Anne — qui était sur des charbons ardents — salua le messager d'un signe de tête avant de quitter discrètement la pièce.

Tandis qu'elle s'engageait dans le couloir menant à sa chambre, les paroles de la souveraine lui revinrent à la mémoire, tel un refrain déchirant : « Je n'ai pas pu sauver les prisonniers... » Outre que le poignant désarroi d'Elizabeth l'avait sincèrement peinée, la jeune fille n'osait pas imaginer la réaction de Richard quand lui aussi apprendrait la terrible nouvelle...

Frissonnant d'appréhension, elle poussa bientôt la porte de sa chambre, où Mary aidait lady Telford à tasser des vêtements chauds dans une sacoche de cuir. Comme Anne verrouillait derrière soi, la Flamande tourna vers elle un visage blême et crispé.

— Qu'est-il advenu, *ma chère amie* ? Lady Hartley m'a informée que nous devions nous préparer à partir !

Anne posa une main rassurante sur le bras de sa confidente.

— Etant donné certaines circonstances que je vous relaterai plus tard, la reine s'inquiète à votre sujet et souhaite que vous retourniez à la Cour de Malines. Elle a prié son messager, sir Adam Westlake, de vous escorter. Peut-être le connaissez-vous ?

— Bien sûr. C'est un ami de mon père !

— Vous serez en sécurité avec lui, déclara Anne pendant que sa domestique continuait à s'affairer. Dès que nous serons fin prêtes, nous gagnerons les écuries où vous devrez attendre la venue d'un serviteur nommé Hugh, qui vous mènera à sir Adam.

Mary décocha un regard affolé à sa maîtresse.

— Est-ce à dire que vous ne nous accompagnerez pas ?

— Oui. Je dois me rendre à la Tour avec Walter et Simpkin.

— A la Tour ? s'étonna l'employée. Que diable...

— Nous n'avons pas de temps à perdre en bavardages, Mary ! Fais mon bagage, et donne-moi mon coffret d'herbes médicinales. Il est à prévoir que j'en aurai grand besoin...

Raide comme un piquet, Mary prépara une deuxième sacoche et la remit aussitôt à Anne qui, entre-temps, avait enfilé une épaisse robe de laine, de même que la plus chaude de ses mantes.

Dès que Philippa se fut aussi changée, toutes trois se nantirent de leurs fontes et se dirigèrent en toute hâte vers le rez-de-chaussée. Scrutant les alentours avec la plus extrême vigilance, Anne redoutait en son for intérieur que certains courtisans ne les questionnent sur les raisons de leur départ tardif. Mais, à sa grande satisfaction, elles ne croisèrent aucune de leurs connaissances, et purent donc gagner les écuries sans donner d'explications à qui que ce fût.

Là, Anne s'approcha d'un palefrenier qui bouchonnait un hongre à la robe de jais, et lui commanda d'appeler Walter de toute urgence.

A peine icelui l'avait-il rejointe, cinq minutes plus tard, que la jeune fille l'entraîna au-dehors pour lui résumer les faits.

— Allez chercher Simpkin, ordonna-t-elle après l'avoir instruit de l'arrestation de Richard, et dites-lui que nous devons filer dès que possible. Ensuite de cela, tâchez de me procurer un chariot bâché pour maître Allard. Je vous attendrai ici.

Comme Walter s'éloignait à toutes jambes, Anne s'en revint dans les écuries, où elle trouva Mary et lady Telford en compagnie d'un gaillard roux à la stature imposante — le fameux Hugh, à n'en point douter. Elle bavarda un instant avec lui et, persuadée qu'il était digne de confiance, embrassa tendrement Philippa quand l'envoyé de sir Adam annonça qu'il était temps de partir.

Restée seule, et fort soulagée que la petite Flamande ait quitté le palais, Anne dut patienter plus d'une heure avant que Simpkin ne fasse irruption, tout pantelant d'avoir couru.

— Avez-vous réussi à trouver une voiture ? lui demanda-t-elle tandis qu'il la déchargeait de sa sacoche.

— Oui, et ce ne fut pas chose aisée ! Le maquignon a compris que j'étais trop pressé pour marchander, aussi en a-t-il profité pour exiger un prix faramineux ! Peste soit de ce brigand !

Ayant bougonné cette imprécation, Simpkin mena sa maîtresse hors des écuries, et la précéda sous les hautes arcades de la cour.

Le chariot, qui avait visiblement connu des jours meilleurs, les attendait près du parvis de l'Abbaye, dont les clochetons effilés se découpaient contre le ciel nébuleux. Walter, pour sa part, était déjà assis sur le siège du conducteur, et tenait les guides d'un cheval aussi peu reluisant que le véhicule...

Anne fut un tantinet déçue par la médiocrité de l'équipage, mais elle s'abstint de tout commentaire, et accepta la main que Simpkin lui tendait pour l'aider à se hisser à l'arrière du fardier.

Après avoir vérifié qu'elle était confortablement installée sur le banc des passagers, le brave homme posa la sacoche aux pieds de sa maîtresse, puis vint prendre place à côté de Walter. Un instant plus tard, l'attelage s'ébranla dans un grincement de roues et prit cahin-caha la direction du nord de Londres.

Grelottante, Anne enfouit ses mains engourdies par le froid dans les poches de sa cape. Elle avait une folle hâte de revoir Richard, de le serrer dans ses bras, de s'assurer que les bourreaux de Tudor ne lui avaient pas infligé de trop cruels supplices... Le fardier, lui, progressait si lentement qu'elle aurait voulu crier à Walter de forcer l'allure. Toutefois, elle savait qu'il conduisait déjà plus vite qu'il n'aurait dû : il gelait à pierre fendre ce soir-là, et les pavés étaient à ce point glissants qu'il aurait été périlleux d'enlever le cheval à un train plus soutenu !

L'impatience d'Anne avait atteint son comble, quand, finalement, le véhicule s'immobilisa sur une ultime secousse. Avant qu'elle ait pu poser pied à terre, Simpkin bondit de son siège et grimpa prestement à bord du chariot.

— Veuillez me donner le mandat, maîtresse Jarvis.

— Non. Je tiens à y aller moi-même !

Simpkin, cependant, campa fermement sur ses positions.

— Les geôles du roi ne sont pas un endroit pour une femme ! Faites-moi confiance : je vous ramènerai bientôt maître Richard.

Anne jugea préférable de capituler, comprenant l'inutilité d'une nouvelle insistance. Elle tira le précieux parchemin de sa mante et le remit à Simpkin avec une moue désappointée. L'ancien soldat s'en empara aussitôt, descendit du fardier, puis s'avança vivement vers la guérite qu'occupaient les hallebardiers de faction.

Le cœur battant à coups redoublés, Anne entendit peu après les portes de la citadelle se refermer sur Simpkin. Elle avait beau se répéter qu'aucune difficulté ne surgirait, elle n'en continuait pas moins à se ronger les sangs, à redouter qu'un incident de dernière minute ne vienne bouleverser leurs projets. Peut-être le constable allait-il refuser de libérer Richard ! se dit-elle tandis qu'un vent violent agitait la bâche du chariot. De même, il n'était pas impossible que Tudor se soit ravisé et qu'il ait envoyé un de ses clercs sur les lieux, avec consigne d'annuler ses ordres !

Ressassant ces sombres hypothèses, Anne n'aurait pu dire combien de temps elle resta assise dans le fardier, à tendre l'oreille et à tressaillir au moindre bruit. Lasse de cette interminable attente, elle s'apprêtait à envoyer Walter aux nouvelles, quand, enfin, les portes de la forteresse se rouvrirent avec un craquement sinistre. Des pas se firent alors entendre et des voix masculines, dont celle de Simpkin, jaillirent dans la nuit glaciale.

Haletante, Anne se précipita aussitôt vers l'arrière du chariot pendant que Walter sautait au sol et s'élançait vers son compagnon. Un indicible soulagement la submergea quand elle aperçut Richard — *son* Richard — à la lueur vacillante des flambeaux fixés sur le toit de la guérite. Il avait peine à marcher, et paraissait si affaibli qu'il devait s'agripper aux épaules des hommes d'armes...

Ceux-ci l'aidèrent à monter dans l'attelage où Anne, les yeux noyés de larmes, le fit asseoir avec force précautions. L'instant d'après, Walter, qui avait repris sa place à côté de Simpkin, cravacha leur cheval et le lança à vive allure.

Eperdue de bonheur, la jeune fille s'installa près de son aimé, sur le petit banc de bois, et voulut lui entourer les épaules dans un élan spontané. Mais, confuse, elle retira vivement son bras quand Richard émit une faible plainte de douleur.

— Mon très cher, êtes-vous gravement blessé ?

— Point trop, répondit-il d'une voix entrecoupée, même si je ne dois pas être joli à voir... Les gardes m'ont bâtonné avant de me jeter dans un cachot du donjon. Quant à Hilyard, ce fils de Bélial, il m'a roué de coups car j'ai refusé de dénoncer mes complices.

Anne se prit à frémir, scandalisée. Dire qu'elle avait été assez sotte pour admirer l'écuyer au jour de leur rencontre !

— Vous a-t-on... torturé ? hasarda-t-elle dans un souffle.

— Heureusement non, mais il s'en est fallu de peu ! Les bourreaux allaient m'infliger le supplice du chevalet quand, à la grande colère d'Hilyard, le constable a surgi dans la chambre des tortures en ordonnant qu'on me reconduise à ma cellule. Par les dents du Christ, acheva Richard d'un ton de profonde lassitude, je ne pensais pas sortir vivant de ce séjour en enfer !

Persuadée qu'il avait plus souffert qu'il ne voulait l'admettre, Anne se pencha vers lui et l'aida à étendre ses jambes le long du banc. Ensuite de quoi, elle caressa ses cheveux poisseux de sueur et de sang, tandis qu'il posait la tête sur son giron.

— Ma très douce, reprit-il, je ne parviens pas à croire que nous soyons réunis. Simpkin affirme que vous avez réussi à obtenir ma libération. Comment avez-vous accompli semblable miracle ?

Anne ne put retenir ses larmes plus longtemps. Ils traversaient le Pont, à présent, mais il leur fallait encore se presser car les baillis ne tarderaient pas à barricader les portes de la cité.

— J'ai sollicité l'intervention de la reine, expliqua-t-elle, la voix étranglée. Je lui ai tout narré et, à mon extrême surprise, elle a consenti à implorer votre pardon auprès de Tudor.

— Son courage force le respect, concéda Richard, mais j'ignorais qu'elle avait autant d'influence sur Henry !

— D'ascendant elle n'a point. Mais vous avez sauvé le prince, et cet exploit a indiscutablement joué en votre faveur. Reposez-vous, à présent, car vous devez être à bout de forces...

L'équipage allait toujours bon train, et ses occupants passèrent la Porte du Nord juste avant que les cloches de la ville sonnent le couvre-feu. Anne n'en fut pas peu ravie, qui redoutait à part soi qu'ils ne restent bloqués à Londres jusqu'au lendemain matin.

Tandis qu'ils s'engageaient sur la route romaine de Canterbury, Richard saisit la main de la jeune fille, et l'enserra avec une tendresse nuancée d'infinie gratitude. Bercé par le roulis du chariot, il ferma alors les yeux, puis s'abandonna peu à peu au sommeil, le doux parfum de son accordée chassant de son esprit le souvenir de l'insoutenable puanteur des cachots de la Tour...

L'aurore commençait à poindre quand Walter pivota à demi sur le siège du conducteur pour informer sa maîtresse qu'ils approchaient de leur destination. Par le passé, il était souventefois venu chez Jake Garnet, aussi n'eut-il aucun mal à trouver la petite demeure, sise à l'écart de la cité marchande de Blackheath.

Dès qu'ils s'arrêtèrent devant sa chaumière perdue au cœur de la lande, le vieil aubergiste fit irruption sur le porche, et les observa à la faveur de la lanterne dont il s'était muni.

— Je me nomme Glazier, expliqua Walter en s'avançant vers lui, et je me suis déjà rendu céans en compagnie de sir Andrew Jarvis. Je vous amène sa fille et maître Richard Allard.

L'expression de Jake s'éclaira immédiatement.

— La Vierge soit louée ! Nous vous avons attendus toute la nuit !

Au même instant, Josh et sir Adam le rejoignirent sur le perron. Pendant que Simpkin sautait à terre pour entraver le cheval, Walter et les trois autres s'approchèrent de l'arrière du fardier, dont ils extirpèrent séance tenante un Richard à demi assoupi.

— Sacrebleu ! pesta sir Adam à la vue de son visage tuméfié. Ces rien-ne-vaut n'y sont pas allés de main morte, dirait-on ! Agrippez-vous à moi. Je vais tout de suite vous mener à l'intérieur.

Comme il aidait le blessé à monter l'escalier du porche, Anne prit le bras de Walter, puis descendit prudemment du chariot. Fort aise d'être loin de la ville et de ses terribles menaces, elle s'empara de la sacoche contenant ses élixirs avant d'emboîter le pas à ces messieurs, les jambes raidies par le froid et la fatigue.

Bess les attendait dans le vestibule, qui ne put retenir un cri de surprise en apercevant Richard. Toutefois, elle eut tôt fait de se ressaisir et les conduisit jusqu'à la grande salle, où elle désigna un faudesteuil agrémenté de coussins en peigné.

Richard s'était à peine effondré sur le siège que des pas légers se firent entendre dans l'escalier, annonçant l'arrivée de Mary et de lady Telford. Toutes deux portaient des camisoles et des robes de dessus, les cheveux soigneusement tressés pour la nuit.

— Enfin vous voilà ! s'exclama la camériste en courant vers Anne. Vous devez être fourbue et feriez bien d'aller vous étendre !

— Ça, non ! Je serai incapable de fermer l'œil tant que nous n'aurons pas soigné Richard. Occupons-nous de lui, je te prie !

Assistées par Bess, qui leur apporta des linges propres et une flasque d'eau-de-vie allemande, elles entreprirent de déboutonner la tunique du Yorkiste. Horrifiée, Anne crut soudain défaillir quand ses yeux se posèrent sur les entailles purulentes et les traces de coups qui entamaient son torse, ainsi que la peau plus claire de ses épaules. Mais, tenant ferme, elle lui fit boire quelques gouttes de jus de coquelicot, puis elle étancha le sang de ses ecchymoses et les oignit de baume à la salsepareille.

Tandis qu'elle s'activait de la sorte, le cœur gonflé de piété amoureuse, les hommes questionnèrent Richard sur son incarcération et son bref passage dans la chambre des tortures. Offusqués par la brutalité d'Hilyard, tous convinrent qu'il avait été néanmoins chanceux d'échapper au terrible supplice du chevalet.

Une fois Richard dûment pansé, Anne lui baigna le visage à l'eau claire avant de tamponner ses contusions à l'aide d'un linge imbibé d'élixir cicatrisant. Attendu qu'il montrait des signes de fatigue de plus en plus évidents, sir Adam le mena alors à l'étage, dans la chambre impeccablement propre que Bess lui avait préparée.

Peu après qu'ils l'eurent couché, Richard grimaça un sourire contraint et étendit sa main pour effleurer celle d'Anne.

— Ne vous tourmentez pas, ma douce. J'irai mieux après une bonne nuit de sommeil. Mais vous aussi devriez prendre du repos ! Insistez pour qu'elle aille se coucher, ajouta-t-il à l'adresse de sir Adam. J'ai votre parole, n'est-ce pas ?

L'intéressé confirma d'un hochement de tête, mais Anne, pour sa part, ne l'entendait pas de cette oreille.

— Non. Je tiens à rester à votre chevet !

— Ne le contrariez pas, intervint sir Adam, et allez dormir avec lady Philippa qui se trouve juste à côté. Je veillerai Richard moi-même et je vous appellerai si besoin est.

Anne finit par céder à contrecœur. Après avoir tendrement baisé le front du blessé, elle salua sir Adam, puis alla rejoindre Mary et lady Telford dans la chambre voisine.

Les nerfs tendus comme des cordes prêtes à rompre, elle avait la certitude qu'elle ne parviendrait pas à s'assoupir. Toutefois, elle avait quelque peu mésestimé la fatigue nerveuse qui l'accablait ! En effet, elle ne s'était pas plus tôt coulée entre les draps embaumant la lavande qu'une immense lassitude l'investit d'un seul coup et la fit sombrer dans un sommeil de plomb...

Contrairement à ses optimistes prédictions, l'état de Richard ne s'améliora pas le lendemain. Il était brûlant de fièvre, et seules des prises régulières de jus de coquelicot paraissaient apaiser sa souffrance. Préoccupée au plus haut point, Anne dut se rendre à l'évidence : il leur faudrait patienter plusieurs jours avant que son bien-aimé ait recouvré assez de forces pour qu'ils puissent prendre le chemin du port de Bishop's Lynn.

— Peut-être devriez-vous partir sans nous, suggéra-t-elle à sir Adam lorsqu'il vint prendre des nouvelles du malade, ce même après-midi. La reine a spécifié que Philippa devait retourner à Malines aussitôt que possible. Richard et moi vous rejoindrons plus tard, quand il sera remis de ses blessures.

Westlake jeta un coup d'œil au rescapé qui, le teint hâve et le front luisant de sueur, s'était momentanément endormi.

— Non. Nous attendrons qu'il soit rétabli. Lady Telford est en sécurité chez Jake car, à supposer que Tudor entende la ramener à Westminster, personne ne pensera à venir la chercher ici ! Qui plus est, je préférerais autant prolonger mon séjour à Blackheath. Ainsi pourrai-je me rendre en ville pour savoir s'il y a du nouveau.

— Vous faites allusion à... lord Warwick, n'est-ce pas ?

Sir Adam se planta devant la fenêtre, d'où l'on découvrait la lande qui s'étendait à perte de vue.

— Oui, maîtresse Jarvis. Et je suis persuadé que votre Richard rechignera lui aussi à quitter l'Angleterre tant qu'il ne sera pas fixé sur le sort de Sa Seigneurie. Mais très franchement, j'ai bien peur qu'il n'y ait plus aucun espoir...

Au matin subséquent, Anne apprit de la bouche de lady Telford que sir Adam était parti à Londres pour la journée. Richard lui-même s'étonna de l'absence de son ami, aussi sa promise choisit-elle, après maintes hésitations, de lui révéler la vérité.

Le messager revint au cottage à la nuit tombée, bien après que Bess eut servi la collation vespérale. Plus alerte que la veille, Richard avait fermement insisté pour souper avec les autres, et il était maintenant assis à côté du brasero que Josh avait garni de charbon de bois. Le sang battant à ses tempes, il devina que sir Adam était porteur de mauvaises nouvelles à l'instant où celui-ci franchit le seuil de la grande salle, le visage blême de fureur.

— Rien ne sert de me ménager, Westlake, lança-t-il sans autre préambule. Les captifs ont été condamnés, c'est cela ?

Sir Adam jeta ses gants sur la table à tréteaux.

— Perkin Warbeck a été pendu aujourd'hui, à Tyburn. Le comte, lui, sera décapité demain matin.

Livide, Richard passa une main sur ses yeux tuméfiés.

— Avez-vous assisté à l'exécution du Flamand ?

— J'ai pensé que je me devais d'être là, rétorqua sir Adam d'une voix altérée. Mais il ne faut pas vous tourmenter, mon vieux, ni vous sentir responsable de leur mise à mort. Vous avez accompli tout ce qu'il était humainement possible de faire. Vous avez même failli périr pour eux !

Richard se raidit, tenaillé par le regret et la colère.

— Warbeck a-t-il subi l'ultime châtiment ? demanda-t-il encore.

— Hélas, oui. Les bourreaux du roi l'ont éviscéré.

Terrifiée, Philippa poussa un faible cri pendant qu'Anne, Jake et leurs compagnons se signaient avec consternation.

Un silence de cathédrale s'ensuivit, que seul troublait le faible grésillement du brasero. Au bout d'un moment, toutefois, sir Adam s'éclaircit la voix et décida enfin de reprendre la parole :

— Plus rien ne nous retient ici, désormais. A supposer que nous allions à Londres, demain, l'on ne nous laissera pas approcher de Sa Seigneurie. En conséquence, je suggère que nous débattions de notre départ et des mesures à prendre au cours des jours à venir.

Les hommes acquiescèrent — à l'exception de Richard, prostré —, et chacun commença à exprimer son point de vue.

Il fut finalement convenu que l'on se mettrait en route le surlendemain. Les voyageurs feraient halte dans la petite ville de Rye, puis se rendraient à Bishop's Lynn où ils embarqueraient pour le port de Damme. Si Mary accepta très volontiers d'accompagner sa maîtresse à Malines, Walter et Simpkin, eux, firent savoir qu'ils préféraient retourner dans le Northamptonshire. Quant à Josh, il confirma que lui et les siens passeraient l'hiver à Blackheath. Après quoi, ils s'en retourneraient à Londres, ou bien iraient s'installer à Castle Barnard, dans le Yorkshire.

Tandis que les messieurs continuaient d'évoquer leurs projets, Richard, qui n'avait pas desserré les dents, se leva soudain et gravit lentement l'escalier pour gagner sa chambre.

Anne n'osa d'abord pas le suivre, consciente qu'il avait besoin de solitude. Mais, n'y tenant plus, elle finit par se lever à son tour, puis entreprit de monter promptement les marches.

Lorsqu'elle pénétra dans la petite chambre dont, par bonheur, il n'avait pas verrouillé la porte, elle trouva Richard assis sur son lit, la tête baissée et les mains jointes sur ses genoux.

— Ne vous torturez pas ainsi, murmura-t-elle en prenant place à côté de lui. Comme sir Adam l'a fait remarquer, vous n'avez rien à vous reprocher. Du reste, vous-même m'avez confié que votre mission serait probablement un coup d'épée dans l'eau...

Effondré, Richard prit sa tête entre ses deux mains.

— Ma marge de manœuvre était certes étroite, mais comment pourrai-je me pardonner ce cinglant échec ?

— Tout était déjà joué avant votre intervention, rappela Anne. Croyez-moi, mon amour, je comprends et partage la douleur que vous ressentez ce soir. Peut-être vous ai-je longtemps reproché votre attachement à une cause que je tenais pour perdue, mais j'avais grand tort de vous fustiger, et j'éprouve maintenant la plus vive admiration pour votre loyauté envers la Maison d'York. Mieux, je conçois parfaitement que vous ayez accepté de tout risquer, notre amour et notre futur bonheur, pour accomplir ce que vous estimiez être votre devoir.

Comme Richard ne soufflait mot, Anne s'assit plus près de lui et glissa tendrement un bras autour de sa taille.

— Je sais qu'en cet instant, vous devez songer que vous auriez préféré mourir avec le comte et maître Warbeck. Mais à quoi votre sacrifice aurait-il servi ? Le roi et ses conseillers avaient décidé de leur exécution depuis longtemps, et il n'est absolument rien que vous auriez pu faire pour entraver leurs desseins.

Ce disant, Anne s'avisa que de simples mots, tout sincères qu'ils fussent, ne suffiraient à réconforter l'homme qu'elle aimait. Aussi resserra-t-elle son étreinte et l'attira-t-elle plus près de soi afin qu'il pose la tête sur son épaule. Ce qu'il fit sans protester, tendant la main pour caresser ses cheveux sous les plis de sa coiffe en lin.

Le cœur battant la chamade, Anne n'ébaucha pas le moindre geste tandis que les doigts de Richard exploraient tendrement son front et ses lèvres, comme s'il les découvrait pour la première fois.

Mais, peu à peu, ses caresses se firent plus ardentes, plus audacieuses. Et ce fut bientôt sa bouche qui vint courir sur le visage de la jeune fille et le long de sa gorge nacrée...

Ce qui advint ensuite se déroula comme dans le plus merveilleux des songes. Tous deux s'étendirent sur la couche, puis échangèrent un ardent baiser, teinté d'une urgence presque désespérée.

Eperdue de passion, Anne ne tarda pas à s'abandonner sans crainte et sans pudibonderie, qui déchiffrait l'émoi de Richard à son souffle saccadé, aux battements précipités de son cœur, à la course effrénée de son sang dans ses veines...

— Ma mie, chuchota-t-il en buvant ses gémissements à même ses lèvres, je ne veux vous forcer à rien. Je n'irai pas plus loin si vous me priez de m'arrêter là.

Anne noua les bras autour de son cou, emportée par une vague de désir dont la violence la laissa tremblante et bouleversée.

— Non, dit-elle avec ferveur. Non. Ne vous arrêtez pas...

Blottie contre son promis, une douce éternité plus tard, Anne leva sur lui un regard tout à la fois tendre et espiègle.

— Qu'avez-nous fait, mon cher Richard?

Il esquissa un sourire, encore ému qu'elle lui ait offert avec tant d'amour le présent qu'un seul homme peut recevoir.

— Rien dont nous ayons à rougir. J'aurais dû attendre, il est vrai, mais nous sommes presque mari et femme !

Anne se dressa sur un coude, effleurant du bout des doigts le visage de Richard et ses boucles en bataille.

— En tout cas, je suis bienheureuse de voir que vous semblez être un peu... rasséréné.

— La mort du comte et de Perkin Warbeck me poursuivra longtemps, soupira-t-il. Mais je dois reconnaître que vous avez raison. Je ne suis nullement responsable de leur exécution et je ne pouvais pas, à moi seul, déjouer un complot ourdi de longue date...

Anne posa un baiser sur son front, soulagée d'avoir réussi à le raisonner et à l'arracher à son affliction.

— Tout à l'heure, Josh Aldred a fait mention d'un endroit nommé Castle Barnard, murmura-t-elle. Qu'est-ce, au juste ?

— C'est le château où s'est réfugié le fils aîné du roi Edward IV. Puisque lord Warwick ne sera bientôt plus, Josh semble chercher un nouveau meneur à la cause des Plantagenêts...

Un soupçon vint soudain troubler la félicité d'Anne.

— Pensez-vous également vous mettre en quête d'un autre prétendant au trône ?

— Non, Anne. Je vous l'ai juré et je n'ai qu'une parole : cette mission était la dernière que j'assumais... Dorévanant, je ne veux plus me consacrer qu'à votre bonheur et à celui de nos enfants. Si d'autres veulent continuer à intriguer dans l'ombre, je ne leur jetterai pas la pierre, mais je me garderai bien de leur apporter mon soutien. J'ai mûrement réfléchi lorsqu'on m'a incarcéré, et j'ai abouti à la conclusion qu'il est temps que le royaume recouvre la paix, après de trop nombreuses années de luttes intestines. Même si elle a injustement coûté la vie à lord Warwick, notre prochaine alliance avec l'Espagne procurera peut-être à l'Angleterre le calme et la stabilité qui lui font défaut...

La tête accolée à l'épaule de son futur époux, Anne se prit à remercier la Sainte Vierge avec un fol enthousiasme. Son vœu le plus cher était exaucé ! Ainsi qu'elle l'espérait du profond de son âme, Richard et elle couleraient des jours heureux, dans la plus parfaite quiétude. Et son intuition, qui la trompait rarement, lui soufflait qu'il en serait ainsi pour l'éternité...

Collection Royale

HARLEQUIN

PROCHAINS RENDEZ-VOUS LE

1er Mars 2000

L'INTRIGANTE, *de Julia Byrne* • *N°292*

Angleterre, 1820

Confortablement installés dans le fumoir du très sélect *White's club*, deux gentlemen devisaient.

— Ma grand-mère n'a aucune jugeotte ! déplorait Magnus Rothwell. Chaque année, elle est victime d'un nouvel aigrefin ! D'abord ce poète impécunieux, puis ce notaire véreux... et maintenant, la voilà qui s'entiche d'une dame de compagnie sortie d'on ne sait où !

— Comment ? La mâtine n'a donc pas de références ?

— Aucune ! Mais elle ne perd rien pour attendre, car j'ai bien l'intention de démasquer cette intrigante !

UNE INDÉCENTE PROPOSITION,

de Helen Dickson

Londres, 1815

Pour sauver son frère James de la ruine, Louisa fait irruption dans le tripot où il joue et, alors qu'il s'apprête à surenchérir, interrompt la partie en prétendant être sa maîtresse et avoir ce soir-même rendez-vous avec lui. Pétrifié, James n'ose pas s'insurger, mais son adversaire, lord Dunstan, un libertin notoire, entreprend de badiner avec Louisa, qu'il prend pour une courtisane. La jugeant très à son goût, il la courtise éhontément, et la jeune femme se retrouve prise dans un imbroglio inextricable...

Comment jouer ?

Pour participer, c'est très simple. Il vous suffit d'inscrire sur ce bulletin (ou de recopier sur papier libre) les bonnes réponses aux questions ci-après, et de le retourner avant le 31 mars 2000 (cachet de la poste faisant foi) à l'adresse suivante
Grand jeu Saint-Valentin Harlequin
Cedex 2634 - 99263 PARIS CONCOURS.

À vous de jouer !

1) Quel est le titre du roman spécial Saint-Valentin de la collection Azur de février (n°1984) ?

- ❑ Le bal de la Saint-Valentin
- ❑ Le concours de la Saint-Valentin
- ❑ Le rêve de la Saint-Valentin

2) Combien d'histoires, le titre spécial du 15 février de la collection Désirs, intitulé Les audaces de la Saint-Valentin, contient-il ?

❑ 1 ❑ 2 ❑ 3

3) Le coffret les "Jeux d'Harlequin" du mois de février a pour appellation :

- ❑ Sensuellement
- ❑ Amoureusement
- ❑ Passionnément

Nom

Prénom

Adresse

Code Postal └┴┴┴┴┘ Ville

Date de naissance └┴┘└┴┘└┴┴┴┘

Êtes-vous abonné(e) oui ❑ non ❑

Extrait de réglement. jeu gratuit valable du 1er février au 31 mars 2000 doté d'un diamant 0,4 carat* d'une valeur de 14 470FF (SFr.3520.60), de 4 pendentifs en or 18 carats d'une valeur de 160 FF (SFr.39), d'une soirée Saint-Valentin pour 2 personnes (dîner, hôtel, déplacement) d'une valeur de 5000 FF (SFr.1216.50) et de 10 coffrets Vanderbilt d'une valeur de 90 FF (SFr.22). Une seule participation par foyer (même nom, même prénom, même adresse). Le règlement du présent jeu est déposé chez Maître Lesage, Huissier de justice à Paris. Bulletin et règlement adressés gratuitement sur simple demande à l'adresse du jeu. Jeu réservé aux participants résidant en france métropolitaine, Corse incluse, et en Suisse. Pour des raisons juridiques les lectrices belges ne peuvent participer à ce jeu. Un tirage au sort, parmi les bonnes réponses désignera les gagnants.

VOTRE PROCHAIN RENDEZ-VOUS AVEC LES BEST-SELLERS HARLEQUIN

Le 1er mars 2000 :
3 romans inédits + 1 roman réédité

Secrets et trahisons, de Jennifer Blake • N°109

En Louisiane, où les rumeurs vont bon train, Luke Benedict a certes appris qu'April Halstead était revenue s'installer dans leur petite ville de Turn-Coupe. Mais, romancière célèbre, récemment séparée de son mari, April n'est plus tout à fait la jeune femme fougueuse qu'il a connue autrefois. Aussi ne cherche-t-il pas à la revoir. Jusqu'au jour où il entend, lors d'une émission de radio, un inconnu s'en prendre à elle. Contre toute logique, il se jure de la protéger et de démasquer le coupable. Une affaire difficile, car les suspects et les jaloux ne manquent pas autour d'elle. Et, surtout, April elle-même ne semble pas apprécier son aide...

LA DERNIÈRE PROMESSE, de Elizabeth Gage • N°110

Ils sont deux filles et un garçon liés par une formidable amitié. Au seuil de l'adolescence, la séparation devenant inéluctable, ils se jurent de se retrouver quinze ans plus tard. Puis chacun va son chemin.

Les années passent et, sans illusion, Kate se présente au rendez-vous. Or une surprise l'attend, qui va lui entrouvrir une porte qu'elle a toujours crue fermée. Une porte qu'elle ne peut cependant franchir sans prendre le risque de voir leur amitié à jamais bouleversée...

(suite page suivante)

1er mars 2000

DANGEREUSE ALLIANCE, de R.J. Kaiser • N°111

A la mort de son mari, Stephanie Reymond hérite d'une immense fortune, et aussitôt, des truands se lancent à ses trousses, prêts à tout pour récupérer ce qu'ils revendiquent comme *leur* argent. Dans sa fuite éperdue pour leur échapper, Stephanie croise un marin de fortune, amateur d'alcool et de femmes, à qui elle demande de l'emmener aux Caraïbes à bord de son bateau. Commence un huis-clos tendu avec cet aventurier au charme dangereux, que Stephanie soupçonne d'être sans scrupules, peut-être même de mèche avec la bande de Barbadillo. Désormais, elle le sait, c'est le triomphe à deux... ou la mort assurée.

Fille de Star, de Nora Roberts • N°25 (réédition)

Arrachée à trois ans à une mère alcoolique et droguée qui la brutalisait, Emma est élevée par son père, la star du rock Brian McAvoy. Mais après quelques années de bonheur et d'harmonie, un nouveau drame fait resurgir les cauchemars de l'enfant maltraitée.

Un bouleversant destin de femme dans le monde effervescent du rock, de la fin des années soixante à nos jours...

TITRE PRIVILEGIÉ D'ABONNEMENT

à compléter et à retourner sous enveloppe affranchie.

OUI, je désire profiter de votre offre spéciale. J'ai bien noté que je recevrai d'abord gratuitement un colis de livres ainsi qu'un cadeau mystère. Ensuite, je recevrai un colis payant régulièrement.

Je choisis la collection que je souhaite recevoir.
(☒ cochez la case de votre choix) :

- ❒ **SIXIÈME SENS** 2 volumes/mois — SIXS02
- ❒ **AZUR** 6 volumes/mois — AZUR06
- ❒ **HORIZON** 6 volumes/mois — HORI06
- ❒ **ROUGE PASSION** 6 volumes/mois — RPAS06
- ❒ **AMOURS D'AUJOURD'HUI** 3 volumes/mois — AMDA03
- ❒ **BLANCHE** 3 volumes doubles/mois — BLAN03
- ❒ **LES HISTORIQUES** 2 volumes /mois — HIST02
- ❒ **BEST-SELLERS** 3 volumes tous les 2 mois — BEST03

J'ai bien noté que cette offre est strictement réservée aux nouvelles abonnées.

❒ Mme ❒ Mlle date d'anniversaire ⌊⌊⌋⌊⌊⌋ 19⌊⌊⌋

Nom : ____________________

Prénom : ____________________

Adresse : ____________________

____

C.P. : __________ Ville : ____________________

Cédap/ HARLEQUIN Service Lectrices - BP77 - 94232 Cachan Cedex
Tél : 01 45 82 44 26
Du lundi au jeudi de 9h à 18h, et le vendredi de 9h à 17h.

Composé sur le serveur d'EURONUMÉRIQUE, À MONTROUGE
PAR LES ÉDITIONS HARLEQUIN
Achevé d'imprimer en janvier 2000
sur les presses de l'Imprimerie Bussière
à Saint-Amand-Montrond (Cher)
Dépôt légal : février 2000
N° d'imprimeur : 2772 — N° d'éditeur : 8031

Imprimé en France